ISBN 978-0-483-71525-7
PIBN 10418515

This book is a reproduction of an important historical work. Forgotten Books uses
state-of-the-art technology to digitally reconstruct the work, preserving the original format
whilst repairing imperfections present in the aged copy. In rare cases, an imperfection in
the original, such as a blemish or missing page, may be replicated in our edition. We do,
however, repair the vast majority of imperfections successfully; any imperfections that
remain are intentionally left to preserve the state of such historical works.

NOVELAS ESPAÑOLAS CONTEMPORÁNEAS

-POR-

B. PÉREZ GALDÓS

HALMA

10.000

MADRID
SUCESORES DE HERNANDO
Arenal, 11
1913

EST. TIP. DE LOS HIJOS DE TELLO

IMPRESOR DE CÁMARA DE S. M.

C. de San Francisco, 4

HALMA

PRIMERA PARTE

I

Doy á mis lectores la mejor prueba de estimación sacrificándoles mi amor propio de erudito
investigador de genealogías... vamos, que les
perdono la vida, omitiendo aqui el larguísimo y
enfadoso estudio de linajes, por donde he podido
comprobar que doña Catalina de Artal, Xavierre,
Iraeta y Merchán de Caracciolo, Condesa de Halma-Lautenberg, pertenece á la más empingoro-
tada nobleza de Aragón y Castilla, y que entre
sus antecesores figuran los Borjas, los Toledos,
los Pignatellis, los Gurreas, y otros nombres ilustres. Explorando la selva genealógica, más bien
que árbol, en que se entrelazan y confunden tan
antiguos y preclaros linajes, se descubre que,
por el casamiento de doña Urianda de Galcerán
con un príncipe italiano, en 1319, los Artales

entroncan con los Gonzagas y los Caracciolos. Por otro lado, si los Xavierres de Aragón aparecen injertos en los Guzmanes de Castilla, en la rama de los Iraetas corre la savia de los Loyolas, y en la de los Moncadas de Cataluña la de los Borromeos de Milán. De lo cual resulta que la noble señora no sólo cuenta entre sus antepasados varones insignes por sus hazañas bélicas, sino santos gloriosos, venerados en los altares de toda la cristiandad.

Como he dado al buen lector mi palabra de no aburrirle, me guardo para mejor ocasión los mil y quinientos comprobantes que reuní, comiéndome el polvo de los archivos, para demostrar el parentesco de doña Catalina con el antipapa don Pedro de Luna, Benedicto XIII. Busca buscando, hallé también su entronque lejano con Papas legítimos, pues existiendo una rama de los Artal y Férrench que enlazó con las familias italianas de Aldobrandini y Odescalchi, resulta claro como la luz que son parientes lejanos de la Condesa los Pontífices Clemente VIH é Inocencio XI.

De monarcas no se diga, pues el árbol aparece cuajado, como de un lozano fruto, de apellidos regios, y allí veis los Albrit y Foix de Navarra, los Cerdas y Trastamaras de acá, y otros mil nombres que á cien leguas trascienden á realeza, como los de Rohan, Bouillon, Lancaster, Montmorency, etc... Fiel á mi compromiso, envaino mi erudición, y emprendo la reseña biográfica, designando á doña Catalina-María del Refugio-Aloysa-Tecla-Consolación-Leovigilda, etc... de Artal y Javierre como tercera hija de los señores Marqueses de Feramor. Huérfana de padre y madre á los siete años, quedó al cuidado del primogénito, actualmente Marqués de Feramor, y de su hermana doña María del Carmen Ignacia, Duquesa de Monterones. En 1890, casó con un joven agregado á la embajada alemana, el Conde de Halma-Lautenberg, matrimonio que hubo de realizarse contra viento y marea, pues los hermanos de ella y toda la familia se opusieron tenazmente por cuantos medios le sugerían su orgullo y terquedad. Querían desposarla con un individuo de la casa de Muñoz Moreno-Isla, de nobleza mercantil, pero bien amasada con patacones. Catalina, que desde muy niña mostraba increíbles ascos al vil metal, se prendó del diplomático alemán, que á su seductora figura unía un desprecio hermosísimo de las materialidades de la existencia. Grandes trapisondas y disturbios hubo en la familia por la tiránica firmeza de los hermanos mayores, y la resistencia heroica, hasta el martirio, de la enamorada doncella. Casados al fin, no sin intervención judicial, el esposo fué destinado á Bulgaria, de aqui á Constantinopla, y

allá le siguió doña Catalina, rompiendo toda
relación con sus hermanos. Calamidades, privaciones, desdichas sin fin la esperaban en Oriente, y al conocerlas la familia de acá, por refe-
rencias de diplomáticos extranjeros y españoles,
no veía en todo ello más que la mano de Dios
castigando duramente á Catalina de Artal por
la amorosa demencia que la llevó á enlazarse
con un advenedizo, de familia desconocida,
hombre sin seso, desordenadísimo en sus ideas,
desatado de nervios, y habitante aburrido de
las regiones imaginativas. Para colmo de infortunio, Carlos Federico era pobre, con el título
pelado, y sin más renta que su sueldo, pelado
también, pues la familia de Halma-Lautenberg,
que desciende, según noticias que tengo por
fidedignas, del Landgrave de Turingia y Hes-
se, Hermann II, había venido tan á menos como
cualquier familia de por acá, de las que, después
de mil tumbos y vaivenes, caen á lo hondo del
abismo social para no levantarse nunca.

Contratiempos mil, reveses de fortuna, escaseces y aun hambres efectivas padeció la infeliz
doña Catalina en aquellas lejanas tierras, sin
más consuelo que el amor de su esposo, que nunca le faltó, ni de él tuvo queja, pues Dios, al
privarla de tantos bienes, concedióle con creces
la paz conyugal. Tiernamente amada y amante,
la íntima felicidad de su matrimonio la com-

pensaba de tanta desdicha del órden externo. Carlos Federico era bueno, dulce, aunque medio loco según unos, y loco entero según otros. La mala opinión acerca de su gobierno cerebral debió trascender hasta la Cancillería de Berlín, porque fué destituído de su cargo. La joven pareja se encontró á merced de la Divina voluntad, que sin duda queria someter á durísima prueba el alma fuerte de la dama española, pues á los dos meses de la destitución, y cuando, en espera de recursos para venirse á Occidente, vivía obscuro y resignado el matrimonio en una humilde casita de Pera, se le declaró al esposo una tisis, con tan graves caracteres, que no era difícil presagiar un desenlace fúnebre en breve plazo.

Reveló entonces su temple finísimo el alma de Catalina de Artal, pues cobrando ánimos con aquel nuevo golpe, aventuróse á pedir auxilio á sus hermanos de Madrid, que si al principio si hicieron un poco de rogar, cedieron al fin, mirando más al decoro de la familia que á la caridad cristiana. Con el mezquino socorro que le enviaron, pudo la heroína transportar á su pobre enfermo á la isla de Corfú, afamada por la benignidad de su clima. Allí vivieron, si aquello era vivir, en un pie de milagrosa economía; supliendo con el cariño los recursos materiales, y las comodidades con prodigios de inteligen-

cia, él resignado, ella valerosa y sublime como
enfermera, amantísima como esposa, diligente
en el manejo de la humilde casa, hasta que al
fin Dios llamó á sí al infeliz Conde de Halma en
la madrugada del 8 de Septiembre, día de la Na-
tividad de Nuestra Señora.

II

Refieran en buen hora los sufrimientos de Catalina de Artal en aquellos tristes días y en los
que siguieron á la muerte de su adorado esposo,
los que posean mistica inspiración y estén ave-
zados á relatar vidas y muertes de mártires gloriosos. Yo no sé hacerlo, y dejando este trabajo á
plumas expertas, que seguramente escribirán la
edificante historia, no hago más que apuntar los
hechos capitales, como antecedentes ó fundamento de lo que me propongo referir. ¿Qué puedo decir del hondísimo dolor de la dama al ver
expirar en sus brazos al que era su vida toda,
amor primero, alegría última, único bien terrestre de su alma? La opinión del mundo, que
rara vez deja de equivocarse en sus precipita-
dos y vanos juicios, había contrahecho la persona moral del señor Conde, pintándole en los
círculos de Madrid con colores de malicia. Pero
al historiador de conciencia, bien enterado de su

asunto, toca el borrar toda falsedad con que los
habladores y envidiosos ennegrecen un noble
carácter. Esto hago yo ahora, asegurando que
Carlos Federico de Halma era un bendito, y que
la investigación más rebuscona y pesimista no
encontrará en su conducta, después de casado,
ninguna tacha. Desbarato resueltamente la reputación que lenguas demasiado sueltas le hicieron en Madrid, y reconstruyo su verdadera
personalidad de hombre recto, leal, sincero,
añadiendo á estas cualidades las que adquirió
en la convivencia con su digna esposa.

 No poca parte había tenido en la dudosa reputación del alemán, antes del casorio, la volu-
bilidad de sus ideas, la ligereza de sus juicios,
sus distracciones, que llegaron á formar un verdadero centón anecdótico, sus displicencias negras alternadas con hervores de loco entusiasmo
por cualquier motivo de arte ó amoríos, su pro-
lijidad machacona en las disputas, y un sinnú-
mero de manías, algunas de las cuales no le aban-
donaron hasta su muerte. Se calentaba la cabeza
pensando en la habitabilidad de todas las estrellas del cielo, chicas y grandes, y el que quisiera
sacarle de sus casillas, no tenía más que poner
en duda la infinita difusión de familias humanas
por la inmensidad planetaria. Del absoluto menosprecio de toda religión positiva había pasado, poco antes de casarse, y por influencia de la

angelical Catalina, á un ferviente ardor cristiano, más imaginativo que piadoso, sed del alma que apetecía, sin satisfacerse nunca, no devociones externas y prácticas litúrgicas, sino embriagueces de la fansasía, mirando más á la leyenda seductora que al dogma severo. En Oriente, la esposa logró poner algún orden en los descabellados entusiasmos de Carlos Federico, hasta que, atacado de cruelísima dolencia, tan difícil era combatir en él la fiebre abrasadora, como el espiritualismo delirante. Uno y otro fuego le consumían por igual, y creyérase que ambos, juntando sus llamas, le redujeron á ceniza impalpable.

La noche misma de su muerte, refirió á su mujer, entre dos ataques de disnea, un sueño que había tenido por la tarde, y como viese Catalina en aquel relato una extraña lógica y cierta lucidez clásica, se afligió extremadamente, pensando que su pobre enfermo entreveía ya los horizontes del reino de la eterna verdad. Tanto sentido, tanta sindéresis en la composición de un poemita fantástico, pues no otra cosa era el bien relatado sueño, ¿qué podían significar sino que el poeta se moría? Así fué en efecto. En los últimos minutos de vida se lanzaba, con desbocada imaginación, á un proyecto de viaje por Asia Menor y Palestina, con el doble objeto de visitar las ruinas de Troya, primero, y el país de Galilea después. (Átense estos cabos.) En su pensamiento se entrelazaron dos nombres: Homero-Cristo. Y al querer dar la explicación de aquel abrazo histórico y poético, gimió, dió una gran voz... «¡ah!» y expiró...

Podría creerse que la muerte del Conde fué el último dolor de la infortunada Catalina de Artal, y que tras aquella tribulación le concedió el cielo dias de descanso, ya que no de ventura. Pues no fué así. Sobre la tristeza de su viudez, y el recuerdo siempre vivo del pobre muerto, vióse agobiada de calamidades de otro orden. Hasta entonces había conocido las humillaciones y escaseces indecorosas que lastimaban su dignidad de aristócrata. Pero á poco de enviudar, y residiendo aún en Corfú por no tener medios de trasladarse á otro sitio, supo lo que es la miseria, la efectiva, horripilante miseria, y sufrió vejámenes que habrían abatido almas de peor temple que la suya. Alojada como de limosna en una casa inglesa primero, en una hosteria griega después, Catalina de Artal se vió privada de alimento algunos dias, obligada á lavar su escasa ropa, á remendarse sus zapatos, y á prestar servicios que repugnaban á su delicado organismo. Pero todo lo llevaba con paciencia, todo lo aceptaba por amor de Cristo, anhelando purificarse con el sufrimiento. Como se le ofreciera una coyuntura propicia para salir de aquella si-

tuación, quiso aprovecharla, más que por mejorar de vida, por encontrarse entre personas alle-
gadas, en quienes emplear los cariños que atesó-
raba su hermoso corazón. Llegóse un día inopinadamente á la isla jónica un hermano de Carlos
Federico, grande aficionado á los viajes mariti-
mos, y que divagaba por el Archipiélago en un
yate de unos comerciantes del Pireo. Propúsole
el tal llevarla á Rodas, donde era cónsul el Conde Ernesto de Lautenberg, tío suyo y del difunto esposo de Catalina, caballero muy bondadoso
y corriente, á quien la infeliz dama había conocido en Constantinopla.

Dejóse llevar la viuda por Félix Mauricio (que
así se nombraba su cuñado), atraída principalmente por la esperanza de vivir en compañía de
la Condesa Ernesto de Lautenberg, señora húngara, muy simpática y que había demostrado á
la española, en los breves dias de su trato, una
cordial adhesión. Salieron, pues, de Corfú en
la embarcación griega, mal llamada yate, pues
por su pequeñez y escaso tonelaje no era más
que un balandro bonito, propio para regatas y
excursiones cortas. Iba tripulado por jóvenes *di-
lettantis* de la mar. A causa del mal gobierno y
de la impericia del que hacía de capitán, no pudieron capear un furioso temporal que les cogió
entre Zante y Céfalonia, y lanzados por el viento
y el oleaje hacia el golfo de Patrás, entraron de

arribada en Misolonghi con grandes averías. Días
y días estuvieron allí, esperando buen tiempo,
y lanzados de nuevo á la mar, llegaban siempre
á donde no querían ir. Félix Mauricio y el ami-
gote ateniense que capitaneaba la frágil nave,
profesaban la teoría de que los temporales con
vino *son menos*, y empalmaban las turcas que
era una maldición. De este modo y con tales
ansiedades y vicisitudes, navegando á merced
de Neptuno, y sin arte para dominarle, fueron
dando tumbos por toda la vuelta Sur del Pelo-
poneso. Como quien va describiendo eses por el
laberinto de callejuelas de una ciudad tortuosa,
tan pronto tropezaban en Candia, como en Ceri-
go (la antigua Cytheres); metiéronse á la buena
de Dios por entre las Ciclades, tocando en Milo
y Paros, luego recorrieron las Esporádicas, visi-
tando Samos, Cos y otras hasta parar en Rodas,
después de dos meses largos de endemoniada
navegación.

Como todo se disponía en contra de los deseos
de la infeliz viuda, resultó que el Conde Ernesto se había ido á Alemania con licencia, y que
su esposa, la simpática y bonísima húngara, se
había muerto tres meses antes. Aceptó resigna-
da la Condesa de Halma esta nueva decepción,
y tratando con su cuñado de la necesidad de
que la trasladase á Corinto ó Atenas, desde donde podria comunicarse con su familia de Madrid,

y preparar su vuelta á España, contestóle el joven en forma tan descarnada y grosera, que no
pudo la señora, por más esfuerzos que hizo, poner su humildad por encima de su orgullo en la
réplica. Hallábanse en un fonducho próximo al
muelle. Renunció la dama la hospitalidad á bordo, que el capitán del balandro le ofrecia, y
enterada de que existía en Rodas un convento
de la Orden Tercera, allá se dirigió volviendo la
espalda para siempre al Conde Félix Mauricio,
y á sus insensatos compañeros de aventuras ma-
rítimas.

Gracias á los buenos franciscanos, la noble
señora fué alojada decorosamente, y empezaron
las negociaciones para su regreso á la madre
patria. Dígase de paso, á fin de completar la
información, que el tal Félix Mauricio era lo
peorcito de la familia Halma-Lautenberg. Habia
pertenecido al cuerpo consular, sirviendo en
Alicante y en Smyrna. Aquí casó con una griega rica, y abandonando la carrera se dedicó al
comercio de esponjas, con varia fortuna. Cuándo
le encontramos en el balandro habia logrado re-
hacerse de su primera quiebra. Su carácter vio-
lento y quisquilloso, su exterior desagradable,
y más que nada su inclinación irresistible á las
libaciones alcohólicas, le hacían poco estimable
y estimado de propios y extraños. Una tarde,
hallándose doña Catalina platicando con el

guardián del convento, vió al yate darse á la
vela, y le hizo la señal de la cruz. Perdonó á la
nave y á sus tripulantes, y dió gracias á Dios
por haber salido en bien de su peligrosísima
aventura por los mares de Grecia.

Los caritativos frailes lograron arreglar á la
infortunada Condesa su regreso á Occidente, y
tomándole billete en el *Lloyd Austriaco*, la ex-
pidieron para Malta, dónde otros religiosos de la
misma regla se encargarían de reexpedirla para
Marsella, y de allí á Barcelona. Pero como el
Lloyd Austriaco no tocaba en Rodas, la viajera
tuvo que hacer la travesía entre esta isla y el
punto de escala, que era Smyrna, en una goleta turca que cargaba frutas y trigo. Nuevos
contratiempos para la pobre señora Condesa,
pues aquellos demonios de turcos hicieron la
gracia de llevar un formidable contrabando, y
la goleta fué visitada en aguas de Chio por un
falucho de guerra, y apresada y detenida con
todos sus pasajeros y tripulantes, hasta que el
bajá de Smyrna decidiera el número de palos
que le habían de administrar al patrón. Entre
tanto, pasaba doña Catalina mil privaciones y
amarguras, pues allí no habia frailes Franciscos
que mirasen por ella. Y gracias que al fin logró
verse á bordo del vapor austriaco, el cual, para
que en todo se cumpliese el sino de la dama sin
ventura, era un verdadero inválido. Recelaba

ella de todo, del mar y del cielo, y de los desma--
nes de la gentuza de varias razas orientales que
en aquellas embarcaciones entra y sale de, continuo. Pero ni el cielo, ni la mar, ni el pasaje
ocasionaron á la señora ningún disgusto. Fué
la endiablada máquina del vapor la que se encargó de interrumpir lastimosamente la navegación, rompiéndose en la demora de Candia.
Quedóse el buque como una boya, con el árbol
de la hélice en dos pedazos, sin gobierno el ti-
món por rotura de los guardines. Dió al fin remol-
molque un vapor inglés, y le llevó á Damieta;
alli trasbordaron, pasando á Alejandria, donde, .
por variar, sufrieron un nuevo y penoso trasbor-
do con pérdida del equipaje, y mojadura total
de la ropa puesta. En rumbo para Malta, con
divertimiento de Siroco fortísimo, golpes de
mar, y por fin de fiesta, á la entrada de La Va-
lette, rotura de una de las palas de la hélice,
retraso, peligro... En Malta, la dama errante fué
atacada de calenturas intermitentes. Dos semanas de hospital, riesgo de muerte, consterna-
ción, abandono. Por fin, cumpliéndose en aquel
triste caso lo de *Dios aprieta, pero no ahoga*, Catalina de Halma puso el pie en Marsella en un
estado deplorable por lo tocante á nutrición,
vestido y calzado, y cinco dias después, los señores Marqueses de Feramor vieron entrar en su
casa á una mujer que más bien parecia espec-

tro, él rostro descarnado, como de la tierra comido, los ojos brillantes y febriles, las ropas deshechas por el tiempo, el viento y la mar, roto el calzado,... lastimosa figura en verdad. Y como el señor Marqués, poseído de espanto, la mirase ceñudo y dijese: «¿quién es usted?», hubo de contestarle Catalina:

«¿Pero de veras nó me conoces? Soy tú hermana.»

III

No dió su brazo á torcer la Condesa de Halma en las primeras explicaciones y coloquios con sus hermanos, el Marqués de Feramor y la Duquesa de Monterones, es decir, que no se declaró arrepentida de su matrimonio, ni renegaba de éste por los trabajos y desventuras sin cuento que de su unión con el alemán se derivaron. La memoria de su esposo prevalecía en ella sobre todas las cosas, y no permitía que sus hermanos la menoscabaran con acusaciones, ó chistes despiadados. Había venido á que la amparasen, dándole el resto de su legítima si algo restaba, después de saldar cuentas con el jefe de la familia. Pero no se humillaba, ni al pedirlo y tomarlo, en caso de que se lo dieran, había de abdicar su dignidad, achicándose moralmente

ante sus hermanos, y dándoles toda la razón en
el negocio de su casamiento. No, no mil veces.
Si no le daban auxilio ni aun en calidad de
limosna, no le faltaria un convento de monjas
en que meterse. Tampoco repugnaria el entrar
en cualquiera de las Órdenes modernísimas que
se consagran á cuidar ancianos, ó á la asistencia de enfermos, que entre tantas Congregaciones, alguna habría que admitiese viudas
sin dote. Replicóle á esto gravemente su hermano que no se precipitase, y que por de pronto no debía pensar más que en reponerse de tantos quebrantos y desazones.

Cerca de un mes estuvo doña Catalina en la
morada de su hermano sin ver á nadie, ni recibir visitas, sin dejarse ver más que de la familia,
y de la criada que la servía. De las ropas que le
ofrecieron, no aceptó más que dos trajes negros,
sencillísimos, haciendo voto de no usar en todo
el resto de su vida vestido de color, ni de seda,
ni galas de ninguna especie. Modestia y aseo serían sus únicos adornos, y en verdad que nada
cuadraba mejor á su rostro blanquísimo y á su
figura escueta y melancólica. Como todo se ha
de decir, aquí encaja bien el declarar que doña
Catalina no era hermosa, por lo menos, según el
estilo mundano de hermosura. Pero el paso de
tantas desdichas había dejado en su semblante
una sombra plácida, y en sus ojos una expresión

de beatitud que era el recreo de cuantos la miraban. Tenía el pelo rubio tirando á bermejo, la nariz un poco gruesa, el labio inferior demasiado saliente, la tez mate y limpia, la mirada dulce y serena, la expresión total grave, la estatura talluda, el cuerpo rigido, el continente ceremonioso. Algunos, que en aquellos días lograron verla, aseguraban hallarle cierto parecido con doña Juana la Loca, tal como nos han transmitido la imagen de esta señora la leyenda y el pincel. Es caprichoso cuanto se diga de otras semejanzas del orden espiritual, como no sea que la Condesa de Halma hablaba el alemán con la misma perfección y soltura que el español.

No era muy grato al señor Marqués aquel aislamiento monástico en que vivia su hermana, ni le hacían gracia sus propósitos de renunciar absolutamente á la vida social. Aún podría, según él, aspirar á un segundo matrimonio, que la indemnizara de las calamidades del primero; mas para esto era forzoso abandonar la tiesura de imagen hierática, las inflexiones compungidas, no vestirse como la viuda de un teniente, y frecuentar el trato de los amigos de la casa. De la misma opinión era la Marquesa, y ambos la sermoneaban sobre este particular; pero la firmeza con que defendía Catalina sus convicciones, manías ó lo que fuesen, les hizo comprender que nada conseguirían por el momento, y

que debían confiar al tiempo y á las evoluciones
lentas de la voluntad humana la solución de
aquel problema de familia.

Aunque es persona muy conocida en Madrid,
quiero decir algo ahora del carácter del señor
Marqués de Feramor, cuya corrección inglesa es
ejemplo de tantos, y que si por su inteligencia,
más sólida que brillante, inspira admiración á
muchos, á pocos ó á nadie, hablando en plata,
inspira simpatías. Y es que los caracteres exóti-
cos, formados en el molde anglo-sajón, no ligan
bien ó no funden con nuestra pasta indígena,
amasada con harinas y leches diferentes. Don
Francisco de Paula-Rodrigo-José de Calasanz-
Carlos Alberto-Maria de la Regla-Facundo de
Artal y Javierre, demostró desde la edad más
tierna aptitudes para la seriedad, contravinien-
do los hábitos infantiles hasta el punto de que
sus compañeritos le llamaban *el viejo.* Coleccionaba sellos, cultivaba la hucha, y se limpiaba la
ropita. Recogía del suelo agujas y alfileres, y
hasta tapones de corcho en buen uso. Se cuenta
que hacia cambalaches de tantas docenas de bo-
tones por un sello de Nicaragua, y que vendía
los duplicados á precios escandalosos. Interno
en los Escolapios, éstos le tomaron afecto y le
daban notas de sobresaliente en todos los exá-
menes, porque el chico sabia, y allá donde no
llegaba su inteligencia, que no era escasa, llega-

ba su amor propio, que era excesivo. Contentísimo del niño, y queriendo hacer de él un verdadero prócer, útil al Estado, y que fuese salvaguardia valiente de los *intereses morales y materiales* del país, su padre le mandó á educar á Inglaterra. Era el señor Marqués anglómano de afición ó de segunda mano, porque jamás pasó el canal de la Mancha, y sólo por vagos conocimientos adquiridos en las tertulias, sabia que de Albión son las mejores máquinas y los mejores hombres de Estado.

Allá fué, pues, Paquito, bien recomendado, y le metieron en uno de los más famosos colegios de Cambridge, donde sólo estuvo dos años, porque no hallándose su papá en las mejores condiciones pecuniarias, hubo de buscar para el chico educación menos dispendiosa. En un modesto colegio de Peterborough dirigido por católicos, completó el primogénito su educación, haciéndose un verdadero inglés por las ideas y los modales, por el pensamiento y la exterioridad social. En Peterborough no había los refinados estudios clásicos de Oxford, ni los científicos de Cambridge; los muchachos se criaban en un medio de burguesia ilustrada, sabiendo muchas cosas útiles, y algunas elegantes, cultivando con moderación el *horse racing*, el *boat-racing*, y con la suficiente práctica de *lawn-tennis* para pasar en cualquier pueblo del continente por perfectas hechuras de Albión.

Hablaba el heredero de Feramor la lengua inglesa con toda perfección, y conocía bastante bien la literatura del pais que habia sido su madre intelectual, prefiriendo los estudios políticos é históricos á los literarios, y siendo en los primeros más amigo de Macaulay que de Carlyle, en los segundos más devoto de Milton que de Shakespeare. Tiraba siempre á la cepa latina. Al salir del colegio, consiguióle su padre un puesto en la embajada, para que por allá estuviese algunos años más empapándose bien en la savia británica. En aquel periodo se despertaron y crecieron sus aficiones politicas, hasta constituir una verdadera pasión; estudió muy á fondo el Parlamento, y sus prerrogativas, sus prácticas añejas, consolidadas por el tiempo, y no perdía discurso de los que en todo asunto de importancia pronunciaban aquellos maestros de la oratoria, tan distintos de los nuestros como lo es el fruto de la flor, ó el tronco derecho y macizo de la arbustería viciosa.

Ya frisaba don Francisco de Paula en los treinta años cuando por muerte de su señor padre heredó el marquesado; vino á España, y á los diez meses casó con doña María de Consolación Ossorio de Moscoso y Sherman, de nobleza malagueña, mestiza de inglesa y española, joven de mucha virtud, menos bella que rica, y de una educación que por lo correcta y perfilada á la usanza extranjera, no desmerecía de la de su esposo. Poco después casó la hermana mayor del Marqués con el Duque de Monterones. Catalina, que era la más joven, no fué Condesa de Halma hasta seis años después.

Pues señor, con buen pie y mejor mano entró el décimoséptimo Marqués de Feramor en la vida social y aristocrática del pueblo á que había traído las luces inglesas y la ortodoxia parlamentaria del país de John Bull. Afortunadísimo en su matrimonio, por ser Consuelo y él como cortados por la misma tijera, no lo fué menos en política, pues desde que entró en el Senado representando una provincia levantina, empezó á distinguirse, como persona seria por los cuatro costados, que á refrescar venía nuestro envejecido parlamentarismo con sangre y aliento del país parlamentario por excelencia. Su oratoria era seca, *ceñida*, mate y sin efectos. Trataba los asuntos económicos con una exactitud y un conocimiento que producían el vacío en los escaños. ¿Pero qué importaba esto? Al Parlamento se va á convencer, no á buscar aplausos; el Parlamento es cosa más seria que un circo de gallos. Lo cierto era que en aquella soledad de los bancos rojos, Feramor tenía admiradores sinceros y hasta entusiastas, dos, tres y hasta cinco senadores machuchos, que le oían con cierto arrobamiento, y luego salían poniéndole en los cuernos de la luna: «Así se tratan las cuestiones. Aqui, aqui, en este espejo tienen que mirarse todos: esto es lo bueno, lo inglés de la tía Javiera, la marca Londón legítima, de patente.»

IV

Fuera del Senado, el Marqués tenía también su grupito de admiradores, que le citaban de continuo como un modelo digno de imitación. Por él y por otros muy contados próceres, se decia la frase de cajetín: «¡Ah, si toda nuestra nobleza fuera así, otro gallo le cantara á este país!» El amanerado argumento de achacar nuestras desgracias políticas á no tener un patriciado á estilo inglés, con hábitos parlamentarios y verdadero poder político, llegaba á ser una cantinela insoportable.

Es muy digno de notarse que Feramor desmentía la vulgar creencia de que todo inglés de alta clase ha de ser caballista, y delirante por cualquiera de los *sports* que en Albión se usan. Para gloria suya, no habia importado del país serio, más que la seriedad, dejándose de lado allí del canal las chifladuras hípicas. Aunque algo y aun algos entendía de lo referente al *turf*, no se ocupaba de ello sino con frialdad cortés, marcando siempre la distancia que media intelectualmente entre un *handicap* y un discurso político, aunque sea ministerial. Y si era cazador, y de los buenos, no mostraba por esta afición una preferencia sistemática y absorbente. Así los gustos como las obligaciones existían en él en su valor propio y natural, y la inteligencia era siempre la maestra y el ama de todo. En el concierto de sus facultades dominaba la que Dios le había dado para que gobernase á las demás, la facultad de administrar, y mientras llegaba el caso de llevarle las cuentas á la Nación, llevaba las suyas con un acierto y una nimiedad que eran un nuevo tema de aplauso para sus admiradores. «¡Un aristócrata que administra! ¡Oh, si hubiera muchos Feramor en nuestra grandeza, la nación no andaría tan de capa caída!»

La fortuna patrimonial del Marqués no era grande, porque su padre había puesto en práctica doctrinas que se daban de cachetes con la regularidad administrativa. Pero la riqueza aportada al matrimonio por la Marquesa fortalecía considerablemente la casa, en la cual reinaba un orden perfecto, gastándose tan sólo la mitad de las rentas. Vivían, pues, con decoro y modestia, sometidos gustosamente á un régimen de previsión entre dos jalones; el de de-

lante fijando el límite de donde no debía pasar
el lujo, para evitar despilfarros, el de atrás marcando la raya de la economía, para no llegar á la
sordidez. A mayor abundamiento, la Marquesa,
que parecia hecha á imagen y semejanza de su
esposo, y que con la convivencia se asimilaba
prodigiosamente sus ideas, salió tan administrativa y administradora como él, y le ayudaba á
sostener aquel venturoso equilibrio. Ambos lu-
cían en el gobierno de la casa, con una perfecta entonación económica, si es permitido decirlo así. Diversas eran las opiniones mundanas
sobre esta manera de vivir, pues si algunos les
criticaban por no tener una cuadra de gran importancia hípica, como correspondía á los gustos
ingleses del Marqués, otros le elogiaban sin
tasa por su excelente biblioteca, principalmente
consagrada ¡oh!... á ciencias morales y politicas.
Su mesa era inferior á la biblioteca, y superior
á la cuadra. Sólo habia cinco convidados un día
por semana.

Expresadas las opiniones, conviene apuntar
las hablillas, aunque éstas desdoren un poco la
noble figura de los Feramor. Lenguas, que evi-
dentemente eran malas, decían que el Marqués
colocaba el sobrante de sus rentas á préstamo
con réditos enormes, sacando de apuros á sus
compañeros de grandeza, comprometidos en el
juego, en el *sport* ó en otros vicios. En esto la

máledicencia no acertaba, como casi siempre su-
cede, pues los préstamos del Marqués no eran
de calidad extremadamente usuraria. Se refor-
zaba, sí, con buenas hipotecas, y cuando la ga-
rantía era floja y el reembolso problemático, sus
principios económicos le aconsejaban aumentar
prudencialmente los intereses. Ello es que si en
rigor de verdad no debía ser llamado usurero,
tampoco habría mayor injusticia que aplicarle
el calificativo de generoso. Ni la adulación que
todo lo puede, podía llamarle así. Los amigos
más benévolos no acertaban á descubrir en él
un rasgo de desprendimiento, ó un ejemplo de
favor desinteresado. Era todo exactitud en el
pensar, precisión matemática en las acciones,
como una máquina de vida social en la que se
suprimieran los movimientos de la manivela
afectiva. No faltaba jamás á sus deberes, no se
le podía coger en descuido de sus compromisos;
pero tampoco se le escapaba la sensiblería de
hacer el bien por el bien. Siempre en guardia,
y custodiándose á sí propio con llaves seguras
que sólo él manejaba, no permitía nunca que la
espontaneidad abriese su intérior de hierro, ni
menos que mano profana penetrase en él.

Ved aquí por qué no gozaba de simpatias, y
los que le admiraban como el último modelo
inglés de corte de personas, no le querían. En-
contrábanle todos poco español, privado de las

virtudes y de los defectos de la compleja raza
peninsular. Habríanle querido menos reglamen-
tado moralmente, menos exacto, y un poquitín
perdido. Físicamente, era hermoso, pero sin expresión, de facciones á las cuales no se podía
poner la menor tacha, rematadas por una corona negativa, es decir, por una calva precoz, lus-
trosa y limpia, que él consideraba como la más
airosa tapadera de la seriedad británica. Su trato fuera de casa era delicado y fino, dentro de
una elegante tibieza, y en la intimidad domés-
tica seco y autoritario, sin ninguna disonancia,
pero también sin asomos de dulzura, como un
preceptor ó intendente, más que como padre y
esposo. De la señora Marquesa, que no era más
que el *feminismo* del carácter de su marido, poco
hay que decir. La asimilación había llegado á
ser tan perfecta, que pensaban y hablaban lo
mismo, usando las propias locuciones familiares. Ambos se expresaban en inglés con notable
soltura. Y la asimilación no paraba en esto,
pues ocurría en aquel matrimonio joven lo que
en algunos viejos, reducidos por larga convivencia á una sola persona con dos figuras distintas. El Marqués y la Marquesa se parecían
físicamente; ¿qué digo se parecían? eran iguales, á pesar de señalarse ella por poco bonita y
él por bastante guapo; iguales el mirar, el respirar, los movimientos musculares del rostro,

el aire grave de la frente, el temblor impercep-
tible de las ventanillas de la nariz, la manera
de llevar los quevedos, pues ambos eran miopes,
la boca, la sonrisa de buena educación más que
de bondad. Decía un guasón, amigo de la casa,
que si uno de los dos se muriera, el supervi-
viente sería viudo de sí mismo.

Vivían en la casa patrimonial de los Feramor,
en una de las plazoletas irregulares próximas á
San Justo, con vistas á la calle de Segovia y al
Viaducto por la parte de Poniente; casa vetusta,
pero que con los remiendos y distribuciones hechas por el Marqués no había quedado mal. La
parte baja, agrandada y mejorada notablemente,
se dividía en dos cuartos de renta, y se alqui-
laron, el uno para litografía, el otro para las
oficinas de una Sacramental. El segundo, distri-
buido al principio en tres cuartos de alquiler,
fué después anexionado á la casa para aposentar
convenientemente á los niños mayores, á la institutriz y á parte de la servidumbre. En aquel
piso escogió su habitación doña Catalina, no per-
mitiendo que fuera amueblada con lujo, sino
más bien como celda de convento, á lo cual se
opusieron los Marqueses, enemigos declarados
de toda exageración. La exageración les sacaba
de quicio, y por tanto arreglaron la estancia
modestamente, pero evitando la afectación de
pobreza monástica.

Al mes de su regreso á Madrid, la triste viuda empezó á salir de aquel estupor doloroso en que había venido. Ya tomaba gusto á la vida de familia, rompía la melancólica solemnidad de su silencio, y se distraía algunos ratos en la sociedad inocente de sus sobrinitos, dándoles de comer, ayudando á la institutriz, ó bien recreándoles con cuentecillos y juegos que no fueran ruidosos. Nunca bajaba al comedor grande á la hora oficial de comida. O se la servía en su cuarto, ó con la familia menuda, en el comedor de arriba. Su vida era simplísima, y de una regularidad conventual: se levantaba al romper el día, oía misa en el Sacramento ó en San Justo, volvía sobre las ocho, rezaba ó leía haciendo labor de gancho, y el resto del día lo empleaba en repasar á los chiquillos la lección, volviendo de rato en rato á la misma tarea de la lectura, el gancho y el rezo. Su cuñada subía con frecuencia á darle conversación y distraerla; su hermano rara vez remontaba su seriedad al segundo piso, y cuando tenía algo de interés que comunicarle la llamaba á su despacho. Una mañana, después de preparar el discurso que había de pronunciar aquella tarde en el Senado, extrayendo mil y mil datos de revistas y periódicos que trataban de la monserga económica, habló largamente con su hermana de lo que se verá á continuación.

V

« Y yo te pregunto, querida hermana: ¿vas á estar así toda la vida? ¿No es ya bastante duelo? ¿No te hartas todavía de obscuridad, de silencio, de rezos monjiles y de ese quietismo, que al fin dará al traste con tu salud y hasta con tu vida?... ¿No respondes? Bueno. Conociendo tu terquedad, ese silencio me indica que aún tenemos melancolías y soledades para un rato. ¡Ah! Catalina, ¿por qué no eres como yo? ¿por qué no tienes un poco de sentido práctico, y das de mano á esas exageraciones? Ea, planteemos la cuestión en terreno despejado. ¿Piensas consagrar absolutamente tu vida á las devociones, á la religión, en una palabra?

—Sí—respondió la de Halma con lacónica firmeza.

—Bueno. Ya tenemos una afirmación, ya es algo, aunque sea un disparate. Vida religiosa: corriente. ¿Y tú lo has pensado bien? ¿No temes que venga el desaliento, el cambio de ideas cuando ya sea tarde para el remedio?

—No.

—Corriente. Una negación tan rotunda ya es algo. Adelante... Luego, tu determinación es irrevocable; luego, te sientes con fuerzas para afrontar esa vida, que yo soy el primero en ala-

3

bar y enaltecer... esa vida, ¡ah! de la cual hallamos ejemplos tan hermosos en los tiempos pasados, pero que en los presentes... ¡ah!... Resumiendo: que te propones ingresar en alguna de las Órdenes existentes, y acabar tu vida en un claustro. Perfectamente; pero aquí entro yo, aquí entra tu hermano mayor, el jefe actual de la familia, el cual tiene la suerte de ver las cosas con gran claridad, y de plantear todas las cuestiones en el terreno positivo. Yo te pregunto: ¿es tu deseo pertenecer á alguna de las Órdenes claustradas y reclusas, ó á estas modernas, á la francesa, que persiguen fines esencialmente prácticos y sociales? Te lo pregunto, querida hermana, no porque piense oponerme á tu resolución en ninguno de los dos casos, sino para fijar bien los términos de la cuestión, y puntualizar tus relaciones ulteriores con la familia bajo el punto de vista social y económico. Conviene tratar el tema de la dote, ó sea de tu religiosidad bajo el aspecto de los intereses materiales... Porque si no fijamos bien... si no demarcamos bien...»

Doña Catalina interrumpió con nerviosa impaciencia á su hermano, en el momento en que éste acentuaba sus argumentaciones con los dos dedos índices sobre el filo de la elegantísima mesa de su despacho.

«No te canses en tratar este asunto como si

fuera una discusión del Senado. Esto es senci-
llísimo; tanto, que yo sola puedo resolverlo sin
consejo ni auxilio de nadie. Quédense tus sabi-
durías para cosas de más importancia. Yo tengo
mis ideas...»

Aquí la interrumpió él prontamente, apo-
derándose de la frase para comentarla con cierta acritud:

«Eso es lo que yo temo, señora hermana; y
cuando te oigo decir: «Tengo mis ideas», me
echo á temblar, porque los hechos me prueban
que tus ideas no són de una perfecta congruen-
cia con la realidad.

—Ello es que las tengo, querido hermano—
dijo la Condesa de Halma con humildad,—y tú
tienes las tuyas. Fácil es que no concuerden
unas con ótras. Pensamos, sentimos la vida de
un modo muy distinto. Déjame á mí por mi camino, y sigue tú el tuyo. Quizás nos encontre-
mos, quizás no. ¿Eso quién lo sabe? Cierto es
que yo quiero hacer vida religiosa. No puedo
decirte aún si entraré en las Órdenes antiguas
ó en las modernas. Soy un poco lenta en mis
resoluciones, y mis ideas han de madurar mucho para que yo me decida á ponerlas en práctica. Quizás te sorprenda con algún proyectillo
que pase un poquito la línea de lo común. Nó
sé. Cada cual tiene sus aspiraciones. Yo las tengo en mi esfera, como tú en la tuya.

—Ya, ya—dijo el Marqués encontrando un fácil motivo de argumentación humorística.— Mi señora hermana pica alto. La fuerza de su humildad le sugiere ideas que se parecen al orgullo como una gota á otra gota. No encuentra dignas de su ardor religioso las Órdenes consagradas por el tiempo, y aspira á eclipsar la gloria de las Teresas y Claras, fundando una nueva Regla monástica para su recreo particular... Y yo pregunto: ¿corresponderán las facultades intelectuales de mi querida hermana á la nobilísima aspiración de su alma generosa? Me permito dudarlo... No me niegues que has pensado en ello, Catalina, y que sueñas con la celebridad de fundadora. Te lo he conocido en lo que callas, conversando conmigo, más que en lo que dices. Te lo he conocido en ciertas reticencias sorprendidas en ti, cuando de soslayo tratamos alguna vez del empleo que pensabas dar á los restos de tu legítima. Y ahora, hermana mía, abordo nuevamente la cuestión de intereses, asaltado de una duda. Yo pregunto: ¿mi señora hermana, en el estado cerebral particularísimo que es producto infalible del misticismo, está en el caso de apreciar con exactitud la cuantía de su legítima, después de los suplidos de Oriente, que no hay para qué recordar ahora? Permítaseme dudarlo.

—Creo poder apreciarlo—dijo la de Halma

con firmeza;—aunque, según tú, me falta el sentido de las cosas materiales·

—No es caprichosa esa opinión mía, pues la fundo en una triste experiencia. Por no haber sabido á tiempo amaestrar la imaginación, ésta te desfigura los hechos, te agranda todo lo que pertenece al concepto ventajoso, y te empequeñece lo...

—¡Ay, no!—replicó la viuda con viveza.—¿Piensas que la imaginación me empequeñece lo malo?... Di más bien lo contrario. Veo siempre considerablemente extendido todo aquello que me perjudica...

—Seguramente creerás que la parte de tu legítima que está en mi poder —dijo don Francisco de Paula con cierta conmiseración,—se eleva á una cifra fabulosa. Fuera de que la legítima era en sí bastante menor de lo que pudimos creer en vida de nuestro querido padre (que de Dios goce), hay que tener en cuenta que tu disparatado casamiento más ha sido para disminuirla que para aumentarla.

—Dejaremos esta cuestión para cuando sea más oportuno tratarla—dijo doña Catalina levantándose.

—Como quieras. Pero no te impacientes por subir á tu nido, y oye la observación que quiero hacerte respecto á tus proyectos de vida monástica. Siéntate un momento más, y bueno

será que atiendas ahora, más que otras veces lo
hiciste, á las sanas advertencias de tu hermano,
que á falta de otra sabiduría, tiene la de .pre-
sentar las cuestiones en su aspecto serio. No te
censuro que te lances con ardor á la vida religiosa y santa. También eso, aunque con apariencias imaginativas, puede ser práctico, esencialmente práctico. Si tu conciencia, si tu corazón te impulsan por ese camino, síguelo, que tu
carácter y los hábitos adquiridos no te permi-
tirán quizás, ó sin quizás, ir por otro. Mi aprobación en toda regla. Cuanto pertenezca al orden de la piedad, y á los supremos *intereses*
espirituales, me tendrá siempre en favorable
disposición. Pero concrétate á un papel puramente pasivo, pues no naciste tú para la iniciativa ni para la actividad, en su acepción más
lata. Temo mucho á tus ambiciones de fundadora, y veo en peligro los reducidos intereses
que constituyen tu legítima. Con ellos se te podría constituir una dote decorosa, y si me apuran, una dote espléndida. Pero si en vez de con-
cretarte á ser humilde oveja, como piden tu
carácter débil y, permíteme que lo diga, tus
cortos alcances, te quieres meter á pastora, no
tienes ni para empezar. ¡Ah! vivimos en un siglo en que no se pueden desmentir las leyes
económicas, querida hermana; y el que no tenga en cuenta las leyes económicas, se estrellará

en toda empresa que acometa, aun aquellas del
orden espiritual. Así como no se puede hacer
una tortilla sin romper huevos, no puede em-
prenderse cosa alguna sin capital. Hoy no se
crean Órdenes ó Congregaciones con el esfuerzo
puro de la fe y del ejemplo edificante. Se necesita que el que funda, posea una fortuna que
consagrar al servicio de Dios, ó que encuentre
protectores ricos y piadosos. Tú no los encontrarás para ese objeto, si piensas buscar apoyo
en la familia. Los parientes próximos, puedo
citártelos uno por uno, no están en disposición
de consagrar á un negocio tan problemático
como la salvación de las almas propias y ajenas
sus apuradas rentas. De modo, que si te obsti-
nas en llevar adelante un pensamiento demasiado ambicioso, no harás nada de provecho, y per-
derás en vanas tentativas lo poco que tienes.
Nuestra época admite los arrebatos místicos,
pero con la razón siempre por delante; admite
la caridad en grado heroico, pero con capital á
la espalda, capital para todo, hasta para alla-
narle á la humanidad los caminos del Cielo. Tú
no posees ni ese capital encefálico que se llama
razón, ni esa razón suprema de los actos colec-
tivos, que se llama capital. Intenta algo que se
salga de lo común, y verás como sale un des-
propósito. Siembra tu pobre iniciativa, y co-
gerás cosecha de tristes desengaños.

—¿Has concluído?... ¡Qué bien se explica el señor senador!—le dijo Catalina con gracejo.— ¿Y si te dijera que no me has convencido? Me reñirías un poquito más. ¿Y si al reñirme más, yo me permitiera el atrevimiento de no hacerte caso? Pero si no conoces mis ideas, ni mis planes, ¿para qué los criticas? Es una verdadera desdicha que seas tan parlamentario, porque á todo le das el giro de discusión de negocio grave, y te sale un debate político de cada dedo. Yo no discuto, ni critico, ni *parlamenteo* nada. Lo que pienso hacer lo haré si puedo, y si no, no. ¿Ya te estás curando en salud, creyendo que voy á pedirte algo que no sea mío? Respira tranquilo, hombre práctico, apóstol del dogma económico, y de las sacrosantas doctrinas del capital y la renta, y tal y qué sé yo. Niégame que existe un capital más eficaz que el que se forma con el dinero y la razón.

—A ver... ¿qué?

—La fe... No te rías...

—Si no me río. Pues estaría bueno que yo me riera de la fe... no, querida y respetada hermana... Debo poner punto por hoy en estas discusiones. Sé que no he de convencerte. Yo digo: «terquedad, tu nombre es Catalina de Halma...» Espero que otro será más afortunado que yo.

—¿Quién?

—Don Manuel... Nuestro buen amigo triun-
fará de tus manías.»

En aquel punto entró en el despacho la Marquesa, que acababa de llegar de misa, y cogiendo al vuelo las últimas palabras, terció en el
debate, repitiendo, como un eco de su marido:
«Don Manuel, don Manuel te convencerá.»

VI

Y como si las palabras de Consuelo fueran
una evocación, apareció en la puerta, sin que
antes se le sintieran los pasos, un clérigo alto
y viejo, que sonriendo y con blanda vocecilla,
decía: «Don Manuel, sí, aquí está don Manuel,
dispuesto á convencer á la misma sinrazón...
¡Oh, mi señora doña Catalina!... Á fe de Manuel
Flórez que no esperaba tan grato encuentro, y
pensaba, antes de almorzar, darme una vuelte-
cita por arriba.

—Hoy es día solemne—dijo el Marqués con
su habitual cortesanía;—hoy tenemos á almorzar al señor don Manuel, y mi hermana, que
sabe cuánto se merece un amigo de tal calidad,
quebranta su clausura, baja al comedor y nos
acompaña á la mesa.

—No merezco yo tanto... ¡Oh!»

Doña Catalina quiso protestar sin ofender al
venerable sacerdote; pero su voz fué ahogada

por admoniciones cariñosas, y poco después pasaron los cuatro al comedor. Por el camino decía el simpático Flórez á la Condesa de Halma: «No está demás, mi buena y santa amiga, aflojar un poquito la cuerda de vez en cuando.» Con decir que la educación del Marqués y la de su esposa era exquisita, se dice que en el curso del almuerzo no se habló más que de cosas gratas, en las cuales pudieran todos decir su palabra sin ninguna violencia. Catalina estuvo melancólica y amable, don Manuel festivo, el Marqués reservado, y Consuelo con todos fina y obsequiosa. Nada ocurrió, pues, que merezca especial mención. Dijeron algo de política, que Feramor trataba siempre con criterio muy elevado, huyendo de las personalidades, cuatro palabras de literatura y academias, y un poco también del proceso del cura Nazarín, que por aquellos días monopolizaba la atención pública, y traía de coronilla á todos los periodistas y *reporters*. Divididos los pareceres sobre aquella extraña personalidad, unos le tenían por santo, otros por un demente, en cuyo cerebro se habían reunido con extraordinaria densidad los corpúsculos insanos que flotan, por decirlo así, en la atmósfera intelectual de nuestro tiempo. Interrogado sobre tan peregrino caso, el bonísimo don Manuel dijo que aún no tenía datos suficientes para formar criterio en aquel punto, y que se reservaba su opinión para cuando hubiese estudiado, con repetidas visitas y conferencias, al loco, santo, ó lo que fuera. La de Halma no dijo esta boca es mía, ni aun demostró interés en un asunto, que por ser cosa que andaba en los periódicos, debió de parecerle de interés vano y pasajero.

Después del almuerzo, subieron don Manuel y doña Catalina al aposento de ésta, y se entretuvieron largo rato charlando con los chiquillos y la institutriz, la cual era inglesa, de edad madura, con rostro de pájaro disecado, buena persona, que sabía su oficio y cumplía muy bien, transmitiendo á las criaturas sus maneras finísimas, y sus tópicos de ciencia fácil para uso de familias bien acomodadas. Cuatro eran los niños de los señores Marqueses, y á todos se les nombraba con los diminutivos familiares, á la usanza inglesa. Alejandrito, el mayor *(Sandy)*, despuntaba por su corrección de pequeño *gentleman*, y era un fiel trasunto de su papá, por lo comedido, lo económico, y la precocidad de las cosas prácticas. Seguía Catalinita *(Kitty)*, ahijada de su tía del mismo nombre, monísima criatura, muy espiritual y un poquitín traviesa. Paquito *(Frank)* era un poco abrutado, pero en él despuntaba una inteligencia sólida para la mecánica y... las obras públicas. Como que su juego preferido era imitar el ferrocarril, haciendo él de locomotora. Seguía Teresita, de tres años, á la cual llamaban *Thressie*, gordinflona, comilona, y nada espiritual, por el momento. Se pirraba por chapotear en agua, lavar trapos, y otras ordinarias ocupaciones. Era la que más daba que hacer á la *miss*, á quien llamaban *Dolly*, que es lo mismo que Dorotea.

Fuéronse todos de paseo muy bien arregladitos, pastoreados por la inglesa, y solos ya la Condesa y don Manuel, se encerraron, quiero decir, que á solas estuvieron larguísimo tiempo, casi toda la tarde, charlando de cosas graves de religión y de beneficencia. No es posible continuar en esta verídica narración sin afirmar que don Manuel Flórez era un sacerdote muy simpático: sus singulares prendas lo mismo le daban prestigio y consideración en las clases altas, que popularidad en las inferiores. Entre diversos linajes de personas andaba de continuo, codeándose con aristócratas, ó alternando con la pobreza humilde, y arriba y abajo sabía emplear el lenguaje más propio para hacerse entender. En él eran de admirar, más que las virtudes hondas, las superficiales, porque si no carecía de austeridad y rectitud en sus principios religiosos, lo que más en él resplandecía era la pulcritud esmerada de la persona, la dulzura, la benevolencia, y el lenguaje afectuoso, persuasivo y en algunos casos retórico de buen gusto. La maliciá pudo alguna vez tratar de mancharle, arrojándole salpicaduras de lodo callejero; pero siempre salió limpio y puro de aquellos ataques por su constancia en despreciarlos y no darles ningún valor.

Nuncà tuvo ambición eclesiástica. Hubiera podido ser obispo con sólo dejarse querer de las muchas personas de gran influencia política que le trataban con intimidad. Pero creyó siempre que, mejor que en el gobierno de una diócesis, cumpliría su misión sacerdotal utilizando en servicio de Dios la cualidad que Éste, en grado superior, le había dado, el don de gentes. ¡Prodigiosa, inaudita cualidad, cuyos efectos en multitud de casos se revelaban! No era sólo la palabra, ya graciosa, ya elocuente, familiar ó grave según los casos; era la figura, los ojos, el gesto, el alma flexible y escurridiza que se metía en el alma del amigo, del penitente, del hermano en Dios, y aun del enemigo empecatado. Podría creerse que tal cualidad serviría para lucir en el púlpito. Pues no señor. En su juventud había probado la oratoria sagrada con éxito dudoso. Predicador adocenado, pronto hubo de conocer que á ninguna parte iría por aquel camino. Su apostolado tenía por órgano la conversación, y el trato social era el campo inmenso donde debía ganar sus grandes batallas.

Vivía Flórez con independencia, de la renta

de dos buenas fincas que heredó de sus padres en Piedrahita. No tenía, pues, que afanarse por la *pícara olla*, ni que volver los ojos, cómo otros infelices, al palacio episcopal, á las parroquias ó al Ministerio de Gracia y Justicia. Dios le había hecho vitalicio el pan de cada día, poniéndole en condiciones de ejercer su ministerio con la eficacia que da... una alimentación perfecta. No le venía mal la independencia hasta para la conservación de su fácil ortodoxia, de su perfecta conformidad con el espíritu y la letra de cuanto enseña y practica la Santa Iglesia. Vestía con pulcritud y hasta con cierta elegancia dentro de la severidad del traje eclesiástico, sin que en ello hubiera ni asomos de afectación, pues en él el aseo y la compostura eran cosa tan natural como el habla correcta y la bondad de las acciones. Era elegante, por la misma razón porque cantan los pájaros y nadan los peces. Cada sér tiene su epidermis propia, producto combinado de la nutrición interior y del medio atmosférico. La ropa es como una segunda piel, en cuya composición y pátina tanta parte tiene lo de dentro como lo de fuera.

Importantísimo debía de ser lo que hablaron aquella tarde don Manuel y doña Catalina, porque la encerrona fué larga. Despidióse el buen sacerdote al fin, diciendo al coger su teja: «Quedamos en eso... ¿eh?

—Yo no diré nada, ni haré nada.

—Corriente, mi buena y santa amiga. Si algo le dicen á usted, desentiéndase. Si sobreviene algún disgustillo, écheme la culpa. No tiene más qué decir: «cosas de don Manuel».

—Perfectamente. Si consigo lo que deseo, á usted lo deberé todo, y suya será la gloria.

—No, eso no: la gloria es de usted, quedamos en eso, en que la gloria es de usted. No soy más que el ejecutor ó el auxiliar de una grande, de una excelsa idea. Adiós, adiós.»

VII

Bajó despacito las escaleras, fija la vista en los peldaños, mientras volteaba en su mente la grande, la excelsa idea, y en el portal se encontró á los señores Marqueses que regresaban de su paseo en coche.

«¿Todavía por aqui, don Manuel?

—¿Quiere quedarse á comer?

—Gracias mil. Ya saben que no como á estas horas. Mi chocolatito, y á la cama como un ángel. Consuelo, buenas tardes.

—¿Y cuándo tendremos el gusto de volver á verle por aquí?—le preguntó el Marqués.

—Ese gusto lo tendrán ustedes mañana.

—El disgusto será de usted.

—Quizás... Pero en fin, mañana hablaremos. Abur, abur.»

Requirió el manteo, y se fué, dejando á su buen amigo un tanto caviloso con aquel anuncio de conferencia, que debía de ser, se lo decía el corazón, alguna extravagancia de su señora hermana la Condesa. Preparóse, pues, prejuzgando todos los órdenes, de razonamientos con que podría embestirle don Manuel, y le aguardó tranquilo. Las diez no eran todavía cuando el sacerdote entró en la casa, y ambos en el despacho, sentaditos á uno y otro lado de la mesa, hablaron largo tiempo. El Marqués, si le dejaban, era un águila para las amplificaciones; pero Flórez sabía ser lacónico y contundente cuando el caso lo exigía. La confianza autoritaria, de superior á inferior, con que le trataba, por haber sido su maestro antes de la partida de Feramor para Inglaterra, facilitaba mucho á don Manuel las fórmulas de concisión.

«Ya, ya me lo figuraba—dijo el Marqués, oída la breve exposición que hizo don Manuel de su visita.—Desde que usted me indicó anoche... Bajaba usted de su cuarto, donde estuvo en cónclave con ella toda la tarde... En seguida comprendí. Mi señora hermana desea que le entregue su legítima.

—Exactamente.

—¿Y para eso tanto misterio, y conferencias

tan largas entre usted y ella? ¿Por qué no me
lo dice? ¿Acaso me niego á entregarle lo suyo?
¿Por ventura no tengo mis cuentas bien claras, y mi conciencia muy tranquila, y todos los
asuntos tan en regla, que fácilmente podría.
contestar á cuantas objeciones se me hicieran?
Vea usted, vea usted...»

Y diciendo esto sacó un legajo cuyo rótulo
decía: «Cuenta de las cantidades suplidas á mi
señora hermana Catalina...»

«Ya, ya—dijo el clérigo continuando de memoria la lectura del rótulo.—«Suplidos en Madrid cuando se casó... y después en Sophia,
Constantinopla, Corfú...» Dame acá.

Y tomó los papeles, y sin dignarse pasar por
ellos la vista, con resolución firme y calmosa
empezó á romperlos, no pudiendo hacerlo con
todo el legajo de una vez, por ser demasiado
grueso.

«¡Qué hace usted, don Manuel!—exclamó el
Marqués abalanzando su cuerpo por encima de
la mesa, pero sin atreverse á quitarle al otro de
las manos los papeles que rompía pausadamen-
te, echando los pedazos en una cestita próxima.

—Ya lo ves... Hago lo que tú harías si fueras
como Dios y yo queremos que seas, lo que harás
seguramente si reflexionas en ello... Déjame,
déjame que deshaga toda esta podredumbre...

—Pero...

—No hay pero que valga. ¡Si has de concluir por aprobarlo, y ayudarme á romper los que quedan! Hijo mío, tengo de ti mejor idea de lo que parece, y aunque te empeñes en disimular tu buen corazón con esas apariencias de egoísmo que te impone la sociedad, no has de conseguirlo. Ya, ya estás comprendiendo que debes entregarle á tu hermana su legítima íntegra, y que esa resta infame que tenías preparada no es propia de un caballero cristiano... como debes ser... como eres, lo digo y lo repito, como eres.

—¡Don Manuel!

—Don Manuel te quiere mucho, y cuando te ve desfigurado por el egoísmo, que todo lo contamina, te rehace á su gusto... Yo quiero que seas conforme al tipo de caballero cristiano que quise formar en ti cuando te llevaron á tierras de ingleses metalizados. No pongas esa cara compungida, ni abras esos ojazos, Paco, amigo mío y discípulo amado. Los anticipos que hiciste á tu hermana son miserias... miserias para ti, que eres rico; y si retienes esas cantidades al entregarle su legítima, rebajas tu dignidad, y te pones al nivel de la gente mal nacida. Prueba que eres noble, no sólo de nombre, sino de hechos, y perdónale á tu pobre hermana las limosnas que le hiciste, que si el no dar limosna es cosa fea, el reclamar la que se dió es cosa feísima, plebeya, vil.

—Permítame usted, mi querido Flórez--dijo
el Marqués palideciendo, sin ningunas ganas
de ceder, pero también sin ánimo para opo-
nerse al rasgo de su amigo y maestro;—permítame usted que le diga que no es esa la manera
de tratar las cuestiones de intereses. Discuta-
mos...

—Eso es lo que tú quieres, discutir, porque
en ello siempre llevas ventaja. Pues yo aborrez-
co las discusiones; soy muy poco parlamentario.
¿Y para qué habíamos de discutir? Ya han des-
aparecido en pedacitos mil tus famosas cuentas.
Mía es la responsabilidad de este crimen de lesa
majestad... económica. Pero mi conciencia está
tranquila, y aquí donde me ves, al romper tus
papelotes he sentido en mi interior un goce vi-
visimo. ¡Si tú eres bueno, si tú mismo no sabes lo bueno que eres! Ea, voy á echármelas
de parlamentario. Discusión: planteo el debate.
Seré breve, muy breve. Escúchame. Tú eras
rico, tu hermana pobre. Tú habías hecho un
buen casamiento, bajo todos puntos de vista; tu
hermana lo había hecho detestable. Tú eras feliz, ella desgraciada. ¿Qué menos podías hacer
que socorrerla en su miseria, cuando aún no podías entregarle su legítima, por no estar ulti-
mada la testamentaría? La socorriste, fuiste
buen hermano, buen caballero, y ahora, cuando
ella te pide la herencia de vuestro padre, te ade-

lantas gallardamente y le dices: «Querida hermana, toma lo que te pertenece, y olvida los
sinsabores que te causé, como yo olvido los socorros que te di.» Esto hace un prócer, esto hace
un caballero, esto hace el primogénito de una
casa ilustre que hoy se encuentra en posesión
de grandes riquezas.

—No me deja usted hablar... ¡Pero don Manuel de mi alma...!

—Si estoy yo *en el uso* de la palabra, como
decís allá. Después hablará su señoría, que aún
tengo mucho que decir... Sigo. Pues me figuro
que tengo delante de mí á tu padre, ó mejor
aún, que el hombre que tienes frente á ti, no
soy yo, sino aquel bonísimo aunque desordena-
do Pepe Artal, mi noble amigo. ¿Por qué me
decidí á romperte todo este papelorio? Porque
tenía la seguridad de que él lo hubiera roto. No
era yo, era él, quien lo rompía. Hago revivir
ante ti la imagen, más que la memoria, de tu
padre, para que le imites en este caso, aunque
en otros me guardaría muy bien de presentár-
telo como modelo. ¡Ah!... Paco mío, tu padre
era un perdido... digo, tanto como un perdido
no, era una mala cabeza, el desbarajuste, la im-
previsión. Cabeza de trapo, corazón de oro. ¡Qué
corazón el de Pepe Artal! Era el caballero español, dispuesto á todas las barbaridades ima-
ginables; pero también generoso, verdadera-

mente noble y magnánimo. El pobrecito no conoció á los economistas ingleses, ni siquiera por el forro. Había oído hablar con grandes encarecimientos de los políticos de allá: Lord Palmerston, Pitt, qué sé yo; pero él no les conocía más que yo á los sacerdotes de Confucio. Creía que todo lo bueno ha de traer una marca que diga *Londón*, y se empeñó en que tú habías de entrar en el mundo social y político con esa etiqueta. Fuiste allá, volviste hecho un inglesote. Vales mucho, yo no lo niego. Serás capaz de arreglar la Hacienda española... trabajo te mando... como has arreglado la tuya. Tienes grandes cualidades, algunas muy raras aquí, y que nos hacen mucha falta; pero careces de otras, quizás las más elementales... Pero yo, que te quiero tanto, tanto, te cojo, como se coge un muñeco ó cualquier figurilla de materia blanda, y te retuerzo, y te doy una gran vuelta, hasta enderezar en ti lo que me parece torcido, y hacerte á mi gusto... Con que, se acabó el discurso. Quedamos en eso: en que le entregarás á tu hermana su legítima sin escatimarle las sumas con que acudiste á sus necesidades en los tiempos de su extrema pobreza... ¿Estamos? Pues bien, ahora, yo que soy un gran embustero cuando el caso llega, subiré á ver á Catalina, y le soltaré una mentira muy gorda, pero muy gorda...

—¡Qué!

—Que tú, por tu propia iniciativá, como saliendo de ti, ¿me entiendes? has tenido ese rasgo. Que yo no te he dicho nada, que los papeles los rompiste tú, mejor, que ya los habías roto; en fin, yo me entiendo.

—¿Y eso dirá usted á mi hermana?

—Eso mismo, tal como lo oyes.

—Pues no lo creerá—dijo Feramor, sonriendo por primera vez después del sofoco que acababa de pasar.

—Tanto peor para ella y para ti... Pero sí lo creerá. Basta que se lo diga yo.

—Con muchos actos de veracidad como éste...

—¡Pero si en rigor no es mentira lo que pienso contarle! ¡Si tú, al fin, sientes ya no haber tenido aquella espontaneidad, porque tu corazón se ha vuelto del lado de la esplendidez galana y noble! Y el aceptar ahora gozoso lo que antes no hiciste, es lo mismo que si lo hubieras hecho, y llegas á creer que tú mismo rompiste las cuentas, y... Vaya, confiésame que te has penetrado de tu papel de caballero y de buen hermano, y que estás contento de haberlo mostrado con una gallardísima acción. Confiésalo, di que sí, y con esa declaración me quedo yo más tranquilo, y no me remorderá la conciencia por el embuste que voy á encajarle á la Condesa...

—Hm...

VIII

—Mire usted, mi querido don Manolo—dijo el Marqués sentándose, después de dar dos ó tres vueltas por la estancia.—Sin esfuerzo alguno, y con sólo una ligera indicación de usted ó de ella misma, habría usted visto en mí eso que llama rasgo, si supiera yo que al entregar á mi hermana su legítima, daba un empleo útil á ese pequeño capital... Déjeme usted seguir, que ahora me toca hablar á mí. ¡Pues no faltaba más sino que usted se lo dijera todo! Continúo *en el uso* de la palabra. Cúreme usted á mi hermana de sus manías de fundadora...

—Pero ven acá, majadero, ¿acaso la fe es una enfermedad?

—Que hablo yo ahora: no se interrumpe al orador. Quítele usted de la cabeza á mi señora hermana esas ideas y esos planes para cuya realización no le ha dado Dios el cacumen que se necesita, y no sólo le entregaré gustoso lo que le pertenece, sin merma alguna, sino que añadiré algo, siempre que ella se humanice, dejándose de aspirar á la canonización, y vuelva al mundo, mirando por su propio interés y por el de la familia. De buen grado daré todo el esplendor posible á la posición que ella podría crearse, bien casándose con el viudo Muñoz Moreno-Isla, bien con...

—¡Paco, por Dios, no desbarres!... Sí, te interrumpo, no te dejo hablar, no consiento que barbarices de ese modo. ¡Pero tonto, si su grande espíritu la llama hacia cosas bien distintas de eso que llamas posición!... ¡Vaya una posición! ¡Si ella quiere la más alta de todas, la que será siempre inaccesible para todos esos Casa-Muñoz y demás traficantes ennoblecidos que se revuelcan en la vulgaridad, entre barreduras de plata y oro! ¡Buena está Catalina para vender la alegría de su alma, que consiste en estar siempre en Dios y con Dios, por el dinero de esos publicanos! ¡Divertida estaría tu hermana con esa gente, pues á trueque de poseer unas cuantas acciones del Banco, tendría que soportar á su lado noche y dia al de Casa-Muñoz y oírle decir *áccido, carnecería,* y otros barbarismos! Y de añadidura, tener por cuñada á la Josefita Muñoz, la *reina de las tintas,* como la llama no sé quién, y oírla y aguantarla y estar cerca de ella, cosa tremenda, porque es público y notorio que le huele mal el aliento!... Yo no me he acercado... tate.... Me lo han dicho. Pues otra: la madre de esos tenía su tienda en la calle de la Sal. ¡Dios misericordioso, las varas de sarga que me ha medido á mí la buena señora para sotanas! ¡Y hoy sus hijos son Marqueses, y en señal de finura se llevan la mano á la boca cuando les viene un eructo, y van á París como maletas para introducir en España la moda... de los *huevos al plato!* ¡Y esa es la posición que quieres para tu hermana!

—No se puede con usted, mi buen don Manolo, cuándo toma las cosas en solfa—replicó el Marqués festivamente.—Búrlese usted todo lo que quiera; pero yo repito y sostengo que no hay otro medio, para crear clases directoras en esta desquiciada sociedad, que cruzar la aristocracia de pergaminos con la de papel marquilla, dueña del dinero que fué de la Iglesia y de las casas vinculadas. Yo le aseguro á usted...

—No me asegures nada... Tu hermana no quiere ser clase directora en el sentido social. Puede serlo en otro mucho más elevado. Sus desgracias le han hecho aborrecer toda esa miseria dorada del mundo. Ningún amor terrestre puede sustituir en su alma al cariño que tuvo á su esposo. Ahí donde la ves, con todo ese aire de poquita cosa, es una heroína cristiana. Fué buena esposa, mártir de sus deberes; la memoria del pobre muerto es su consuelo, y la llama vivísima de fe que arde en su alma se traduce en la ambición de consagrar su vida al bien de sus semejantes, á aliviar en lo posible los males inmensos que nos rodean, y que vosotros los ricos, los prácticos, los parlamentarios, veis con indiferencia, cuando no los escarnecéis, queriendo aplicar á su remedio las famosas leyes económicas, que vienen á ser como la receta del italiano contra las pulgas.

—Pero si yo no me opongo á que mi hermana sea piadosa... Accedo á que no se case, á que se dedique á la oración en la soledad de un claustro. Soy creyente, bien lo sabe usted.

—Hm... ¡Creyente! Todos los señores prácticos, políticos y parlamentarios lo son por conveniencia, por decoro y exterioridad. Van con vela á las procesiones, y cuando se arrodillan ante el Santísimo y ven elevar la hostia, están pensando en que los cambios suben también, ó bajan.»

Dijo esto don Manuel nervioso, impaciente, levantándose y dando tumbos por el cuarto. De pronto entra *Sandy* á pedir á su padre los sellos que había recibido aquellos días, y el buen sacerdote, después de acariciarle, le dice: «Corre al segundo, alma mía, y á tu tiíta Catalina que baje al momento, que tu papá y yo tenemos que hablarle.»

Subió el chiquillo como una exhalación, y en el tiempo transcurrido hasta que se presentó la Condesa, el Marqués hubo de parafrasear sus últimas afirmaciones para evitar que Flórez las interpretara torcidamente. Era hombre práctico, y humillándose ante los hechos consumados, quería quedar bien con todo el mundo.

«He querido decir, señor don Manuel, que no ha demostrado mi hermana, hasta ahora, aptitudes para cosa tan grande, para una empresa que no sólo requiere piedad, sino inteligencia, saber del mundo y de los negocios. Eso sostuve y sostengo. ¿Pero acaso el que no haya demostrado aptitudes, significa que no pueda adquirirlas cuando menos se piense? La fe hace milagros, ¿quién lo duda? La fe puede mucho.

—Según tú, los milagros los hace la santa economía.

—También. Y la inteligencia, y el método, y...»

La entrada de su hermana le cortó la palabra. Antes de saludarla, don Manuel le alargó desde lejos los brazos, diciéndole con tanta seriedad como alegría:

«Venga usted acá, señora Condesa de Halma, y dé las gracias á su hermano, este noble hijo de su padre, esta gloria de los Artales y Javierres... El señor Marqués, no bien le indiqué los proyectos de usted, abrió, como quien dice, su corazón y su alma toda, inundada de fe cristiana y de entusiasmo católico. Y nada... que disponga usted de su legítima, sin merma alguna, que no hay cuentas, ni las hubo, ni puede haberlas entre dos hermanos.

que tanto se aman... que si no basta, él está dispuesto...

—Poco á poco, don Manuel... Yo...

—Sí, sí, quiere decir que no nos abandonará en caso de... En fin, se ha portado como quien es, como un prócer castellano, caballero de la fe de Cristo. Ya lo esperaba yo, que conozco la raza, y he llorado de satisfacción viendo cómo sus ideas á las mías respondieron, cómo su noble corazón se inundó de regocijo ante los sublimes proyectos de su bendita hermana. ¡Vivan los Artales y Javierres, cuyo blasón no tiene igual en nobleza, cuya historia está llena de actos magnánimos, de virtudes heroicas! ¡Viva la familia que cuenta más santos que príncipes en su árbol genealógico, y príncipes á centenares, y felicitémonos todos, y yo el primero, por la honra de ser amigo de tan ilustres personas!

—Bien, muy bien—dijo doña Catalina entre dos sonrisas, demostrando en la frialdad con que pronunció aquellas palabras, que no aceptaba como artículo de fe las del clérigo.

—No me opongo jamás—dijo Feramor tragando saliva, para ahogar con ella la tumultuosa procesión que le andaba por dentro,—no me opongo á nada que sea razonable. Cuando lo espiritual se presenta en condiciones prácticas, soy el primero... ya se sabe... Mis ideas

generales, mis ideas políticas, concuerdan con
todo lo que sea el *fomento y protección* de los intereses religiosos. La fe es una fuerza, la mayor
de las fuerzas, y con su ayuda, las demás fuerzas, ora sociales, ora económicas, podrán realizar maravillas. Toda empresa de *mejora* moral
me tiene á su lado, porque no veo más camí-
no para el perfeccionamiento humano que las
creencias firmes, la misericordia, el perdón de
las ofensas, la protección del fuerte al débil, la
limosna, la paz de las conciencias.

—¡Qué hermosas ideas!—dijo don Manuel con
fingido entusiasmo.—¡Benditas sean las riquezas que atesoras, porque con ellas harás el bien
de tus semejantes desvalidos! Si todos los ricos
fueran como tú no habría miseria, ¿verdad? ni
el problema social sería tan pavoroso.»

Al llegar á este punto, el Marqués necesitaba violentarse mucho para no coger una silla y
dejarla caer sobre la cabeza del ladino y ma-
leante sacerdote. Pero su corrección social, como
una conciencia más fuerte que la conciencia
verdadera, se sobrepuso á su enojo, y ni un
momento desapareció de sus labios la sonrisa,
que parecía esculpida, de la buena educación...
¡Ah, la buena educación! Era la segunda naturaleza, la visible, la que daba la cara al mundo,
mientras la otra, la constitutiva, rara vez salía
de la clausura en que las bien estudiadas for-

mas urbanas la tenían recluida. Prescindir de aquella segunda naturaleza para todos los actos públicos y aun domésticos, era tan imposible como salir á la calle en cueros, en pleno día. Los refinamientos de la educación, si en algunos casos corrigen las asperezas nativas del sér, en otros suelen producir hombres artificiales, que por la consecuencia de sus actos se confunden con los verdaderos.

Apurando los inagotables recursos de su buena educación, de aquella fuerza en cierto modo creadora y plasmante que hace hombres ó por lo menos estatuas vivas, el Marqués sostuvo el papel que le había impuesto el eclesiástico amigo de la casa, y terminó la conferencia diciendo graciosamente á su hermana: «Dispón de... eso cuando quieras. Estoy á tus órdenes. Y, como te ha dicho muy bien don Manuel, entre nosotros, entre hermano y hermana, no se hable de cuentas, ni de anticipos... No, no me des las gracias. Es mi deber perdonarte una deuda insignificante. La fortuna me ha favorecido más que á ti; ¿qué digo la fortuna? Dios, que es quien da y quita las riquezas. Si á mí me las ha dado, es para que puedas consagrarte... consagrarte...»

No acabó el concepto, porque la buena educación, empleada á tan altas dosis, hubo de agotarse... Para disimular la repentina extinción de áquella fuerza, el Marqués no tuvo más remedio que fingir una tosecilla.

Y don Manuel, sacando una cajita de cartón, le dijo con buena sombra: «Tome usted, señor parlamentario, una pastillita de las que yo gasto.»

SEGUNDA PARTE

I

Véanse ahora los artificios que en la conducta del Marqués de Feramor determinaba su segunda naturaleza, el sér urbano y correcto, pues el impulso adquirido le llevó á distancias considerables de su verdadera índole interna, petrificada en el egoísmo. Aquella noche y las siguientes, platicando en su tertulia con las personas graves de ambos sexos que á ella concurrían, indicó con discreta jactancia su propósito de coadyuvar á las empresas religiosas de su hermana la Condesa. Verdad que todo esto era de dientes afuera. Hay que manifestar que le incitaba á la expresión de tales ideas y otras semejantes la atmósfera que reinaba en su tertulia, y que no era más que una prolongación del ambiente total. Porque en aquellos días, que no están muy lejanos, había venido sobre la sociedad una de esas rachas que temporalmente la agitan y conmueven, racha que entonces era religiosa, como otras veces ha sido impía. El fe-

nómeno se repite con segura periodicidad. Vienen vientos diferentes sobre la conciencia pública: á veces como una moda de exaltaciones
democráticas; á veces la moda del ideal contrario. En literatura también vienen y van estas
ventoleras furibundas, que harían grandes es-
tragos si no pasaran pronto. Sopla á veces un
realismo huracanado que todo lo moja; á veces
un terral clásico que todo lo seca.

La religión no se libra de esta elasticidad
atmosférica, que en cierto modo es saludable,
dígase lo que se quiera. Vienen altas presiones
de indiferentismo; siguen otras de piedad. En
los días á que me refiero, la racha religiosa venía con fuerza, y en los salones de Feramor se
arremolinaba furibunda. Hablábase con preferencia de Roma y del Santo Padre; á cualquiera se le ocurrían frases felices para ridiculizar
á los incrédulos, ó para encomiar las hermosuras del simbolismo cristiano y de las artes auxi-
liares del culto; otros señalaban decadencia, síntomas de ruina moral en los países protestantes.
Sostenían éstos la frecuencia de las conversiones
al catolicismo, y aquéllos recordaban con enca-
recimiento las vidas de santos y fundadores, en-
contrándolas más bellas que las de los héroes de
Plutarco. Se proyectaban viajes en cuadrilla
para admirar catedrales y huronear monasterios
derruidos, y los aficionados á la estética reco-

nocían más talento en los escritores ortodoxos
que en los impíos ó indiferentes. Algunos que
nunca fueron beatos, enseñaban bajo la mundo-
logía una punta de oreja pietista, y los que lo
eran se crecían y amenazaban comerse el mundo. De fuera, por el vehículo de la prensa, que
siempre ha sido extraordinariamente sensible á
estas mudanzas atmosféricas, venía la racha,
empujando más cada día, porque los periódicos
tachados de librepensadores y que lo eran realmente, al llegar Semana Santa, salían con todas
sus columnas abarrotadas de una santurronería
que habría hecho palidecer de ira á los progre-
sistas de hace treinta años. Las señoras, naturalmente, aventaban más y más la racha con el
aire de sus abanicos y con el aliento de su apa-
sionada fraseología, hasta conseguir que se hin-
chara como tromba. Ignoraban que cuando se
apaciguaran aquellos vientos, vendrían otros
con nuevas ideas y pasiones nuevas.

Pues bien, en una atmósfera densa de revin-
dicaciones religiosas, vertía el Marqués de Feramor sus ideas artificiales, que se llaman así
para diferenciarlas de las ideas verdaderas, en-
cerraditas muy adentro, lejos del histrionismo
seco de la buena educación. Se esforzaba en
mostrarse contento por auxiliar á su hermana
doña Catalina en las formidables empresas cristianas que acometería muy pronto. ¡Oh, como

representante de las clases directoras, él estaba
obligado á contribuir á cuanto favoreciera los
grandes intereses espirituales de la sociedad! No
todo había de ser fomentar obras públicas, y
defender como artículo de fe la asociación mercantil. Había que mirar al más allá, enseñar á
las clases proletarias el olvidado camino del Cielo, y preparar la vuelta de los grandes ideales.
De este modo daba alimento á su vanidad, pre-
conizando en público lo que en su fuero interno
detestaba, y hacía propósito de sacar partido
de lo que tan contra su voluntad se fraguaba,
en el piso segundo de su casa, entre la testaru-
da Condesa de Halma y el complaciente don
Manuel Flórez.

Los concurrentes á su tertulia se veían obligados á mayores alabanzas que las que constan-
temente le tributaban por su sentido inglés,
y su desprecio de las exageraciones. A excepción del Conde de Monte-Cármenes, equilibris-
ta incorregible, que se ponía siempre en un
justo medio muy cómodo, equidistante del misticismo y de la impiedad, los amigos de Feramor le veían con gusto en aquel camino. Naturalmente, los hombres de capacidad intelectual
y pecuniaria como él, estaban obligados á dar
vigor al poder público, vigorizando el *resorte*
religioso. El Marqués de Cícero no podía contener su entusiasmo; Jacinto Villalonga, que al

conseguir la senaduría vitalicia se había cons-
tituído en adalid de los grandes principios, de-
ploraba no ser rico para ayudar á la Condesa
de Halma en sus empresas espirituales, que eran
lo mismo que una gran batalla dada á las re-
voluciones; los Trujillos, los Albert y Arnáiz,
de la nobleza frescachona, opinaban que los *títulos* debian ponerse al frente del movimiento
de regeneración; el Conde de Casa-Bohio, Te-
llería de nacimiento, casado con una cubana
rica, declaraba su conformidad y aprobación
entusiasta... en nombre de Europa y América.
El general Morla no hacía más que repetir y
confirmar sus ideas de toda la vida. Severiano
Rodriguez cerdeaba un poco; pero sin lanzarse
resueltamente á la oposición, porque su urbanidad se lo vedaba.

Pero el que con mayor vehemencia y aspa-
vientos más enfáticos hizo la apología de los
intereses espirituales, fué un tal José Antonio
de Urrea, primo del Marqués, parásito en la
casa por temporadas, hombre inconstante, ligero y de dudosa reputación. Más joven que Feramor, algo se le parecía en lo físico, en lo moral poco, porque era la cabeza más destornillada
de la familia, y la mayor calamidad que pesaba
sobre ella. El Marqués le profesaba una anti-
patia que á veces era mortal odio, y había hecho
los imposibles por mandarle á Cuba, á Filipi-

nas, al fin del mundo, y librarse de sus furiosas
acometidas en demanda de socorros pecuniarios.
Las adulaciones del dichoso pariente le sacaban
de quicio, porque tras ellas venía siempre el
golpe inexorable.

Verdaderamente, José Antonio de Urrea era
más desgraciado que perverso. Huérfano en edad
temprana y sin patrimonio, no tuvo quien le
mandase á estudiar á Inglaterra ni á parte alguna. Los parientes ricos quisieron darle carrera; empezó sucesivamente tres ó cuatro, Infantería, Montes, Administración Militar, Telégra-
fos, y no llegó ni á la mitad de ninguna. A los
veintidós años, fué preciso conseguirle un destino. Feramor contaba por centenares los viajes
al Ministerio para pedir la reposición ó el tras-
lado. Ello es que le echaban de todas las oficinas, porque, ó no iba, ó iba tarde, y no hacía
más que fumar, dibujar caricaturas y enredar
con los compañeros. Abandonado de sus parientes, dedicábase á desconocidos negocios. Veíase-
le algún tiempo bien vestido, gastando en coche y teatros, sin que nadie supiese de dónde
salían aquellas misas. Tras un largo periodo de
eclipse, aparecía mi José Antonio hecho una
lástima, enfermo, roto, muerto de hambre; pero
con ideas de un gran negocio, que estudiaba y
que seguramente sería su salvación. Feramor y
su mujer, la Duquesa de Monterones y su ma-

rido le compadecían, y haciéndole prometer la
enmienda, se dejaban expoliar. El pícaro se valía de mil graciosas artimañas para conquistar
los corazones, principalmente los de las señoras;
con el socorro que recogía restauraba su ropa ó
la hacía nueva, y allá le teníais otra vez de punta en blanco, día y noche, de servilleta prendida,
y amenizando las tertulias con su fácil ingenio.

Su inconstancia no era inferior á su desver-
güenza: á veces desaparecía de las casas de Feramor y Monterones, y parasiteaba en otras,
donde sin duda le pagaban con el plato sus ame-
nidades, que no siempre eran de buen gusto.
Ello es que en la mesa y tertulia de la paren-
tela pagaba el trato con una adulación asfixian-
te, y en las casas ajenas se vengaba de la humillación recibida hablando mal de su familia, ri-
diculizando el anglicanismo de su primo, las
vanidades de la Marquesa y de Ignacia Monterones. Tras esto solía venir otro largo chapuzón
en obscuridades desconocidas, para resurgir luego arrepentido, implorando misericordia. En
cuanto su primo le veía con el incensario en la
mano, se echaba á temblar, porque las lisonjas
eran siempre precursoras de un golpe despam-
panante con el mandoble, que manejaba como
nadie. Y así, cuando le vió tan entusiasta de los
ideales religiosos, el Marqués se dijo: «Éste viene armado esta noche. Preparémonos.»

En efecto, aprovechando una ocasión propicia, José Antonio le asaltó en un ángulo del billar, y allí, con alevosía, premeditación y ensañamiento, descargó sobre su cabeza el filo cortante, quedándose el Marqués tan aturdido del tremendo golpe, que no supo contestarle. El terrible sablista mostróse muy animado con la esperanza de un seguro negocio, para el cual reunía el capitalito necesario, y sólo le faltaba una cantidad, una miseria, que su primo, su querido primo, su opulento primo y Mecenas le facilitaría al día siguiente... si podía ser por la mañana, mejor.

II

«¿Pero tú estás loco? ¡Que te dé mil pesetas! —le dijo la víctima poniéndole la mano en el pecho, y apartándole de sí como un peso que se le venía encima.—¡Vaya una historia! ¿Negocios tú...? Y qué es, ¿se puede saber?

—Un negocio editorial, pero seguro, Paco; tan seguro, que ganaré con él en poco tiempo, unos cuantos miles de duros.

—Echa por esa boca. La historia de siempre. ¿Y con mil pesetas estableces una casa editorial?

—¿No me has oído? Tengo más; pero me falta ese pico.

—Lo que á ti te falta es vergüenza—respondió el Marqués, que ante aquella calamidad de la familia se veía privado hasta de su buena educación.—Déjame en paz, ó te echo de mi casa.

—Bueno, no es motivo para que te enfades. Me niegas el auxilio que yo, pobre industrial, vengo á pedirte. Y luego me decís: «Trabaja, trabaja, sé hombre, sienta la cabeza.» Pues señor, siento la cabeza, me descrismo trabajando; pero ¡ay! la pícara ley económica se interpone... ¿El capital dónde está? Lo busco; encuentro parte; voy á mi opulento primo á que me lo complete, y mi opulento primo me echa de su casa, me condena á la miseria, me ata las manos... Bien, Paco, bien... Siempre te querré, y te respetaré siempre...

—¡A fe que están los tiempos para poner dinero en empresas editoriales..., precisamente cuando hemos convenido en dedicarlo á las espirituales!

—Tú puedes atender á todo. Estás en el deber de fomentar lo de Dios y lo del César.

—Sí, sí, con la saca que me espera estos días. ¿Sabes que tengo que dar á mi hermana...?

—Lo sé. Le das lo suyo.

—Pero...

—Convenido; tu hermana está loca.

—Habla con más respeto.

—Loca perdida. Locura sublime, si quieres. Yo que tú, no le daba un cuarto. Lo sublime deja de serlo en cuanto le pones dinero encima. Dame á mí lo que te pido, que estoy bien cuerdo y bien pedestre, con mi trabajito metódico, y mis hábitos de hombre previsor y ordenado.»

En efecto, dígase porque es verdad, el pobre Urrea llevaba medio año de vida totalmente contraria á la que le diera fama tan triste. Había conseguido dar forma práctica á su habilidad para la fotografia, y asociándose con un industrial muy activo, hizo una excursión por las provincias andaluzas, y se trajo una colección de clichés de monumentos, que le valieron algunos cuartos. Esto le alentó. Fundó un periódico, estudiando la Zincografia y el Heliograbado; pero la endeblez de la parte literaria hizo fracasar la publicación. Con nuevos elementos intentaba la creación de otro semanario ilustrado, esperando obtener considerables ganancias, y juntaba dinero para el material indispensable y para los primeros gastos. El impresor le exigía, á más del papel, una cantidad en fianza para responder de la composición y tirada de los dos primeros números. Hablando de estas materias, metiéndose de lleno en la explicación técnica del negocio por ver si ablandaba á su primo, afiló más el arma, llegando á fijar en dos mil pesetas la suma que necesitaba.

«¡Dos mil!

—Sí, y tú me las vas á dar. Eres mejor de lo que tú mismo crees.

—No; si yo me tengo por inmejorable. Por serlo, no te doy las dos mil pesetas: seria lo mismo que tirarlas á la calle... Oye: una cosa se me ocurre. Pídeselas á mi hermana, que ahora tiene dinero, ó lo tendrá pronto, y según dice don Manuel, lo dedica al socorro de la miseria humana. Claro que tú, con tu flamante industria editorial, estás comprendido en esa humanidad miserable, á la cual piensa Catalina redimir.

—Pues mira tú, no es mala idea... ¡Ah! tu hermana es una santa, una heroína cristiana. Yo la admiro, y siempre que la veo, me dan ganas de arrodillarme delante y rezar... Mi palabra de honor... Pues sí, ¡famosa idea!

—Hazle comprender que la protección á las industrias nacientes y á los hombres emprendedores y formales como tú, debe contarse entre las obras de misericordia, y que la caridad empieza por la familia... ¿entiendes? ¡Quién sabe, hombre, quién sabe si...!

—No lo tomes á broma, que bien podría... Se intentará, hombre, se intentará. Catalina es realmente un ángel, y sus desgracias le dan una extraordinaria penetración para comprender las ajenas. Bien mirado el asunto, debe comenzar su campaña caritativa por mí, que la venero, que la idolatro; por mí, el más desgraciado de la familia, más que ella seguramente, más, más. Y creo que, en conciencia, bien puedo pedirle tres mil pesetas.

—Sí... sube, hijo, sube.

—Pero ¡ay!—exclamó Urrea desalentado súbitamente, llevándose la mano al cráneo,—no me acordaba de... ¡Ay, no puede ser, Paco de mi alma, no puede ser! ¡Qué tontos tú y yo! Claro que dejándose llevar mi prima de su magnánimo corazón, no habria caso. Pero como el que gobierna en su voluntad es ese *congrio* de don Manuel... Figúrate.

—No te permito hablar así de nuestro dignísimo amigo.

—Perdóname... No le ofendo. ¡Triste de mí! ¡Cuando digo que la mayoría de los males que afligen á la humanidad son de un origen eclesiástico!... ¡Ah! pues si yo cogiera libre á mi prima, quiero decir, en el libre ejercicio de su misericordia, créete que mis cuatro mil pesetillas no habria quien me las quitara. Mi palabra...

—Veo que si no te las dan pronto, acabarás por pedir un millón.

—Se me ocurre una idea... Quizás podríamos... Hay que verlo. ¿Puedo contar contigo?

—¿Conmigo? ¿para qué?

—Para apoyarme, en caso de que ese reve-
rendísimo *percebe* informe, como parece natural,
en contra de mi pretensión.

—Yo... ¿Cómo?

—Diciéndole á la señora Condesa de Halma
que ya no soy lo que era, que me he corregido,
que trabajo, que con mi pequeña industria doy
de comer á multitud de familias indigentes, en
fin, que defiendo á rajatabla los grandes ideales
cristianos, y que sería obra de caridad muy meritoria auxiliarme con cinco mil...

—¡Calla, hombre, calla! Yo no puedo apoyar-
te. Creerán que me he vuelto loco. En todo caso,
demuéstrame que tus propósitos de enmienda
son verdaderos, y tus planes de trabajo cosa
seria y decisiva.»

Dijo esto el Marqués, pasando al salón próximo, como si por la fuga quisiera librarse de
mosca tan importuna; pero el pariente pobre
le seguía, cosido á sus faldones, desplegando la
pertinaz voluntad de esos caracteres que no des-
mayan hasta no conseguir lo que se proponen.
Minutos después, Feramor se sentó en un diván
para hablar de política con Manolo Infante. El
parásito hubo de agregarse con oficiosidad pe-
gajosa; la conversación rodó insensiblemente
hacia el terreno periodístico, y al instante Urrea
se dejó caer con esta indirecta: «Como yo con-
siga echar á la calle mis *Sabatinas*, verán uste-

des. Cosa nueva, la actualidad presentada con
arte y *chic*, precio fenomenal, digo, baratísimo;
la parte literaria de primera, la heliografía *idem
de lienzo*, en fin, un negocio que sólo espera un
poquitín de apoyo para enriquecer á alguien.
El primer número, que ya está preparado, lo
dedico al célebre apóstol de nuestros tiempos,
el gran Nazarin, de quien presento noticias es-
tupendas, la biografía completa, retratos de él
y sus discípulas...

— Pero ese Nazarín, ¿qué es?—preguntó el
Marqués á Manolo Infante.—Ya nos trae locos
la prensa con la dichosa cuadrilla *nazarista,* y el
proceso, y las *interviews*... ¿Le has visto tú?

—No necesito verle—replicó Infante,—para
pensar, como tu primo, que es el pillo más ingenioso que ha echado Dios al mundo.

—Poco á poco—dijo Urrea con el desparpajo
que gastar solía para desmentirse.—Yo no pienso tal cosa.

—Hace un rato nos contabas á Severiano y á
mí que le habías visto, y charlado con él y sus
compañeras, y que le tenias... son tus palabras...
por un impostor vulgarísimo.

—¿Eso dije?... Vamos, os revelaré todo el in-
tríngulis de mi diplomacia. Por desorientaros á
ti y á Severiano os dije la opinión corriente y
vulgar, reservando para mi público la novedad,
la sorpresa. Yo presento á Nazarín como resul-

ta del sondeo que he hecho de su carácter, visitándole en el hospital uno y otro día.

—Y opinas que es un santo. Pues eso no es nuevo, porque no ha faltado quien lo haya sostenido ya.

—Pero no presentan los elementos de prueba que presentaré yo. Es un hombre extraordinario, un innovador, que predica con actos, no con palabras, que apostoliza con la voluntad, no con la inteligencia, y que dejará, no se rían ustedes de lo que afirmo, un profundo surco en nuestro siglo.

—¡Pero si nos has dicho hace media hora que ni siquiera es loco, sino un aventurero que se hace el demente para vivir sobre el país!

—No me convenía hace media hora decirte mi verdadera opinión. En diplomacia y en industria es permitido el engaño. Antes no me convenía propagar la verdad; ahora me conviene.

—A éste le entiendo yo mejor que nadie—dijo Feramor riendo.—Tiene sus planes, persigue su negocio, y repentinamente, un cambio atmosférico le hace cambiar de rumbo para llegar más pronto á donde se propone. Es muy astuto mi primo, y ahora quiere ponerse á bien con los que dedican su dinero á los eternos ideales, á las campañas de la caridad evangélica. ¿Es esto, sí ó no? Y á propósito, Manolo, ¿sabes tú de alguien que quiera tomar parte en una empresa editorial, con tendencias religiosas, *nota bene*, con tendencias religiosas, haciendo un pequeño sacrificio de seis mil pesetas?

—Poco á poco...—dijo con viveza José Antotonio.—La participación en los beneficios no puede darse sino aportando al negocio siete mil pesetas.»

Feramor é Infante rompieron á reir, y el otro, sin cortarse ni abandonar el campo de su formidable *sport*, prosiguió de este modo:

«A reir, á reir... Ya veremos quién se ríe el ultimo. Y volviendo á *mi héroe*, les enseñaré algunas pruebas de las diferentes fotografías que he podido sacarle en el Hospital... También tengo las de sus compañeras. Verán.»

Echando mano al bolsillo, mostró distintas pruebas fotográficas, obra suya, las cuales fueron examinadas con intensa curiosidad por las distintas personas que al instante formaron grupo.

«¿Con que éste es el famoso Nazarín?... Á ver, á ver...

—Digan ustedes si cabe en lo humano un rostro más inteligente.

—Parece moro.

—Lo que parece es una figura bíblica.

—¿Y esta mujer...?

—Vean, vean esa cabeza, y díganme si la impostura puede llegar jamás á esa ideal belleza.

—Bonito perfil. Pero aquí hay retoque.

—Más que la *Beatrice* del Dante, parece un Dante joven.

—Digan que es una pitonisa, con la inspiración pintada en sus ojos.

—Ó una Santa Clara.

—Eso no; no es figura medieval, es bíblica.

—Del Antiguo Testamento. No confundir...

—¿Y éste? ¿Qué mico es éste?

—Esa es Ándara... la monstruosa, porque en su rostro hay un guiño del Infierno y otro del Cielo.

—¡Ándara!... ¡Jesús, qué endiablada fisonomía.

—Todo es extraño, sublimemente enigmático y misterioso en esa familia, ó dígase tribu... Pero fíjense, fíjense bien en la cara de Nazarín. ¿Es Job, es Mahoma, es San Francisco, es Abelardo, es Pedro el Ermitaño, es Isaias, es el propio Sem, hijo de Noé? ¡Enigma inmenso!»

Desembuchaba estos calurosos encarecimientos el bueno de Urrea, como un viajante que enseña las muestras de los artículos que ofrece al comercio, y en tanto las fotografías corrían de mano en mano. Las señoras principalmente las arrebataban, y ponían en ellas su atención con una curiosidad intensísima, insaciable, febril.

III

«Pero, amigo Urrea—dijo el Marqués de Cí-cero con sinceridad infantil,—esto debe publicarse.

—Se publicará.

—¿Y el texto... cosa buena?

—¡Ah!...

—Pero es tan considerable el gasto—dijo Feramor,—que la empresa que ha tomado á su cargo la propaganda nazarista, solicita una subvención de ocho mil pesetas.

—¡Oh!... No has exagerado, querido primo—manifestó Urrea.—Y también te aseguro, palabra de honor, que para hacerlo bien, á la altura del asunto, no vendrían mal nueve mil.

—Chico, más vale que llegues de una vez á la cifra redonda: dos mil duros.

—Para mil cosas baladís han dado eso, y mucho más, Mecenas que yo conozco. Palabra que sí. Lo que se pretende ahora está circunscrito dentro de los términos de una modestia casi inverosímil: diez mil pesetas. ¿Qué menos?

—No me parece mucho. Que se las dé á usted el Gobierno.

—Ó pedirla á las Sacramentales—dijo Manolo Infante,—que tienen la contrata de la conducción á la vida inmortal.

.—Mejor á las empresas funerarias, porque el nazarismo hace propaganda de la muerte.

—Pues yo que usted, Urrea—indicó una dama que sabía tomar el pelo con suave mano,—pediria la subvención al gremio de constructores de imágenes y de pasos para la Semana Santa.»

No se acobardaba el ingenioso aventurero por la rechifla graciosa con que los amigos de la casa acogían sus proyectos; antes bien, hallábase excitado, sentía en su mente audaces iniciativas y una pasmosa fecundidad de recursos para trabajar en aquel negocio. La idea sugerida por Feramor era felicísima. ¡Ah, si él pudiera maniobrar en terreno libre, es decir, en el bondadoso corazón de su prima! Pero aquel intruso y pegadizo don Manuel Flórez, tamiz por donde pasaban todos los pensamientos y actos de Catalina de Halma, le desconcertaba, infundiéndole la tormentosa duda del éxito. Para discurrir á sus anchas sobre problema tan dificil, necesitaba estar solo, aguzar su ingenio hasta lo increíble, prepararse, en fin, con todo el aparato de artimañas y sutilezas que, en su larga experiencia de aquella esgrima, le habían dado tantas victorias. Despreciando las burlas de que era objeto en casa de Feramor, salió de allí presuroso, sin despedirse de nadie; contra su costumbre, se fué á su casa, y en su reducida alcoba se encerró á meditar el plan de ataque, tratando de prever las posiciones del enemigo para escoger bien el palmo de terreno en que embestirle debía. Al meterse en la cama, con los pies fríos y la cabeza caliente, se dijo: «No hay que achicarse: la timidez será mi fracaso. Concretando mi honrada petición á dos mil duros, podrian creer que es para vicios. Para que vean que es un negocio serio, un asunto en que median los *grandes intereses* del espíritu humano, necesito correrme á tres mil.»

Durmióse á la madrugada, y si al principio soñó que don Manuel Flórez, al oir su demanda, le disparaba á quemarropa un cañón Hontoria, su sueño fué después optimista y placentero, porque se vió abrazado tiernamente por el dicho Flórez, mientras Catalina sacaba del vargueño una arqueta gótica, y de ella muchos fajos de billetes de Banco, de los cuales daba una parte á Nazarín y otra á él; y como Nazarín era todo abnegación y menosprecio de los bienes terrestres, le regalaba su parte sin mirarla siquiera. El movimiento pudoroso del apóstol mendigo al coger el dinero, prevaleció en la mente de Urrea aun después de haber pasado de aquel sueño á otro bien distinto. Soñó que con parte de aquel numerario compraba una mina de hierro, que en poco tiempo le daba rendimientos fabulosos; con las ganancias de la mina compraba dos manzanas de casas, y mucho papel del Estado, y negociando por alto, llegaba á hacerse dueño de toda la red de ferrocarriles de España... aquí que no peco... y de Francia é Inglaterra... Y á todas éstas, Nazarín apartando de sí la resma de billetes con apostólica repugnancia.

Al romper el día, mientras cosas tan inauditas pasaban en el cerebro de un hombre dormido, don Manuel Flórez, que vivía en la misma calle, frente por frente al soñador Urrea, salía de su domicilio. Fué con vivo paso á decir su misa, entretuvo después un par de horas en ésta y la otra iglesia, y á eso de las diez se dejó caer en la càsa de Feramor. Entrando sin anunciarse en el despacho del Marqués, que trabajaba con su administrador y apoderado, le dijo: «Querido Paco, quisiéramos que eso se ultimara pronto, si fuera posible, hoy.

—¿Pues no ha de ser posible? Hoy mismo, mi querido don Manolo. Mucha prisa tiene la redentora por entrar en funciones.

—La miseria humana, hijo mío, es la que tiene prisa, el hambre humana, la sed y la desnudez humanas.

—Pues por mí no quede.»

Terció el administrador, asegurando que ya estaba avisado el notario para preparar la documentación, y que si terminaba aquel día, en el siguiente quedaría hecha la entrega de la legitima de la señora Condesa, parte en fincas ó valores, parte en dinero contante.

—Perfectamente—dijo el buen sacerdote acariciándose una mano con otra.—Y'ya que estás hoy de vena de amabilidad...

—¿Pero no se sienta, don Manuel?

—No; me voy en seguida. Digo que ya que te encuentro en vena de concesiones, me atrevo á hacerte presente un antojito de tu hermana, cosa insignificante; verás...

—Acabe usted pronto, que ya empiezo á sentir escalofrío.

—¿Por qué, hijo de mi alma?

—Porque podría ser que para redimir á la pobrecita humanidad, no le bastase su legítima, y en nombre del Dios Uno y Trino me pidiese también la mía... y podría suceder que usted se empeñase en que se la diera.

—Vamos, no bromees. Lo que té pide es que le adjudiques la torre de Zaportela, en Aragón. En esa casona destartalada pasó ella parte de su infancia con tu tía doña Rudesinda. Tiene recuerdos...; en fin, que para nada te sirve á ti ese nidal de lagartijas, y ella tiene el capricho de restaurarlo, y...

—Es que la casa de Zaportela y dos predios adyacentes se los tengo dados en usufructo á los Urreas, los tios de éste perdido de José Antonio, pedigüeños insaciables como él, que practican la mendicidad por el terror. Si les echo de allí, son capaces de quemarme todas las casas que tengo en Aragón.

—Bueno, pues en vez de Zaportela, le darás el castillo de Pedralba en esta provincia, término de San Agustín; ya sabes... un caserón viejo, con una torre, y no sé qué ruinas de un monasterio cisterciense... Con que no hay que vacilar, hijo mío, y agradéceme que abra anchos horizontes á tu generosidad. Eres un ángel, y el perfecto tipo del caballero cristiano.

—Basta, basta. No necesita usted emplear la lisonja para desbalijarme. Eso se arreglará. Partícipele usted á su discípula que no llore por el castillo. Pedralba será suyo.

—Se lo participarás tú, porque yo no subo hasta la tarde—dijo Flórez mirando su reloj.— Tengo mucha prisa. A las once he de ver al señor Vicario; y á las doce me esperan en Gracia y Justicia para ir á la Nunciatura... Bueno, señor, bueno.

—¿Qué más?

—Nada más. ¿Te parece poco?

—Creí que me iba usted á pedir el coche para todos esos viajes.

—No pensaba pedírtelo; pero lo tomo, si me lo das. Está Madrid perdido de barros... Bueno, señor, bueno.»

Poco después salia gozoso y vivaracho el buen don Manolo, y en el portal, ¡zás! José Antonio de Urrea que entraba. Quedóse el joven como quien ve visiones, y no acertaba ni á saludar al respetable limosnero de la casa.

«¡Pepillo, dichosos los ojos!... ¡Ven acá, hijo mío, dame un abrazo!—le dijo el clérigo con efusión.—¿Pero qué tienes? Te has puesto pálido. ¿Estás enfermo?... Tiemblas.

—No señor... La emoción... Cabalmente venía pensando en usted—replicó Urrea besándóle la mano.—¿Cree usted que ver, después de tanto tiempo, á este amigo venerable, á este ángel tutelar de toda la familia, no es cosa que impresiona?

—Calla, calla, zalamero.

—Deme usted á besar otra vez esas manos.

—Basta, basta. Ya sé, ya sé que estás muy corregido. Sé que trabajas, que has sentado la cabeza. Ya era tiempo, hijo mío.

—¿Quién se lo ha dicho á usted?—preguntóle Urrea con cierta alarma, temiendo las ironías de su primo Feramor.

—Me lo han dicho... ¿Á ti qué te importa? Tus primas, las de Hinestrosa me lo han dicho, ea.

—Soy otro hombre. ¡Y qué bueno es ser bueno, don Manuel! ¡Qué hermosura es una conciencia tranquila, una pobreza honrada, y una con-

ducta normàl, ordenada y perfectamente córrec-
ta! ¡Qué descanso la pureza de las intenciones,
la sujeción de los deseos, la adaptación de nuestros goces á la medida de la realidad! ¡Qué consuelo tan grande vivir en armonía con todo el
mundo, y sentirse querido, respetado!...

—Sí, hijo mío, si.

—Verdad que mi vida es azarosa, pues no
puedo prescindir de ciertos hábitos de decencia,
y careciendo de bienes de fortuna, el pan de
cada día, mi queridísimo don Manuel, represen-
ta para mí esfuerzos hercúleos.

—Dios bendecirá tu trabajo. Adelante por ese
camino. Persiste en tus ideas; ten constancia,
valor, confianza en ti mismo.

—Así lo haré. Descuide.

—¿Vas á ver á Consuelo?

—No, voy á visitar á Halma.»

Con esta brevedad familiar, *Halma*, nombraba
comúnmente el parásito á su prima.

«Bien, bien. ¡Acompañar á los desgraciados,
endulzar su tristeza con palabras de consuelo!
La pobrecita te lo agradecerá mucho. Hazme el
favor de decirle que no puedo ir hasta la tarde...
¡ah! y que eso, ya sabe lo que es, quedará ulti-
mado mañana. Anda, anda, hijo mío. Y que el
Señor te conserve en esa buena disposición.
Adiós...»

Volvió á besarle la mano, y después de acom-

pañarle á entrar en el coche, subió el gran
Urrea, más que gozoso, ebrio de entusiasmo y
felicidad, porque las cosas se le deparaban mejor de lo que en los desenfrenos de su optimismo hubiera podido imaginar. Primer golpetazo
de la suerte: encontrarse á don Manuel Flórez en
aquel pie de increíble benevolencia, enterado ya
de sus nuevas costumbres laboriosas. Segundo
golpetazo: saber que hasta la tarde no iría el
susodicho á la débil fortaleza, amenazada de un
terrible asedio. Cierto que el enemigo podía
presentarse á última hora con un socorro formidable, ideas y autoridad de refresco; pero
también podía suceder que llegase tarde, y que,
arrancada por el sitiador una promesa, la egre-
gia dama no tuviera más remedio que cumplir-
la. El hombre se creció moral y hasta físicamente al subir la escalera, derecho al cuarto
segundo. Se sentía impetuoso, audacísimo, invencible, y sobre todo grande, enorme. Creía
tocar con su cabeza en el tramo alto de la escalera, y que las puertas no tenían bastante hueco para darle entrada. Sin duda la Providencia
Divina se ponía de su parte. ¡Qué bien había
hecho aquella mañana en rezar al Padre Eterno,
á la Virgen y á San Antonio bendito, implorando su eficaz auxilio! ¡Qué diantre! ¿No era él
un pobre, no era un triste, un mísero? ¿Pues
qué hacía más que pedir una limosna, y propor-

cionar á las buenas almas el ejercicio de la más
hermosa de las virtudes, la caridad?

«Fuera timideces, fuera mezquindades que
podrían comprometer el éxito—se dijo al tras-
pasar la puerta, soberbio y arrogante, como un
campeón que anhela engrandecer los peligros
para que sea mayor la gloria de vencerlos.—
Allá van los hombres valientes. Le pido... pst...
veinte mil pesetas.»

IV

Siempre que entraba don Manuel, después de
larga ausencia de medio día ó día entero, en el
cuarto de su noble amiga la Condesa de Hálma,
encontrábala sumergida en una melancolia profunda y tenebrosa, como nadadora que bucea
en una cisterna. Abierto sobre la falda el libro
de la *Ciudad de Dios*, de San Agustín, ó alguna
otra obra mística; apoyada la mejilla en la mano
derecha, el codo del mismo lado sostenido en la
mano izquierda y ésta en la rodilla derecha, que
se elevaba por tener el pie sobre un taburete,
parecía un Dante pensativo, revolviendo en su
mente los circulos negros del Infierno, ó los lu-
minosos del Paraíso. Viéndola en tales tristezas
anegada, silenciosa y ceñuda, procuraba don
Manuel alegrarle los ánimos con su grata conversación, y unas veces lo conseguía y otras no.

Pues aquella tarde ¿cuál no seria la sorpresa del simpático Flórez al encontrar á su ilustre amiga en un estado de inquietud placentera? No daba crédito á sus ojos viéndola en pie, corriendo de un lado á otro de la estancia, como si arreglara y pusiera en orden los libros y objetos de devoción que en varios estantillos tenía. Y lo más extraño era que en su rostro resplandecían la animación, la vida. Sus ojos, siempre apagados, brillaban con fulgor de fiebre; sus mejillas, siempre macilentas, habían tomado un rosado tinte, como si volviera de un paseo por el campo, harta de sol y de aire.

«¿Qué tiene usted, mi noble y santa amiga? —le preguntó el sacerdote.—¿Qué le pasa?

—Nada, no me pasa nada. Estoy contenta. ¿Esto es pasar algo?

—Sí... Me alegro mucho de verla tan gozosa. No conviene dejar caer el espíritu en la tristeza. La virtud es por naturaleza alegre, y la conciencia pura se regocija en sí misma...

—Siéntese usted si gusta, y déjeme á mí en pie. Siento una inexplicable necesidad de andar, do moverme. De repente, la quietud ha empezado á serme molesta.

—La he recomendado á usted un ejercicio prudencial. La virtud no requiere precisamente la postración sedentaria, que hasta puede llegar á ser un vicio y llamarse pereza.

—Y ahora me preguntará usted el motivo ó razón de este contento que en mí observa.

—En efecto, señora mía, se lo pregunto á usted.

—Y yo le respondo que no lo sé; que no puedo explicar qué pasa esta tarde en mi alma. Veremos si llego á darme cuenta de ello. Y ahora, voy á interrogar yo. Dígame: ¿quién es Nazarin?»

Quedóse un rato suspenso el buen Flórez, y miró el rostro de la Condesa como quien quiere descifrar un obscuro acertijo.

«Pues Nazarín...—murmuró.

—¿Qué hombre es ese? ¿Le conoce usted?

—Sí, señora.

—¿De ahora, ó le conoce usted hace tiempo?

—Es un sacerdote, manchego, de mediana edad. Hace dos ó tres años, no recuerdo bien la fecha, tuve ocasión de tratarle en la sacristía de San Cayetano. Parecióme un hombre excelente, de costumbres purísimas, humilde, de no común inteligencia, parco de palabras... Después me le encontré alguna que otra vez en la calle; hablamos. El infeliz parecía disgustado; revelaba una pobreza honda, sin quejarse de ella. Creí que su cortedad de genio y su extremada delicadeza le tenían en tal estado, y le aconsejé que se sacudiera, procurando adquirir un poco de don de gentes. Después le he visto incluído en un proceso escandaloso, y su nombre arrastrado por la vía pública. Francamente, me supo muy mal que un sacerdote viniese á tal situación, ya fuese por debilidad de carácter, ya por verdadera malicia. Supe que estaba en el hospital, convaleciente de un tifus agudísimo, y, ¿qué cree usted?... me fuí á verle. Yo soy así: me gusta enterarme por mí mismo. Le vi, hablamos largamente, y...

—¿Opina usted como casi todo el mundo, que es un pobre loco?

—Esa es la opinión general.

—Pero la de usted, la de usted es la que yo quiero saber.

—La mía no tiene importancia. Expertos facultativos le han examinado, profesores de enfermedades mentales y nerviosas.

—Pero usted tiene bastante entendimiento para no necesitar de los juicios ajenos para formar el suyo. Dígame lo que piensa, en conciencia, de ese hombre. ¿Es un pillo?

—Creo que no.

—¿Firmemente que no?

—Sostengo con plena convicción que no es un malvado.

—Luego es un loco.

—No me atrevo á decir tanto.

—Luego, es un hombre de miras elevadas, un hombre que...

—Tampoco afirmo eso.

—Luego, usted no ha podido formar una opinión concreta.

—No señora, no he podido. Y, créame usted, ha sido para mí el tal Nazarín objeto de grandes confusiones.

—¿Cómo no me había hablado de eso, don Manuel?

—Porque no pensaba que tal asunto mereciera fijar la atención de la señora Condesa.

—¿Sabe usted que anda por ahí un libro que trata de Nazarín, en el cual se cuenta cómo salió á sus peregrinaciones, cómo encontró prosélitos, cómo realizó actos de verdadero heroísmo y de sublime caridad?

—He leído ese libro, que me regaló su autor, con una dedicatoria muy expresiva. Pero no me fío de lo que allí se cuenta, por ser obra más bien imaginativa que histórica. Los escritores del día, antes procuran deleitar con la fantasía que instruir con la verdad.

—¿Puedo yo leer ese libro?

—Seguramente. Pero sin olvidar que es novela.

—Entonces prefiero otra cosa.

—¿Qué?

—Ver al propio Nazarín. El sujeto vivo dará más luz que una historia cualquiera, aun suponiendo que no fuese fantástica, y tan sólo escrita para entretenimiento de los desocupados.

—¿Ver á Nazarín? ¿Dónde?

—En cualquier parte. En el hospital..., aquí.

—Eso me parece más grave. Con todo, no digo que no.

—Diga usted que sí, y acabaremos más pronto. Ahora, punto y aparte: hablemos de otra cosa.

—Pues á otra cosa—repitió Flórez, algo caviloso por el repentino salto de la tristeza al contento en el ánimo de la ilustre señora.—Ya sabe usted que mañana se hará la entrega de la legítima. Ya hemos salido de eso.

—¡Gracias á Dios! Mucho tengo que agradecer también á mi hermano—dijo Catalina sentándose algo fatigada, cual si sus excitados nervios entraran en sedación.—Si he de decirle á usted la verdad, veo con absoluta indiferencia la llegada de ese dinero á mis pobres manos.

—La persona que mira al cielo—dijo el cura entornando los ojuelos para ver mejor el rostro de su amiga,—se acostumbra mejor que otras á despreciar los bienes terrenales.

—Y respecto al empleo que debemos dar á ese capitalito, ya hablaremos despacio.

—Si no recuerdo mal, ya hemos hablado bastante. Convinimos en que usted fundaría, en pleno campo y lejos del bullicio, un instituto de caridad, con rentas propias...

—Y que antes, se reservaría una suma para repartirla entre los necesitados.

—Sí; pero eso es difícil, porque no tendríamos ni para empezar. La caridad debe hacerse con método, apoyándose en el criterio de la Iglesia, y favoreciendo los planes de la misma. No vale dar limosna sin ton ni son. Falta saber á quién se da, y cómo se da.

—¿Sabe usted, mi buen don Manuel, que no entiendo bien eso?

—Se lo expliqué á usted con toda latitud ayer mismo.

—Pues lo he olvidado. Pero no hay que repetirlo. Ya lo comprenderé cuando tenga la cabeza más serena.»

De repente, el buen clérigo se dió un golpe en la frente, como si quisiera matar un mosquito que le picaba, y exclamó: «¡Ah, ya caigo, ya, ya!

—¿Qué?

—Nada, que mientras hablábamos, me devanaba yo los sesos pensando quién habría estado aquí hoy de visita. Y ahora me ha venido súbitamente á la memoria.

—Mi primo Pepe Antonio de Urrea.

—Le encontré en el portal: él entraba, yo salía. Me han dicho que es hombre corregido.

—Así parece... ¡pobrecillo! Me ha conmovido contándome sus apuros para ganarse la vida con un rudo trabajo.

—Y seguramente le ha pedido á usted dinero para sus empresas.

—Sí...

—Y le ha hablado á usted de Nazarín.

—Exactamente.

—Pero no puedo encontrar la relación entre Nazarín y los conflictos pecuniarios del descendiente de los Urreas.

—Le he prometido estudiar su petición, y resolverla de acuerdo con usted.

—Lo menos le habrá pedido á usted dos ó tres mil reales.

—Algo más: cinco mil duros.

—¡Ave Maria purísima!... ¡San Antonio bendito!

—Crea usted que me reí, y desde que me habló de esto, empecé á sentirme alegre. Los apuros de un hombre por cosa que tan poco vale, como es el dinero, me causan alegría. Es como el rechazo de todo lo que yo he sufrido por el maldito dinero, en los dias terribles en que me hacía tanta falta. Y ahora que en nada de mi propio interés puedo emplearlo, pues perdí el bien de mi vida, ahora que tengo bajo tierra los restos del que era mi único amor, y considero en el cielo su alma, me alegra el gemido de los que piden dinero con apremiante necesidad, y al ver que lo tengo, me alegro más. Experimento, créalo usted, como un secreto anhelo de venganza..., sí, quiero vengarme de mi destino, que á tantas privaciones me sujetó, y tantas amarguras me hizo pasar... Y cuando se acerca á mí un desgraciado pidiéndome aquello que yo no pude tener cuando lo necesitaba, y que poseo ahora que no lo necesito...

—Se venga usted... negándoselo.

—No señor, dándoselo... Es una venganza en la cual confundo á mi destino y al mismo dinero, materia vil y despreciable, cuyo reparto no debe someterse á ninguna regla de orden y gobierno. Las leyes económicas de mi hermano me parecen una de las más infames invenciones del egoísmo humano.

—¿De modo que usted, señora mía, cree que para despreciar al dinero y castigarlo por su vileza, debe dársele al primer loquinario que lo pide sin que sepamos en qué lo ha de emplear?

—Creo que el empleo final de la moneda es siempre el mismo, dése á quien se diere. Caiga donde caiga, va á satisfacer necesidades. El manirroto, el disipado, el vicioso mismo, lo hacen pasar á otras manos, que lo aprovechan en lo que debe aprovecharse. Lance usted un puñado de billetes á la calle, ó entrégueselo al primer perdido que pase, al primer ladrón que lo solicite, y ese dinero, como van todas las aguas á los ríos, y los ríos al mar, irá á cumplir su objeto

en el mar inmenso de la miseria humana. Cerca
ó lejos, aqui ó allá, con ese dinero arrojado por
usted á la calle se vestirá alguien, alguien
matará su hambre y su sed. El resultado final
de toda donación de numerario es siempre el
mismo.

—Señora mía—dijo don Manuel un poco aturdido.—No seamos paradójicos..., no seamos so-
físticos. Si usted me permite que la contradiga,
que le haga una demostración clara de su error
en esa materia...»

El hombre no podia expresarse bien. Estaba
sofocadísimo, sentía calor, y se abanicaba con
su teja.

V

«Por más que usted diga—prosiguió la Condesa,—yo creo que la limosna consiste esencialmente en dar lo que se tiene al que no lo tiene,
sea quien fuera, y empléelo en lo que lo em-
pleare. Imagine usted las aplicaciones más abo-
minables que se pueden dar al dinero, el juego,
la bebida, el libertinaje. Siempre resultará que
corriendo, corriendo, y después de satisfacer
necesidades ilegítimas, va á satisfacer las legi-
timas. ¡Dar á los pobres, nada más que á los pobres! Sobre que no se sabe nunca quiénes son
los verdaderos pobres, todo lo que se da va á

parar á ellos por un camino ó por otro. Lo que importa es la efusión del alma, la piedad, al desprendernos de una suma que tenemos y que otro nos pide.

—¿Y usted siente esa efusión del alma al dar á su primo el auxilio que solicita?

—Sí señor; la siento, porque veo tras su petición un mundo de necesidades abrumadoras, de martirios horribles, en que igualmente gimen el alma y el cuerpo. Veo la falta de alimento, la estrechez de la vivienda, la persecución de los acreedores, la vida angustiosa, llena de humillaciones y vergüenzas ocultas, la disparidad terrible entre los medios de existencia y el nombre retumbante que se lleva en el mundo. Yo creo que en mi primo son ciertos los propósitos de enmienda; pero demos de barato que no lo sean; admitamos que nos engaña, que es un perdido, un tronera lleno de vicios, entre los cuales descuella el de la postulación á diestro y siniestro. ¿Y qué hará usted para sacarle del infierno de esa vida? ¿Predicarle? Nada se conseguirá mientras no se le ponga en condiciones de variar de conducta, y por más que usted se devane los sesos, no hallará otra manera de redención que darle lo que no tiene, porque su mala vida no es más que el resultado fatal, inevitable, de la pobreza.

—¿Según eso, señora mía—dijo el sacerdote

con cierta severidad,—usted piensa darle á José Antonio los cinco mil duros que le pide?

—Sí señor, he resuelto dárselos, y así se lo he prometido. Mi palabra es oro. Pero...

—¿Pero qué?...

—¡Oh! aún falta lo mejor. Para que vea usted que no soy paradójica ni sofista, se los doy y no se los doy.

—¿Se los presta usted?

—Tampoco. Se los doy en una forma que usted ha de aprobar seguramente. Le adjudico la cantidad, quedando ésta en mis arcas, á disposición de sus administradores.

—Que son...

—Usted y yo. Nosotros nos encargamos de arreglarle una casa decente, de asegurarle la subsistencia durante el tiempo que se determinará, y, por añadidura, le pagamos sus deudas, le rompemos esas cadenas infames que le condenan en vida á un horrible infierno, le libramos de la vergüenza del sablazo, de la humillación de carecer de todo. Completaremos nuestra obra dándole medios de trabajar en esa empresa que dice trae entre manos, especulación que conviene estudiar detenidamente para ver si en efecto es tal que en ella puede formarse un hombre honrado. Vamos, ¿qué me dice de esta forma de practicar la caridad? ¿Cree usted que hay otra manera de traer al buen camino á un hombre lleno de defectos, desquiciado, empedernido en mil hábitos perniciosos?

—Contesto, señora mía, que en principio aplaudo su pensamiento. Respecto á la práctica... no sé... Dígame usted: ¿José Antonio acepta el auxilio en la forma y condiciones que usted acaba de indicarme?

—El pobrecillo se echó á llorar. Bien conoci que sus lágrimas brotaban del corazón. «Eres la Providencia misma—me decia,—y realizas el sueño de mi vida; tú me salvas, tú me redimes, tú haces de mí otro hombre, y por ti, Halma, bien puedo decir que vuelvo á nacer.» Y diciendo esto me besaba las manos.

—Y yo también se las beso á usted ahora—dijo don Manuel, haciéndolo con verdadero enternecimiento.—Es usted una santa... á su manera, quiero decir que cada día saca usted una nueva forma de santidad. Debo decirle, en conciencia, que en estas cosas, la originalidad suele ser un poquitín peligrosa, pero hasta ahora vamos bien, y que siga el Señor inspirándole esas benditas iniciativas.

—Me complace que usted apruebe mi plan—dijo Catalina, excitada por el aplauso,—y que se compadezca de ese desgraciado primo mío, el cual, claramente lo veo, tiene más viciada la cabeza que el corazón. Cierto que es la informalidad andando, que no acaba cuando se pone á

enjaretar embustes, que por procurarse el pan
de cada día, comete mil bajezas. Por eso mismo,
por ser un enfermo del alma, le está perfectamente indicada la medicina de la caridad tutelar y educativa. ¿No estoy en lo cierto?

—Sí, señora mía—replicaba Flórez entornando los párpados y afirmando con la cabeza.

—La caridad se ha de ejercer en toda clase de
enfermos y en toda clase de miserables; y este
Urreíta es un pobre de solemnidad... *de tres
capas*, un desgraciado, cuyas angustias parten
los corazones. Él me lo decia, haciéndome reír
y llorar al mismo tiempo: «Querida prima, el
último de los pordioseros es un millonario com-
parado conmigo. Recoge zoquetes de pan y pe-
laduras de patatas; pero se lo come en paz, y su
espíritu vive con la serenidad y la alegría del
pájaro, que al amanecer canta saludando al
día... Hasta los ciegos que andan por ahí tocando la flauta ó el violín son menos desdichados
que yo. Envidio á los vendedores de periódicos,
á los mozos de cuerda, y á los poceros de la Villa. Todos comen su bazofia sin comerse al propio tiempo la vergüenza, que es amarga como la
hiel.» ¡Pobrecillo de mi alma! No puedo menos
de considerarle, señor don Manuel, como un niño mañoso á quien hay que educar. Le haremos
todo el bien posible, sin escatimar los azotes.
Porque eso sí, mucha caridad, pero mucho rigor.

—Eso, eso; y si conseguimos su enmienda, habremos hecho una obra meritoria y grande— dijo suspirando el sacerdote, que si al 'principio sintió su poquito de resquemor ante la hermosa iniciativa de su discípula, no tardó en apropiarse las ideas de ella, con la mira de vigorizarlas y recobrar de este modo su magisterio.

—Y nadie me quita de la cabeza—prosiguió Halma—que el corazón de Pepe es bueno, y que hay en él, aunque por muy escondido no se vea, materia abundante para obtener la verdadera virtud. De niño era un ángel. Somos de la misma edad, y juntos vivimos algún tiempo en Zaportela: su madre, mi tía Rudesinda, me quería locamente, y como yo era endeblilla y enfermucha, me llevaba consigo al campo para que me repusiera.. Pepe Antonio y yo pasábamos largas temporadas hechos unos salvajes, corriendo por praderas y sembrados, declarando la guerra á los pobres grillos, y comiéndonos, no sólo la fruta madura, sino la verde. Pues mire usted: yo era mucho más traviesa que Pepe Antonio, yo solía tener malicias, inocentes, eso sí, pero malicias, y él no, él parecía un santito en agraz, y no es que fuera hipócrita, no; era la bondad misma, la pureza y la abnegación. Un día, delante de mí, se quitó la camisita para dársela á un niño pobre. Todo lo daba, no era glotón, ni avaricioso, ni envidiosillo, como todos los chicos. Mis faltas las tomaba para si,' y se dejaba castigar para que no me castigaran. Luego, tomó camino tan diferente del mío, que estuvimos sin vernos muchísimo tiempo. Cuando volvimos á encontrarnos, ya era él un hombre, y hacia en Madrid una vida de vértigo y desorden. La orfandad, la miseria vergonzante corrompieron aquella alma buena, que parecía creada para el bien.

—¡Qué cabeza la mía, señora Condesa!—dijo don Manuel, que con un gesto renegaba de su flaca memoria.—¿Pues no se me había olvidado darle la buena noticia?... Esos recuerdos infantiles de Zaportela me hacen recordar que el señor Marqués ha convenido conmigo en adjudicar á usted, no esa finca, sino otra mejor, el castillo de Pedralba, en esta provincia. ¡Tanto le dije, que...!

—¡Oh, qué dicha!... ¿Pero es cierto? ¡Pedralba nada menos! Tiene usted razón, mi hermano es la misma bondad, y yo no sé cómo agradecerle tantos beneficios. De niña, también viví en Pedralba: no puede usted figurarse el cariño que tengo á las viejas y carcomidas piedras del castillo, que de tal no tiene más que el nombre.

—Y la propiedad de esa finca sin duda facilita los proyectos de fundación... ¿No es eso, señora Condesa?»

Doña Catalina no contestó, y su meditación silenciosa llenó nuevamente de recelo el espíritu del buen sacerdote. La pregunta que antecede había sido formulada por Flórez con objeto de explorar el pensamiento de su noble amiga, el cual cada día se concentraba más, arrojando de súbito alguna claridad esplendorosa, que al propio tiempo que deslumbraba al buen maestro, le ponia en gran confusión. Tras largo silencio, la Condesa reanudó el diálogo diciendo: «Quedamos en eso.

—En que... sí... en que Pedralba puede servir de base...

—No pensaba yo en Pedralba. Lo que digo es que usted no se opone á que vea yo á ese que llaman Nazarín.

—¡Ah!... sí... en efecto... Pues, sí, no hay inconveniente...

—¿Usted no se atreve á afirmar si es loco ó santo?

—Al menos, hasta ahora...

—Pues yo quiero saberlo, me conviene saberlo con certeza.

—Espero llegar á la certidumbre con sólo tratarle un poco; analizar sus ideas y someter á un examen prolijo sus acciones.

—Y aunque para mi convencimiento me basté el dictamen de usted, ¿será impropio, será impertinente que yo misma le vea y le hable, si no por otro motivo, por satisfacer una curiosidad que me inquieta?

—No creo improcedente que usted aprecie por sí misma su estado cerebral—repuso el clérigo, midiendo bien las palabras.—Pero antes conviene que le examine yo, que hablemos despacio. Luego determinaremos en qué sitio y ocasión puede usted satisfacer su curiosidad.

—Perfectamente... Pero prontito, don Manuel.

—Mañana mismo le haré una visita en el hospital. Ea, es muy tarde, y usted va á comer, y yo á mi casa. Es de noche. Adiós, amiga mía, y á descansar. Descanse no sólo el cuerpo sino el pensamiento, que harto trabaja en idear cosas grandes. Adiós... Hasta mañana.»

VI

Retiróse don Manuel bien embozadito en su luenga pañosa, porque apretaba el frio, y meditabundo y un poco descontento de sí, por el camino se decía: «Esta doña Catalina es el demonio... ¡qué barbaridad! Quiero decir que es un ángel, un sér extraordinario. Ya no me queda duda. Tiene mucho más talento que yo, sabe más que yo, y descubre cosas que nadie ve, que si al principio parecen disparates, bien examinadas resultan con toda la hermosura y toda la grandeza de Dios. Cada día sale con una novedad. ¡Y qué ideas, Dios mío! ¿Qué me reservará para mañana?»

Esto decia, sintiendo un poquitín la humillación del maestro que se ve convertido en educando. Pero como era tan buena persona, y no dejaba entrar nunca en su alma la ruin envidia, y además estimaba cordialmente á la Condesa, en vez de enojarse neciamente por el gradual desgaste de su autoridad, se apropiaba las ideas de la discípula, y haciéndolas suyas las presentaba de nuevo en forma metódica y sistemática, con lo cual creia resultar á los ojos de ella, y aun á los suyos propios, como el verdadero inspirador, siendo en verdad el inspirado. Hombre flexible, creado para las adaptaciones sociales, y para aplicar y defender la santa doctrina según el medio y las ocasiones en que le correspondía actuar; bastante sagaz para conocer lo bueno donde quiera que saliese, y bastante práctico para saber aprovecharlo, obraba como obran siempre los caracteres de su complexión y hechura, no poniéndose frente á ninguna fuerza que creen útil, sino dejándose llevar por dicha fuerza, con tanto estudio y picardía en la postura, que parezca que la dirigen y conducen.

Metióse el buen clérigo en su casa pensando en la corrección de Urrea, y pues la señora confiaba en su ayuda para lograrla, hacía propósito de adelantarse á ella en el desarrollo de aquel pensamiento, de hacerlo suyo, agregándole pormenores que lo harían de seguro más eficaz. Pero lo que le desconcertaba era no saber qué nuevas invenciones sacaría de su inspirado caletre la Condesa, pues á lo mejor salía por donde menos se esperaba. Las iniciativas de él casi nunca cuajaban; las de ella venían con tal fuerza, que al punto conquistaban al maestro, y no había más remedio que .seguirlas, componiéndolas y retocándolas después para conservar las preeminencias exteriores del poder gobernante. En suma, que si al principio Halma parecía una reiná constitucional á la moderna, que reinaba y no gobernaba, poco á poco iba sacando los pies de las alforjas, y picando en absoluta soberana. Mas era tan buena, tan discreta y piadosa, que se arreglaba habilidosamente para dejar á su ministro las satisfacciones y aun la creencia de la iniciativa gubernamental.

«Bueno, Señor, bueno—decia don Manuel poniéndose ante su cena, tan frugal como bien condimentada.—Y esto de querer avistarse con el desdichado Nazarín, ¿para qué será? ¿Qué objeto lleva, qué ideas le mueven, qué planes acaricia? No lo entiendo. Pero allá veremos por dónde sale, y quiera Dios que sea por un registro fácil de entender, y más fácil de manejar.»

Á la misma hora que el respetabilísimo Fló-

reź cenaba, pero no aquel día, sino pasados dos
ó tres, José Antonio de Urrea comía con su primo Feramor en casa de los Duques de Monterones. Fácil es comprender de qué hablarían, al
encontrarse solos en el salón, poco antes de la
comida.

«No lo creo, aunque me lo jures—le decia el
Marqués, sin poder contener la risa.—Tú estás
soñando, Pepe, ó quieres burlarte de mi. ¿Y dices que te lanzaste á fijar tu petición en la fabulosa cantidad de...?

—Cinco mil duros. Y aún creo que me quedé
corto. Entré en la mística celda decidido á plantear el negocio *sobre la base* de los cuatro mil...
Claro, las bromas ó pesadas ó no darlas... Y en
el curso de la conferencia, viendo las buenas
disposiciones de Halma, me arranqué á los cinco mil. Éxito completo. ¡Ah! bien puedo decir
ahora que tu hermana es una santa; pero así
como suena, ¡una santa!... todo lo contrario de
ti, que eres el Sumo Pontífice del egoísmo. ¡Qué
bondad, qué dulzura, qué penetración, qué talento sutil para comprender las circunstancias
en que yo vivo! Sostengo que ella tiene más
talento que tú, y que es mucho más práctica,
sublimemente práctica. La indulgencia noble
con que iba puntualizando mis miserias, mis
acciones indecorosas, me llegó al alma, Paco,
porque al propio tiempo que me reñía dulce-

mente por mi conducta, la disculpaba, atribu-
yéndola, más que á perversión moral, al inexo- ·
rable despotismo de la necesidad, del hábito...
¡Oh, qué mujer, qué alma grande y hermosa!
Cree que me hizo llorar... mi palabra que sí.
Llegué á figurarme que era un chiquillo, que
me regañaban por la travesura de romper un
juguete de precio, prometiéndome comprarme
otro. En fin, que el cielo se ha abierto al fin
para mí, después de haber llamado á su puerta
inútilmente tanto tiempo. Estoy salvado, Paco;
tu hermana me salva... Creo en la Providencia,
en Dios... Soy feliz, seré otro hombre, gracias á
ella, á ese ángel con más talento que todos los
Artales y Feramor de este siglo y de todos los
pasados siglos, amén.

—Pues te doy mi enhorabuena—le dijo el
Marqués con sorna.—¿Ves como acerté, al indi-
carte...? Me daba el corazón que mi hermana se
gastaría su dinero en la regeneración de los per-
didos de la familia. Obra laudable, á fe:

—Si te burlas, peor para ti.

—No me burlo. Ahora, lo que importa es
que tu honradez esté á la altura de la virtud
de Catalina, so pena de que resulte una santidad
no sólo inútil, sino merecedora del manicomio
antes que de los altares:

—No temas nada. En primer lugar, no me
dan el dinero á mí, lo que en verdad no me im-

porta. Mejor, mejor es así. No me lo dan; lo *de-dican* á la grande y hermosa obra de remediar las penas del primer desdichado del mundo, y de socorrer la miseria más angustiosa y lacerante que alumbran el sol y la luna.»

Después de la comida, excitado el hombre por la nutrición abundante y la copiosa bebida, volvió á charlar con su primo mientras fumaban, y se enterneció al referir las bondades de Halma. Colmaba también de elogios á don Manuel Flórez, llamándole padre de los pobres, apóstol de gentiles, lumbrera de la caridad, y al fin, charla que te charla, por entre los entusiasmos del hombre extraviado, deseoso de redención, asomó el cinismo del aventurero arbitrista.

«Tengo además otro proyectillo. Á ver qué te parece. Tu hermana adoraba á su marido, aquel pobre *besugo* alemán, que vino aquí á que le matáramos el hambre. La memoria de Carlos Federico es su única pasión mundana, y su espiritu se alimenta de la idea del muerto, como planta que vive de lo que extraen las raices. Hablando conmigo, se dejó decir que su mayor gusto sería transportar á España el cuerpo, que debe de estar incorrupto, de su esposo querido, para sepultarse ella con él, naturalmente, cuando se la lleve Dios... Pues bien; se me ha ocurrido proponerle la traida del difunto...

8

-Vamos, que le contrato la conducción de las cenizas preciosas por cinco mil duros, siendo de mi cuenta todos los gastos, embarque, transportes por ferrocarril, aduanas... porque las momias también pagan derechos. ¿Qué te parece?

.   —Que es una contrata como otra cualquiera. Redacta tu pliego de condiciones, estudia el asunto...

—Se pueden ganar un par de mil duros... palabra que sí. Me planto en Corfú, hago la inhumación, y me comprometo á traerlo decorosamente, con una cuadrilla de frailes franciscanos, que vengan cantando responsos por toda la travesía. Y me encargo de asegurar el féretro, de envasarlo convenientemente, y de hacer la entrega en el punto de España que ella designe. He de percibir á toca teja dos mil duros antes de partir para Corfú, y tres mil en el acto de entregar la santa reliquia.

—¡Pobre hermana mía!—exclamó el Marqués, viendo súbitamente las extravagancias de su primo bajo el aspecto serio y peligroso.—Esto le pasa por querer gobernarse sola, desconociendo su incapacidad. Ya verá, ya verá... José Antonio, te prevengo que si continúas inspirando á mi desgraciada hermana esas que no sé si son tonterías ó locuras, tendré que intervenir como jefe de la familia.»

Dejóle con la palabra en la boca, mascullando el cigarro. «Te desprecio—murmuró Urrea viéndole partir,—egoistón, eterno inglés de la humanidad desvalida, usurero... Shylock disfrazado de aristócrata...»

No tardó en circular en la tertulia de Monterones la noticia de la redención del perdido con los dineros y la piedad de Catalina de Halma, y los despiadados comentarios que sobre ello se hicieron, no sólo herían á la noble señora, sino á su respetable maestro espiritual.

«Porque yo me explico todo—decía la Duquesa;—me explico las debilidades de mi pobre hermana, cuya cabeza se destornilló lastimosamente desde antes de casarse; me explico las audacias de Pepe Antonio; lo que no entiendo es que don Manuel autorice tales despropósitos.»

Consuelo Feramor, que no hacía buenas migas con su hermana política, y censuraba sin piedad su retraimiento, tachándolo de mojigatería y orgullo, llegó á decir á su marido: «La culpa la tienes tú... y algo le toca al angelical don Manuel. ¡Pues si fuera cierto lo que me dijeron hoy en casa de Cerdañola! No, no puede ser... Lo cuento como chiste. Pues que Catalina ha suplicado á Flórez que le traiga á Nazarín... Esto sería demasiado, ¿verdad? Pero qué sé yo... lo creo; me inclino á creerlo. Un entendimiento soliviantado que se dispara, ¿á qué tonterias, á qué extravagancias no llegará?

—Dejémosla disponer de su dinero como guste—dijo la de San Salomó, menos intransigente que sus amigas, sin duda por no ser de la familia,—y alabemos á Catalina de Halma, si nos da lo que á pedirle vamos. Y no hay que diferir nuestro sablazo, señoras mias. Podria suceder que llegáramos tarde, y encontráramos agotado el filón. Reunámonos mañana, plantémonos allá las tres, levantados en alto los terribles alfanjes de oro... y ¡zás!»

Consuelo Feramor, María Ignacia Monterones y la Marquesa de San Salomó eran al modo de presidentas, vicepresidentas ó secretarias en estas ó las otras Juntas benéficas señoriles que reunen fondos, ya por medio de limosnas, ya con el señuelo de funciones teatrales, rifas y kermessas, para socorrer á los pobres de tal ó cuál distrito, edificar capillas, ó atender al inconmensurable montón de víctimas que los desatados elementos ó nuestras desdichas públicas acumulan de continuo sobre la infeliz España. No hay que decir que las tres cayeron sobre la solitaria y tristé viuda con el furor de piedad que desplegar solían en semejantes casos. Recibiólas Catalina con atento agasajo y finísimas demostraciones de amistad; pero con la misma urbanidad serena que empleó en las cortesanías, nególes el socorro que solicitaban. En redondo, en seco: que cada cual debía entenderse á solas para practicar la caridad.

Salieron desconcertadas, confusas, rabiosas, y en el paroxismo de su ira, Consuelo dijo á su marido: «Si no fuera ella quien es, y nosotros quien somos, creería yo que la residencia natural de tu hermana era un santo manicomio.»

VII

Feramor las calmaba, haciéndoles ver cuánta impertinencia revelaba su enojo, pues cada cual es dueño de hacer el bien, si lo hace, en la forma que más le acomode. Con su claro talento, su fácil palabra, mitad en serio, mitad en broma, logró poner las cosas en su punto, demostrando que si Catalina, por su exagerado individualismo y la salvaje independencia que iba descubriendo, podía merecer censura, no merecía execración, ni menos ser condenada á perpetuo encierro en una casa de orates. Pero si Feramor lograba calmar los ánimos, creando una situación de relativa tolerancia, muy del gusto y del género inglés, no así don Manuel Flórez, el cual, cuando cayeron sobre él furibundas las tres damas, pidiéndole explicaciones de la increíble conducta de la Condesa, no sabía qué contestar, ni por dónde salir: tales eran su confusión y azoramiento. En los días siguientes le traían loco, con preguntas, comentarios y mortificantes indagatorias.

«Pero dígame, don Manuel, ¿lo de la corrección de José Antonio, fué idea de usted?

—De ella,... mía no... La que no comprenda que es una idea hermosísima, que no cuente conmigo para nada.

—Hermosísima, y sobre todo práctica.

—Hemos de ver eso. La silba que se llevará. don Manuel, si la corrección fracasa, se ha de oir en Pekin.

—Y sepamos otra cosa: ¿es también de usted el pensamiento de traer á Nazarín?

—Sí señora, mío es—dijo valientemente y tragando saliva el buen sacerdote, decidido á corroborar siempre las ideas de doña Catalina para no perder su autoridad.—Si no comprenden la delicadeza, el noble fin que encierra, peor para ustedes.

—Pues mire usted, no lo comprendemos, y yo lo declaro, aunque usted nos tenga por... indoctas. Somos muy bárbaras, queridísimo don Manuel.

—¿Pero es cierto que traerán á casa á ese pobre demente?... ó criminal... vaya usted á saber —dijo Consuelo escandalizada.

—¡Oh! yo voto porque venga—manifestó la de San Salomó, y las mismas demostraciones hizo la Duquesa.—Yo rabio por ver. al famoso mendigo y apóstol Nazarín.

—Sí, que le traigan. Y que avisen con tiempo para invitar á todas nuestras amigas.

—Y veremos también · á Beatriz, la mística mostolense, de quien decía un periódico que era una especie de Heloísa sin Abelardo.

—El Abelardo es Nazarín... Y que venga también Ándara. Queremos ver toda la tribu. Sí, don Manuel, que vengan todos.

—Como. no se trata de satisfacer una insana curiosidad, no les verán ustedes.

—Pues nos oponemos á que entren en casa.

—No, no. Lo que haremos es reconocer y proclamar el delicado pensamiento de Catalina, si los traen y nos permiten verles y hablar con ellos... Pero que conste: ha de venir también Ándara. Ese tipo de travesura procaz y temeridad heroica, me interesa extraordinariamente.

—Hablaremos con ellos, nos explicarán su doctrina.

—Les daremos una merienda.

—Ea, basta—dijo Flórez incomodándose.— No vendrán. Las mujeres nazaristas, no se ha pensado en traerlas. Él, el desdichado sacerdote melancólico y errabundo, no vendrá tampoco, sencillamente porque no quiere venir..

—¡Ah! nuestro gozo en un pozo.

—Entonces, irá Catalina á verles al hospital. Me parece muy inconveniente.

—Me parece una necedad formidable.

—Menos pareceres y más juicio, señoras mías. Lo que disponga *este cura* en asuntos para los cuales no debe faltarle competencia, al menos por su edad, ya que no por su saber, no debe ser discutido ni menos ridiculizado por mis buenas amigas, alguna de las cuales (lo decía por la de Monterones) recibió de estas manos el agua del bautismo. Con que no digo más por hoy.»

Con esta admonición, en que advirtieron las tres damas un marcado acento de severidad y amargura, cosa muy rara en don Manuel, que era un almíbar en el trato social, especialmente con señoras, se reprimieron, dando á sus críticas un tono puramente amistoso. Pasaron algunos días, en los cuales no tuvo Flórez ocasión de sacar las disciplinas; pero al ser puesto en práctica el plan de corrección del pobre Urrea, las hablillas recrudecieron. ¡Santo Cristo! Cuando se corrió la voz de que *le ponían casa* á José Antonio, de que doña Catalina le cuidaba la ropa, y don Manuel andaba por todo Madrid á la husma de los usureros que desollaban vivo al primo de Feramor, levantóse un tumulto tan imponente, que el bueno de Flórez tuvo que plantarse. Todo lo consentía, menos que su autoridád fuese puesta en solfa. Que se hicieran comentarios más ó menos discretos de sus acciones, no le importaba; pero que sus acciones se desfiguraran maliciosamente, no podía quedar sin correctivo. Fué, ¿y qué hizo? Convocó á las tres damas que eran cabeza de motín, y les echó un sermón por todo lo serio, dejándolas, si no convencidas, calladas, y con pocas ganas de meterse en vidas ajenas. Retiróse el buen limosnero á su casa, fatigado de aquellas luchas á que la genial iniciativa de la Condesa le comprometía, rompiendo la placidez fácil de su religioso gobierno, y al introducirse en la cama, después de sus rezos, ó entreverando el rezo con la meditación profana, se decia: «¡Cuánto mejor que esta buena señora siguiera los caminos ya hechos y despejados, en vez de empeñarse en abrirlos nuevos, desbrozando la trocha salvaje! ¡Cuánto más cómodo para todos que acatara *lo establecido,* y se echara en brazos de los que ya tienen perfectamente organizados los servicios de caridad, las Juntas de damas, las archicofradias, las hermandades, mis colectas para escuelas, mis...! ¡Cuánto mejor abrazarse *á lo establecido,* Señor, que...!»

Á pesar de los pesares, don Manuel dormía como un bendito. No así José Antonio, que en la casa frontera (calle del Olivar) se pasaba las noches en claro, por causa de la exaltación de

su felicidad, pues la onda venturosa, cuando
viene con fuerza, se parece á la onda del infortunio en que quita el sueño y aun el apetito.
Tan grande novedad era para él ver definitiva-
mente resuelto el problema alimenticio, no vivir mañana y tarde discurriendo en qué rama
posarse para comer, que el mismo asombro de
su dicha le tenía como en ascuas, receloso de su
destino. ¡Le parecía tan inverosímil ser amo de
su casa, es decir, estar en seguras paces con el
casero, ver un principio de arreglo en las cosas
necesarias para vivir; tener en su comedor loza
modesta, pero loza al fin, en vez de los dos ó
tres platos rotos que eran su único ajuar; encontrarse los armarios surtidos de ropa blan-
ca, que la misma Catalina con solicita mano
materna habia puesto allí! Todo esto era como
un sueño, como un pasaje fantástico de las *Mil
y una noches*. Temía despertar, y que tantos
bienes desaparecieran en un restregar de ojos,
volviéndole á la tristísima realidad de su vida
anterior. Y para colmo de ventura, podria consagrarse seriamente á un trabajo fácil y muy
de su gusto, la zincografia, pues ya le iban á
disponer local y aparatos á propósito. ¡Qué dicha, qué gloria, qué divina loteria! ¿Con qué
lengua, con qué voces bendeciria á su celestial
Providencia, la santa y amorosa Halma?

Su nueva vida apartó al parásito de los si-

tios que ordinariamente frecuentaba, sin dejar
de concurrir ·alguna noche á las casas de sus·
parientes. Y ·al conocer alli· los comentarios
zumbones que·del nobilísimo· acto de su prima
se hacian, perdió el hombre los estribos, cruzó·
palabras agrias.con el Duque ·de Monterones y
con dos ó ·tres sujetos ·más, cuyas esposas ó her-
manas se habían permitido ridiculizar á la Condesa, y seguramente, ·si ·él ·fuera otro y en ·más·
le estimaran, de sus destempladas expresiones·
hubiera resultado algún lance. Feramor le cal-·
maba, pues sus principios de buena· educación
repugnaban aquella forma violenta, y hasta
cierto punto española, ·de tratar asunto tan delicado. Cuanto menos se hablara de ello, mejor·
Pero Urrea estimaba el silencio como una com-·
plicidad cobarde con ·los murmuradores, y que-·
ría, por el contrario, hablar hasta que lc oyeran
los ·sordos, proclamar á gritos, no sólo ·la in-··
maculada virtud de Catalina, sino su talento,
y la superioridad de sus ideas, ·que aquel vulgo
elegante ·y corrompido no podría· comprender·
nunca. Feramor le dijo con gravedad: «La forma, mi querido José Antonio, es cosa de suma
importancia en la vida social, y no es posible·
desconocer· su valor positivo, sin exponerse á·
gravísimos· males. Todo se puede hacer haciéndolo bien; nada es factible· con ·malas ·formas.»·
. Retiróse Urrea· maldiciendo á su primo, á· ·

quien llamaba *el hombre de cartulina Bristol,* y
á la mañana siguiente muy temprano se fué á
ver á la Condesa, hacia la cual una atracción
invencible le arrastraba en cuerpo y alma. El
agradecimiento vivísimo se transformaba en
una adhesión caballeresca, en un cariño frater-
nal ó filial, que así debe llamársele para expresar bien su pureza, en el deseo de serle útil, y
prestarle algún servicio proporcionado á la inmensidad del bien que de la ilustre señora había recibido. Pero siempre que á ella se acer-
caba, sentíase agobiado de tristeza, porque su
conciencia le acusaba de agravios inferidos an-
teriormente á la generosa viuda, y aquel día
hizo propósito firme de descargar su alma de
aquel peso, confesando á su bienhechora los pecados que contra ella había cometido. Encon-
tróla dobladillando, con la ayuda de su criada
Prudencia, las sábanas y ropa de comedor que
faltaban para completar el ajuar del perdis re-
dimido. Retiróse Prudencia, y prima y primo
hablaron lo que sigue:

VIII

«Halma, de hoy no pasa que yo tenga contigo una explicación. Mi conciencia me lo pide,
me lo exige. Gracias á ti, no sólo tengo casa
y cama en que dormir, y platos en que comer,

sinó conciencia. Ésta me abruma: siempre que
vengo, me digo: «De esta vez, se lo confieso.»
Y siempre me falta valor. Pero lo que es hoy,
querida prima, hoy, ó canto ó reviento.

—¿Pero qué es eso, José Antonio, has hecho
alguna cosa inconveniente?

—No, no: no temas que yo falte á lo tratado.
Mi corrección es tan cierta como que ahora vivimos tú y yo. Trátase de pecadillos antiguos,
que no tienen en sí mucha gravedad, quiero
decir, sí la tienen por ser contra ti. Cualquier
falta cometida contra ti es gravísima. Yo quiero
confesarlos hoy... Verás...

—Pero, hijo, vale más que se lo cuentes á un
confesor. Por mí, tus pecadillos están perdona-
dos. Falta que Dios te los perdone.

—Yo no tengo que buscar más perdón que el
tuyo.

—Eso... casi casi es una irreverencia.

—Tú eres mi confesor, mi altar; tú eres mi
santa, mi Virgen Santísima, mi...

—Calla, y no digas más desatinos. Pareces un
chiquillo.

—Lo soy. Tú me has vuelto á la infancia, á
la inocencia, á la edad aquélla venturosa en que
correteábamos los dos por los andurriales de
Zaportela. Soy y quiero ser un niño, y como
niño, á ti, que eres como mi madre, te confieso
mis horribles pecados. Atiende. Lo primero...

cuando tu hermano me sugirió la idea de pedirte socorro, yo no tenía más objeto que darte lo que llamamos un sablazo, ni más intención que emplear tu dinero en pagar algunas deudas apremiantes, quizás en probar fortuna al juego para sacar cantidad mayor. Pues cuando tu hermano me lo indicó, yo dije que tú estabas loca. ¡Ya ves qué insolencia!

—¿Y no es más que eso?—dijo Catalina riendo, y rasgando á tirón un gran pedazo de lienzo, de modo que su risa y el estridor de la tela se confundían.—Pues con muchas abominaciones como esa, tu rinconcito en el Infierno no hay quien te lo quite.

—Es más, es mucho más—añadió Urrea suspirando fuerte.—Dije también que tú eras tonta.

—¡Bah, bah!

—¡Llamarte tonta á ti, que eres la misma inteligencia...! El tonto es él, tu hermano, con la tiesura planchada de su alma inglesa, él, incapaz de nada grande, ni de un rasgo de sensibilidad...

—Eh... caballero; está usted pecando en el mismo confesonario. Por un lado se sincera, y por otro se carga con nuevas culpas, haciendo juicios temerarios.

—Pues no digo nada de tu hermano. Sabrás que también hablé pestes del bonísimo don Manuel, y le llamé *congrio*, y...

—Ja, ja... de seguro que te lo perdonará si lo sabe.

—Y después, una noche que comí en casa de Monterones, hablamos tu hermano y yo. Siempre que estoy á su lado, me siento con malos instintos, no puedo resistir las ganas de chafar su pulcra educación inglesa, como la felpa planchada y lisa de los sombreros de copa. Me gusta cepillarla á contrapelo, expresar conceptos que le contraríen y le hieran. Pues con esa intención, y sin ánimo de ofenderte, dije que yo pensaba contratar contigo, en cinco mil duros, la conducción á España de las cenizas de tu querido esposo, y añadí mil tonterías... Te advierto, en descargo mío, que había bebido más de la cuenta... Lo peor fué que no hablé del pobre Carlos Federico con el respeto que merece su memoria. Mi palabra que no.

—Eso es un poquito más grave—dijo Halma con severidad, fijos los ojos en su costura;—pero te lo perdono también, puesto que declaras que no sabías lo que hablabas, y que no tenias intención de agraviarme. ¿Qué más?

—Por ahora nada más. ¿Te parece poco? Me quedo muy tranquilo, después de habértelo confesado. Y ahora vamos á otra cosa. ¿Sabes que tu hermana y tu cuñadita, y todo el enjambre de amigas te critican acerbamente, por no haber correspondido á sus cuestaciones como

ellas esperaban, y que además te ponen en solfa
á ti y á don Manuel por lo que estáis haciendo
por mí?

—¿Y qué? No me afano por eso. Les perdono
cuanto digan de mí, ya sea impertinencia sin
malicia, ya malicia verdadera.

—No se detienen en la línea del chiste más ó
menos discreto, sino que la traspasan, llegando
á ofenderte con apreciaciones calumniosas. La
de San Salomó dice que eres una hipócrita, y
que las visitas que me has hecho estas mañanas
para arreglarme el cuarto, no pertenecen al orden de la beneficencia domiciliaria.

—Todo eso es para mí—dijo la viuda con
augusta serenidad,—lo mismo que el ruido del
viento entre las tejas de la casa... Dios conoce
mi interior, y ante Él expongo mi conciencia
como realmente es. Los juicios de los hombres
para mí no existen.

—¡Oh, yo no tengo esa virtud! ¡Claro, cómo
he de tener esa que es tan difícil, si otras muy
fáciles no las puedo tener! Lo que yo siento es
furor de venganza al oir tales infamias. Sería
feliz si pudiera retorcerle el pescuezo á la bri-
bona que tal piensa y dice.

—¡Oh, por Dios, Pepe, no sigas por ese camino, si no quieres lastimarme, y perder en absoluto mi estimación!

—Anoche tuve dos ó tres agarradas en las

casas de Monterones y de Cerdañola por defen-
derte, porque para mí no hay mayor gloria que
poner tu nombre y tus actos por encima de
cuanto hay en el mundo. Yo me pelearía con
todo el que no te confesase como la virtud más
grande y pura que conocen Madrid y España
entera; y haría morder el polvo al que pusiese
en duda tu santidad, tu honestidad, tu entendimiento soberano.

—¡Jesús, cállate por Dios, y no disparates
más, primo! ¿Estás loco?

—Y si te conviene probarlo, dime quién te
ha ofendido en tu dignidad, en tu honor, ó siquiera en tu amor propio, para aplastarle contra el suelo como un reptil, Catalina, para hacerle polvo...»

Decía esto en pie, accionando con calor y
énfasis de personaje heroico. Su prima, después
de romper un hilo con los dientes, mirándole
asustada, le calmó con una franca y placentera
sonrisa.

«Dije que eras un niño, y ahora lo pareces
más que nunca. Nadie me ha ofendido en mi
dignidad ni en mi honor; pero aunque alguien
me ofendiera, no consentiría yo que tú hicieses
por mí el paladín en esa forma criminal y an-
ticristiana. Estoy pasmada de tu falta de cristianismo. ¿Pero de dónde sales tú, desdichado?
¿En qué mundo de soberbia y de errores has vi-

vido? Primo mío, si quieres que yo te proteja
y mire por ti hasta hacerte persona regular, no
me traigas acá bravatas caballerescas. ¡Matar!
¿Crees tú que puedo yo estimar á quien hiera
á su semejante por un dicho, por una opinión,
ni aun por un hecho ofensivo? No, José Antonio, eso conmigo no te vale. Ahoga esos sentimientos de crueldad, de venganza, y de desprecio de las leyes divinas. Si no, no te quiero,
no podré quererte, no serás nunca el niño bueno, con el cual quiero hacer un hombre... mejor.»

Desbordábanse en el alma de Urrea la gratitud y el afecto filial, y reconociendo que Halma hablaba conforme á sus cristianos sentimientos, replicó manifestando su incondicional sumisión á cuanto la dama pensara y resolviera.
Despidióse, porque tenía que ver y escoger
aquel mismo día unos aparatos para su industria, y preguntando á su protectora si debía
volver por la tarde, díjole ella que no sólo se
lo permitía, sino que le rogaba que volviese
después de comer.

Á poco de salir Urrea entró don Manuel Flórez, el cual, después de informar á la soberana
de los pasos dados para recoger cuéntecillas y
pagarés del primo pobre, le dijo que había visto á Nazarín; pero que aún no podía formar juicio definitivo de aquel hombre sin semejante.
Por cierto que el Marqués, con quien hablado

había del propio asunto (y esto se lo dijo Flórez á la Condesa en la forma más delicada), no encontraba pertinente que el infeliz sacerdote manchego fuese llevado á su casa, porque siendo el tal, en aquellos dias, objeto de las indagaciones informativas de los noticieros de la prensa, si éstos se enteraban de que había sido conducido á la casa de Feramor, armarían un alboroto que á él no le gustaba. Por respeto de su casa, por consideración al mismo apóstol vagabundo, á quien él sabía respetar también, no era procedente, no era correcto, no era óportuno,... pues...

«Mi hermano tiene razón—dijo Halma, anticipándose al consejo de su canciller.—No es conveniente, mientras no se calme el rebullicio del público. Desista usted, pues, por ahora...

—No, si ya he desistido»—replicó don Manuel, queriendo hacer constar su iniciativa.

Y sin hablar cosa de más provecho, se retiró. Después de anochecido, cuando la viuda acababa de comer, entró José Antonio, y movido de nerviosa impaciencia, no aguardó mucho tiempo para decirle: «Vengo furioso, querida prima. ¿Sabes que abajo hacen mil catálogos, y se permiten indicaciones ridículamente maliciosas...? Aciértame por qué... Dicen que anoche saliste con tu criada á eso de las nueve, y que no volviste hasta muy tarde. Están locas. Es mucho cuento que no puedas tú salir y entrar cuando gustes. Y puesto que á esa hora no hay novenas, ni sermón, ni Cuarenta Horas, ni costumbre de pasear, ni tú frecuentas los teatros, aqui tienes á tres señoras de alta alcurnia devanándose los sesos por averiguar á qué sitio, que no sea iglesia, ni paseo, ni teatro, puede ir una dama virtuosa entre nueve y diez de la noche.

—Déjalas que digan lo que quieran. Con eso se entretienen las pobres. En medio de su frivolidad, y del tumulto que las rodea, ¡se aburren tanto!... Pues sí, anoche salimos. ¿Sabes á qué hora regresamos? Ya habían dado las once.»

Y volviéndose á su criada, que recogía la costura, le dijo: «Prudencia, no recojas. Esta noche te quedas aquí cosiendo. Mi primo me acompañará.

—¿Sales también esta noche?—le dijo el de Urrea estupefacto.

—Sí, y te llevo de rodrigón, por si tuviera algún mal encuentro. ¿Por qué pones esa cara? Prudencia, mi abrigo, mi mantilla.»

En un momento se dispuso para salir. Cogiendo un lio de ropa, bien envuelta dentro de un pañuelo prendido con alfileres, lo entregó á su primo, y sin tomarle el brazo, bajaron y salieron á la calle. Á excepción del portero, nadie les vió salir.

«Aunque no es muy lejos—dijo Catalina guiando hacia Puerta Cerrada,—como los pisos están malísimos, tomaremos un coche, si te parece.»

Así lo hicieron, y la Condesa dió las señas: San Blas, 3.

«¿Sabes á quién vi cuando pasábamos frente á San Justo?—le dijo Urrea, no bien empezó á rodar el pesetero.—Pues á Perico Morla. Sin duda iba á tu casa. Se paró para mirarnos. Ese llevará el cuento á Consuelo.

—Déjale que lleve todos los cuentos que quiera.

—Y de seguro ha venido en acecho hasta Puerta Cerrada, y nos ha visto entrar en el simón. Verás qué pronto da la noticia, que será la novedad de esta noche.

—Bien. ¿A ti te importa algo?

—¿A mí? Absolutamente nada. Palabra...

—Pues á mí tampoco...

—Lo que más me ha inquietado al ver á Morla, dejándome muy mal sabor de boca, es que... ¿Quieres que te lo diga?

—Sí, hombre, dimelo.

—Pues que le debo doce duros. Ya se me había olvidado...

—¡Ah! pues recuérdamelo mañana para mandárselos, es decir, para que se los mandes tú.»

No tardaron en llegar al término de su viaje, que era una casa de apariencia bastante mediana, con estrecho portal y una escalera sucia, desquiciada y bulliciosa. Desde los descansos veíase un patio de corredores, y en éstos, arriba y abajo, multitud de puertas entornadas, por las cuales salía ruido de voces, claridad y tufo de petróleo, olores de cenas pobres. Subieron Catalina y su acompañante al tercero, y cuando se aproximaban á la puerta, Urrea lanzó una exclamación, diciendo: «¡Ah! ya sé á dónde vamos, prima. Desde que entré por el portal, me pareció reconocer la casa. Pero no caía; ¡qué confusión! no daba en lo cierto. Ya sé, ya sé. Como que aquí estuve yo la semana pasada con los periodistas. Aquí vive Beatriz, la discípula de Nazarín.

—Es verdad. Llama.»

TERCERA PARTE

I

Si don Manuel Flórez inició sus visitas al místico vagabundo, don Nazario Zaharín, por complacer á su señora y soberana, la Condesa de Halma-Lautenberg, pronto hubo de repetirlas por cuenta y satisfacción de sí mismo, porque, la verdad sea dicha, el misterioso apóstol árabe manchego le encantaba, y cuanto más le veía, más queria verle y gozar de su sencillez hermosa, de la serenidad de su espíritu, expresada con palabra fácil y concisa. Y cada vez salía el buen presbítero social más confuso, porque la persona del asendereado clérigo se iba creciendo á sus ojos, y al fin en tales proporciones le veía, que no acertaba á formular un juicio terminante. «Yo no sé si es santo; pero lo que es á pureza de conciencia no le gana nadie. Desde luego le declararía yo digno de canonización, si su conducta al lanzarse á correr aventuras por los caminos no me ofreciera un punto negro, la rebeldía al superior... De todo lo cual

voy coligiendo que en este hombre bendito existen confundidas y amalgamadas las dos naturalezas, el santo y el loco, sin que sea fácil separar una de otra, ni marcar entre las dos una
línea divisoria. Es singular ese hombre, y en
mis largos años no he visto un caso igual, ni
siquiera que remotamente se le asemeje. He conocido sacerdotes ejemplarísimos, seglares de
gran virtud; sin ir más lejos, yo mismo, que
bien puedo, acá para mí, sin modestia, ofrecer-
me como ejemplo de clérigos intachables... Pero
ni los que he conocido, ni yo mismo, salimos de
ciertos límites... ¿Por qué será, Dios Poderoso?
¿Será porque éste maniobra en libertad, y nosotros vivimos atados por mil lazos que compri-
men nuestras ideas y nuestros actos, no dejándolas pasar de las dimensiones establecidas? No
sé, no sé...» Y con este *no sé, no sé*, Flórez expresaba la turbación y las dudas de su espíritu.

Por aquellos días acreció el tumulto periodístico, por estar próximo á sentenciarse el proceso en que metidos andaban don Nazario y
Andara, y menudeaban las interrogaciones, que
llaman *interviews;* los *reporters* no dejaban en
paz á ninguna de las celebridades de la ruidosa
causa, y al paso que estimulaban con picantes
relaciones la curiosidad del público, se desvi-
vían por darle pasto abundante un día y otro,
rebuscando incidentes en la vida privada de

los héroes de aquel drama ó comedia. Echábase Flórez al cuerpo la escalera que conduce á los pisos altos del Hospital, cuando sintió tras sí voces alegres, y dos jóvenes que con paso vivo subían de dos en dos peldaños le alcanzaron antes de llegar al tercero.

«Señor don Manuel, aunque usted no quiera... ¿Cómo va ese valor?

—No tan bien como ustedes...—contestó el sacerdote parándose, más para tomar aliento que para contestar al saludo. Y después de mirarles fijamente y de reconocerles, añadió con severidad:—¿Con que otra vez aquí los señores periodistas?... ¡Pero, hombre, no han mareado ya bastante á ese pobre señor! Francamente, me parece el delirio de la publicidad.

—Qué quiere usted, don Manuel. La fiera nos pide más carne, más noticias, y no hay otro remedio que dárselas—dijo el primero de los dos, vivaracho y simpático.

—Agotado tenemos ya el filón—indicó el segundo;—pero como es forzoso servir al público diariamente, ayer le di yo reseña exacta de lo que come Nazarín, y una interesante noticia de los malos partos que tuvo su madre.

—Pero, hijos míos—dijo Flórez con más bondad que enojo,—vuestra información nos va á volver locos á todos. Habéis dicho mil cosas inconvenientes, otras que no le importan á nadie.

Yo no sé cómo estos pobrecitos presos aguantan vuestro fuego graneado de preguntas, y no os mandan á paseo cien veces al día.

—Servimos al público.

—¿Pero no sería mejor que le sirvierais dirigiéndole, que dejándoos arrastrar por su noveleria caprichosa y malsana?

—¡Ah, don Manuel! No somos nosotros, pobres *reporters,* los que encendemos la hoguera. Nos mandan llevar cuanto combustible se encuentra; troncos bien secos si los hay; si no, leña verde, para que estalle, y hasta paja, si no encontramos otra cosa.

—Bueno, señor, bueno.

—Pues ayer, mi querido don Manuel—dijo el vivaracho, mostrando un periódico,—me sacó usted de un gran apuro. No sabiendo qué escribir, me metí con usted. Vea, vea lo que le digo: «Le visita diariamente el venerable sacerdote don Manuel Flórez, que sostiene con el procesado empeñadas controversias sobre puntos sutilísimos de teología y de alta moral!...»

—¡Jesús!... ¡Mayor mentira! ¡Pero si no hemos hablado nada de teología, ni...! Y además, ya os he dicho que no teníais que mentarme á mí para nada. Yo vengo aquí á cumplir mis deberes cristianos de consolar al triste, y dar un buen consejo al que lo ha menester.

—Es usted un santo, don Manuel. ¡Pues menudo bombito le doy aquí, más abajo! Vea...

—Ninguna falta me hacen á mí vuestros bombitos, y os agradecería mucho que no sacarais mi nombre en esta contradanza informativa.

—Déjeme que se lo lea. Digo: « Aquel venerable y ejemplar sacerdote, que es el primero en acudir, allí donde hay miserias que socorrer, y grandes amarguras que mitigar con el inefable consuelo de la piedad cristiana; aquel varón respetabilísimo, cuya modestia corre parejas con su virtud, cuya actividad en servicio de los grandes ideales religiosos...

—Basta, basta... No quiero oir más.»

Llegaron al corredor alto que da vuelta al inmenso patio, y el vivaracho se adelantó diciendo: «Me temo que hoy tenga el apóstol mucha gente, y que no podamos hablarle.

—Pero si esto es un escándalo—dijo don Manuel.—Aquí viene, en busca de satisfacciones de la curiosidad, un público no menos numeroso que el que va á los teatros y á las carreras de caballos. Al pobre Nazarín le volverían loco si ya no lo estuviera, y como es hombre que no sabe negarse á nadie, ni ser descortés y altanero, que casos hay en que la descortesía y un poquitín de soberbia no están de más, resulta que los que venimos á consolarle y á poner algún concierto en sus ideas, no podemos realizar este fin.»

Arrimáronse á una ventana el sacerdote y el segundo periodista, á echar un cigarrillo, mientras el primero entraba en la celda de Nazarin. Flórez sacó sus tenacillas de plata, pues no fumaba sin este adminículo, y el otro, al darle lumbre, le habló así:

«Dígame, señor de Flórez, ¿usted qué opina del resultado del proceso? ¿Cree usted que el tribunal verá en este hombre un criminal?

—Hijo, no sé. Poco entiendo de Jurisprudencia criminal.

—Pues ayer en el Congreso—prosiguió el otro con gravedad,—me dijo á mí mismo don Antonio Cánovas del Castillo... Palabras textuales: «Condenar á Nazarín sería la mayor de las iniquidades.»

—Lo mismo creo.

—Pero los pareceres están divididos, aunque la mayoria de la opinión es favorable á la inculpabilidad del apóstol. Yo le digo á usted la verdad. Á mí me tiene medio conquistado. Á poco más, voy á la redacción descalzo, abandono la casa de huéspedes, y me paso la noche en el hueco de una puerta... Nada, que me seduce ese hombre, que me atrae.

—Su humildad llevada al extremo, su conformidad absoluta con la desgracia—afirmó el sacerdote pensativo, mirando al suelo, y quitando la ceniza del cigarro con el dedo meñique,—

son, hay que reconocerlo, una fuerza colosal para el proselitismo. Todos los que padecen sentirán la formidable atracción.

—Pues no hay tanta gente como yo creía— dijo el otro *chico de la prensa* volviendo presuroso.—Está un actor..., no me acuerdo de su nombre... que quiere estudiar el tipo del Cristo para las representaciones de la *Pasión y Muerte,* en no sé qué teatro. También tenemos ahí á los pintores Sorolla y Moreno Carbonero, que quieren hacer una cabeza de estudio, y José Antonio de Urrea, que pretende volver á fotografiarle.

—Pues ya le cayó que hacer al pobre don Nazario—dijo Flórez mohino.—Entraremos dentro de un ratito, y procuraremos despejar la celda. Y ustedes, caballeritos, ¿se largarán pronto?

—¡Oh, sí! tenemos que ver á Ándara. ¿Viene usted, señor don Manuel? Le llevamos en coche.

—Gracias.

—Pues Ándara es deliciosa: más fea que una noche de truenos; pero con un talento para las réplicas, y una viveza, y una energía de carácter, que le dejan á uno pasmado.

—Y una fe en Nazarín que vale cualquier cosa. Si la ponen en una parrilla para que reniegue de su maestro, morirá tostada, escupiendo sangre á sus verdugos y proclamando á Nazarín, como ella dice, el *preferente* de todos los santos de la tierra y del cielo, ¡caraifa!»

Llegaron otros dos del oficio, y saludando cortésmente al buen eclesiástico, formaron todos corrillo junto á un ventanón de la galería.

«Parece esto la antesala de un ministro—dijo uno de los que acababan de llegar, llamado Zárate, hombre muy leído, según general opinión, quiere decirse, que leía mucho.

—O de un soberano del antiguo régimen. Aquí estamos aguardando que salga la tanda que está dentro.

—Pero falta un chambelán que ponga orden en estas audiencias.

—Pues hoy—dijo Zárate echándose hacia atrás el sombrero,—no me voy sin interrogarle sobre las concomitancias que veo entre el ideal nazarista...

—¿Y qué?

—Y el misticismo ruso.

—¡Hombre, por Dios!

—Yo veo un parentesco estrecho, una filiación directa entre aquéllas y estas florescencias espiritualistas, que no son más que una manifestación más de la soberbia humana.

II

—Pues ayer—manifestó el vivaracho,—le interrogué yo sobre eso del *rusismo*. Se mostró sorprendido, y me dijo que sus actos son la expresión de sus ideas, y éstas le vienen de Dios; que no conoce la literatura rusa más que de oídas, y que siendo una la humanidad, los sentimientos humanos no están demarcados dentro de secciones geográficas, por medio de líneas que se llaman fronteras. Aseguró después que para él las ideas de nacionalidad, de raza, son secundarias, como lo es esa ampliación del sentimiento del hogar que llamamos patriotismo. Todo eso lo tiene nuestro don Nazario por caprichoso y convencional. Él no mira más que á lo fundamental, por donde viene á encontrar naturalísimo que en Oriente y Occidente haya almas que sientan lo mismo, y plumas que escriban cosas semejantes.

—Si es lo que yo digo—indicó el que había entrado con Zárate.—Ese es un tío muy largo, pero muy largo... No hay quien me apee de la opinión que formé de él el primer día. Estamos aquí haciéndole la corte al patriarca de los tumbones, y popularizando al Mesías de la gorronería... ¡Oh! convengamos en que hace su papel con un histrionismo perfecto, y que ha sabido llevar hasta lo sublime el carácter del farsante aventurero y vagabundo. Yo sostengo que este tipo es la condensación más acabada del españolismo en todas sus fases... sin negar que lo muy español pueda ser también muy ruso... entendámonos.

—Pero vengan acá, señores míos—dijo don Manuel atrayendo con su gesto y con sus palabras la atención benévola y cortés de toda aquella tropa.—Perdónenme si meto baza en sus discusiones. Piense cada cual de este desdichado Nazarín lo que quiera. Pero al demonio se le ocurre ir á buscar la filiación de las ideas de este hombre nada menos que á la Rusia. Han dicho ustedes que es un místico. Pues bien: ¿á qué traer de tan lejos lo que es nativo de casa, lo que aquí tenemos en el terruño y en el aire y en el habla? ¿Pues qué, señores, la abnegación, el amor de la pobreza, el desprecio de los bienes materiales, la paciencia, el sacrificio, el anhelo de no ser nada, frutos naturales de esta tierra, como lo demuestran la historia y la literatura, que debéis conocer, han de ser traídos de países extranjeros? ¡Importación mística, cuando tenemos para surtir á las cinco partes del mundo! No sean ustedes ligeros, y aprendan á conocer dónde viven, y á enterarse de su abolengo. Es como si fuéramos los castellanos á buscar garbanzos á las orillas del Don, y los andaluces á pedir aceitunas á los chinos. Recuerden que están en el país del misticismo, que lo respiramos, que lo comemos, que lo llevamos en el último glóbulo de la sangre, y que somos misticos á raja tabla, y como tales nos conducimos sin darnos cuenta de ello. No vayan tan lejos á indagar la filiación de nuestro Nazarin, que bien clara la tienen entre nosotros, en la patria de la santidad y la caballería, dos cosas que tanto se parecen y quizás vienen á ser una misma cosa, pues aquí es místico el hombre político, no se rían, que se lanza á lo desconocido, soñando con la perfección de las leyes; es místico el soldado, que no anhela más que batirse, y se bate sin comer; es místico el sacerdote, que todo lo sacrifica á su ministerio espiritual; místico el maestro de escuela que, muerto de hambre, enseña á leer á los niños; son místicos y caballerescos el labrador, el marinero, el menestral, y hasta vosotros, pues vagáis por el campo de las ideas, adorando una Dulcinea que no existe, ó buscando un más allá, que no encontráis, porque habéis dado en la extraña aberración de ser místicos sin ser religiosos. He dicho.»

Celebraron los buenos *chicos* el discurso del venerable don Manuel, y cuando alguno, con el respeto debido, á contestarle se disponía, llegaron nuevos visitantes, dos damas y dos caballeros aristocráticos, que anhelaban conocer á Nazarín, y tres ó cuatro personas más, gente literaria ó política, que ya le habia visto, y deseaba sondearle de nuevo, porque entre sí traían grande y enmarañada discusión sobre si era un tunante muy largo, ó un sencillote con la cabeza trastornada.

¿Qué? ¿no podemos verle?—dijo sobresalta-
da una de las damas.

—Habrá que esperar á que salgan los que están dentro... la pintura, señora, la fotografía y
las artes del diseño.

—¿Y qué?—preguntó á los periodistas uno de
los de oficio literario que acababa de entrar.

—¿Saben ustedes si ha leido el librito de su
nombre que anda por ahí?

—Lo ha leido—replicó uno de los que llegaron con Flórez,—y dice que el autor, movido de
su afán de novelar los hechos, le enaltece demasiado, encomiando con exceso acciones comunes, que no pertenecen al orden del heroísmo,
ni aun al de la virtud extraordinaria.

—A mí me aseguró que no se reconoce en el
héroe humanitario de Villamanta, que él se tiene por un hombre vulgarísimo, y no por un personaje poemático ó novelesco.

—Y dice también que en su reyerta con los
bandidos en la cárcel de Móstoles, no le costó
tanto trabajo vencer su ira como en el libro se
dice; que la venció al instante y con mediano
esfuerzo.

—Pues para mí—manifestó el caballero aris-
tocrático,—el libro es un tejido de mentiras.
Toda la escena de Nazarín con el señor de la
Coreja, la tengo por invención del escritor, porque don Pedro de Belmonte es primo mío, le co-

nozco bien, y sé que en ningún caso pudo sentar á su mesa al mendigo haraposo. Ésta no cuela. Que mi primo cogiera una estaca, y le moliera los huesos, y le plantara en medio del camino, después de soltarle los perros, muy natural, muy verosímil. Está en carácter; ese es su genio; no puede esperarse otra cosa de su desatinada locura. Pero agasajarle, ponerse á hablar con él del Papa y del Verbo divino, eso no lo creo, eso no es verdad, es falsear á mi primo Belmonte. ¡Figúrense ustedes que fuí la semana pasada á la Coreja, y á poco de entrar en su casa tuve que salir escapado en busca de la pareja de la Guardia civil!»

En esto vieron salir á Urrea de la celda, seguido de los pintores y del cómico.

«Ea, ya tenemos aquí al chambelán, que viene á anunciarnos que Su Excelencia nos espera.»

Pero el chambelán traía muy distintas órdenes.

«Señores—les dijo,—tengo el sentimiento de participarles que el amigo Nazarín les suplica por mi conducto que le dejen solo. Siente fatiga, y si no me engaño, tiene bastante fiebre. Le he tomado el pulso. Necesita descanso, quietud, silencio.»

El efecto de estas palabras fué desastroso. Las dos damas no tenían consuelo. «¿Pero no podremos verle, siquiera un instante?

—Me ha suplicado que, por hoy, le libre del vértigo de las visitas.

—Y hace bien en cerrar la puerta—declaró Flórez.—No sé cómo aguanta tanta impertinencia. Ea, señores, estamos de más aquí.

—Poco á poco—dijo Urrea.—La orden tiene una excepción. Supo que está aquí don Manuel, y ha manifestado deseos de verle. Pase usted; pero solo.

—¡Ay! nosotras... podriamos pasar también, hablarle un ratito...—indicó una de las damas.

—¡Oh! no... sin duda quiere confesarse. Vámonos.

—¡Qué fastidio!... ¡Volveremos otro dia! Yo quiero verle. Diganme ustedes, señores periodistas: ¿cómo es Nazarín? ¿Es cierto que su rostro tiene tal expresión, que desconcierta á cuantos le miran? ¿Y cómo está vestido? ¿Qué dice? ¿Ríe ó llora? ¿Habla con los que le visitan, les echa la bendición, ó no hace más que mirarles?»

Contestaban los buenos *chicos* á estas preguntas, excitando la curiosidad de las nobles señoras, en vez de calmarla. Inconsolables ellas por el chasco sufrido, y no pudiendo anegar sus ojos, sedientos de aquella gran novedad, en la fisonomía del apóstol errante, los clavaban en la puerta. ¡Ah! detrás de aquella puerta estaba... Volverían á la mañana siguiente.

Entró don Manuel, y desfilaron por las esca-

leras abajo todos los demás. Alguno propuso á
las aristócratas llevarlas á ver á Ándara. Pero
después de una espontánea conformidad con
esta idea, una de las dos reflexionó y dijo: «¡Imposible! ¿Está usted loco? ¡Nosotras entrar en
la Galera!» Luego fué apuntada la idea de visitar á Beatriz, y esto no pareció tan mal á las
dos señoras. Sí, sí, podrían ver á la mística va-
gabunda y soñadora. Dividióse el grupo en la
calle, y unos se dirigieron á la inmediata de
San Blas, y los otros á la remota de Quiñones.

Salió Ándara al locutorio, y lo primero que
le preguntaron los *chicos* fué si había leído el
libro titulado *Nazarín*.

«Me lo leyeron—replicó la presa,—porque
á mí me estorba lo negro. ¡Ay, qué mentironas
dice! Yo que ustedes, pondría en el papel que
el *escribiente* de ese libro es un embustero, y le
avergonzaría, para que se fuera con sus papas
á otra parte. ¿Pues no dice que yo pegué fuego
á la casa?

—Tú también lo dijiste al principio; pero
ahora, ausente de tu señor Nazarín, que no te
permite mentir, has arreglado con tu defensor,
que es hombre listo, esa salidita del fuego casual. El hecho queda por lo menos dudoso, y la
pena será relativamente corta.

—¡Que fué *de* casual, ¡ea!... ¡Caraifa con los
niños de la prensa! Yo al principio no supe lo

que decía. Se me derramó el condenado petróleo... Quedéme á obscuras... Encendí un misto,
y vele ahí todo ardiendo... ¿Que no lo creen?
Así *costa*... ¿Y quién me lo desmiente? ¿Quién
me prueba que fué de voluntad? Si alguno de
ustedes es el que ha escrito ese arrastrado libro,
arrastrado le vea yo, ¡mal ajo!

—¿Sabes que te estás volviendo otra vez muy
mal hablada?

—Desde que no está con el apóstol, ha vuelto
á sus mañas.

—Ándara, nosotros somos tus amigos, y te
queremos mucho. Pero si dices expresiones feas,
se lo contaremos á don Nazario, y verás, verás.

—No, no se lo digan. Es la costumbre de antes, que sale... Pero una palabra mala, dicha
sin pensar, no hace pecado. Es que me enca-
labrino cuando me hablan del maldito libracó.
¡Miren que decir ese desgalichao autor que yo
parezco un palo vestido! Fea soy, digo, lo que
es bonita, no soy ahora, como lo era antes, aunque sea mala comparación... pero no tan fea que
me tenga miedo la gente. Él será un esperpen-
to, y en sus escrituras quiere hacer conmigo
una *desageración*. ¿Verdad que no tanto?

—Tienes razón, no tanto, Andarilla. Otra cosa: ¿Deseas mucho ver á tu maestro?

—¡Ay, no me lo diga! ¡Verle! ¡Qué diera yo
por verle, por oir su voz!... Créanme, señores

de la prensa, y pueden ponerlo en el papel, si les viene á mano. Por verle daría yo la salud que ahora tengo, y la que tendré en muchos años. Me conformaría con estar en esta cárcel ó en un presidio toda mi vida, si supiera que le había de ver todos los días, aunque no fuera más que un cuarto de hora.

—Eso es querer, Ándara.

—Esto es querer, y creer en él, pues no ha mandado Dios al mundo otro que se le parezca... lo digo y lo sostengo, aunque me claven en cruz para que cante otra cosa. Que me desuellen viva para que diga que no le quiero, y ayudando yo misma á que me arranquen el pellejo, diré que es mi padre, y mi señor, y mi todo.

—¡Bien, brava Ándara!

—Nos contó Beatriz que ella le ve en espíritu, y siempre que quiere le hace revivir en su imaginación...

—Esa es muy *soñona*. Yo, como más bruta que mi hermana Beatriz, ¡bendita sea! no le veo cuando quiero, sino cuando él quiere dejarse ver.

—¡Hola, hola! Explícanos eso.

—No, sean *materiales*, y compréndanlo sin más explicadera. Por las noches, cuando me tumbo en mi jergón, en medio de unas obscuridades como las del alma de Caín, si he sido buena por el día, si no he tenido pensamientos

malos, abro los ojos, y en lo más negro de lo
negro, veo una claridad, y en ella mi Nazarín
que pasa... no hace más que pasar y mirarme
sin decir nada... Pero por los ojos que me pone,
entiendo lo que quiere hablarme. Unas veces
me riñe unas miajas, otras me dice que está
contento de mí.

—Pues si le ves esta noche, no es mala pelu-
ca la que te echa.

—¿Por qué?

—Por esa mentira tan gorda de que el incendio de la casa fué *de* casual.

—¡Eh, que no es mentira!... Mentira lo que
dice el libro, tocante á que quise *zajumar* el
cuarto... ¡Vaya, que ya es por demás tanta conferencia! Lárguense al periódico, que allá tendrán que plumear.

—Antes hemos de preguntarte otra cosa, ¡caraifa!

—No respondo más.

—¿A que sí? ¿La Beatriz viene á verte?

—Dos veces por semana. Ayer me trajo un
vestido, que le dió para mí una señora de la
grandeza.

—¡Hola, hola!... Noticia. ¿No te dijo el nombre de esa señora?

Y todos ellos sacaron papel y lápiz.

«Sí; pero no me acuerdo. Era un nombre
muy bonito... así como... Señor, ¿cómo era?

—Haz memoria, Andarilla. ¿Sería la Condesa de Halma?

—Esa misma... Bien decia yo que era cosa buena... pues... del alma santísima.

—Bien, Ándara... te dejamos ya, caraifa.

—Adiós... adiós. »

III

En mal hora se metió don Manuel Flórez en conferencias de exploración espiritual con el apóstol andante, porque siempre salía de la celda medio trastornado, ya creyendo ver en Nazarín la mayor perfección á que puede llegar alma de cristiano, ya viéndole y juzgándole como un sér dislocado, completamente fuera del ambiente social en que vivía. «No puede ser, Señor, no puede ser—se decía el buen viejo, dándose palmadas en el cráneo, ya retirado en su vivienda, y descansando de los trajines del día.—Cada tiempo trae su forma y estilos de santidad. No nos disloquemos, Señor, no nos desviemos de nuestra agrupación planetaria, si no queremos ser bólido errante, perdido por los espacios. Lo que yo digo: la locura no es más que eso, ó mejor dicho, es precisamente eso, el escape por la tangente... y este hombre, con toda su virtud, que hay que reconocer, ha tomado mucha fuerza, y se esca-

pa, se dispara fuera de la órbita... ¡Qué lástima,
Señor, qué lástima! Porque... lo digo con verdad... difícilmente se encontraría un espíritu de
mayor rectitud, de mayor pureza... Pero ha tomado la doctrina·en su sentido más riguroso,
por lo más estrecho, por donde duele, y... no sé,
no sé... Él cree que el equivocado soy yo, y yo
que el equivocado es él. Él dice que procede
conforme á razón, y con plena conciencia de
ajustarse á la ley de Cristo, y yo digo... No,
Señor, yo no digo nada, no sé, he perdido los
papeles; este hombre me ha trastornado, ha llenado mi cabeza de confusión. No, no vuelvo á
verle más. La sinrazón es contagiosa... Un loco
hace mil. No más, no más.»

Y á pesar de esto, volvía, pues siempre le
quedaba algún puntillo que dilucidar, ó seno
escondido que reconocer en el pensamiento del
peregrino. Volvía, y á nueva conferencia, nueva turbación y desconcierto del buen clérigo
social. Se creerá que es exageración lo que se
cuenta, pero es la verdad pura. Don Manuel llegó
á perder el apetito, cosa de extraordinaria novedad en él, dormía mal, y se desmejoró su rostro. Creyeron sus amigos que había dado el
bajón repentino de la aproximación á los se-
tenta, y no faltó quien atribuyese á una causa
moral la pérdida de aquel excelso aplomo que
era su característica. Quizás su bondad se re-

sintió de haber encontrado una bondad superior, ó que tal le pareciera, y como vivía en la
rutina de no tratar más que inferiores, en el
terreno de conciencia, el repentino encuentro
de un sér, ante el cual alguna de las energías
de su alma tenía que hacer reverencia, le puso
quizás de mal talante, aunque sin llegar, ni por
asomo, á las tristezas de la envidia, pues era
incapaz de este odioso sentimiento. ¿Consistiría
tal vez en que el trato social, las consideracio-
nes y aun lisonjas de que era objeto, habían llegado á formar en su alma la concreción de amor
propio (de la cual los caracteres más dueños de
sí no pueden librarse), y el conocimiento y trato de Nazarín rebajaron un poquito el concepto de su propio valer moral? Con independencia
de la humillación y desprecio de sí mismo que
impone la idea cristiana, todo sér conserva un
poder de apreciación ó evaluación psíquica, por
el cual, sin darse cuenta de ello, á sí propio se
estima y tasa. Sin duda Flórez empezó á conocer que se había tasado en algo más de lo que
realmente valía. Como era recto y noble, acababa por conformarse diciéndose: «Bueno, Señor, bueno. Yo creí ser de lo mejorcito, y ahora
resulta que hay quien me da quince y raya.
Pues reconozca yo mi insignificancia, ó mi in-
ferioridad manifiesta, y alabada sea la perfección donde quiera que se encuentre.»

El buen señor no podía pensar en otra cosa, y la fijeza de tal idea iba socavando su salud. A veces se pasaba las noches en habilidosos distingos y paralelos, anhelando engrandecer el concepto propio, sin rebajar excesivamente el ajeno: «Él es bueno, yo también. No digamos santos, porque la santidad en nuestros tiempos ¿dónde está? Yo soy social, él individual; mi esfera es el mundo de los ricos, la suya el de los pobres. En ambas esferas se sirve á Dios, ¡vaya! Él fortifica su alma en la soledad, yo en el bullicio; yunque por yunque, no sé decir cuál es el mejor. Cierto es que si miramos á la doctrina pura y á su aplicación á nuestras acciones, él aparece con ventaja, yo con desventaja; pero miremos á los resultados prácticos de una y otra forma de ejercer el ministerio, y entonces, ¿cómo dudar que la supremacía está de la parte acá? Y por último, Señor, él se va del seguro, él se corre de lo posible á lo imposible, en él la virtud se permite hacer sus escapatorias al campo de la extravagancia, y...»

Elevando los brazos, y mirando al techo de su alcoba, en la cual se paseaba para entretener el insomnio, añadía: «Señor, Señor, llevar á la práctica la doctrina en todo su rigor y pureza, no puede ser, no puede ser. Para ello sería precisa la destrucción de todo lo existente. Pues qué, Jesús mío, ¿tu Santa Iglesia no vive en

la civilización? ¿Adónde vamos á parar si...?
No, no, no hay que pensarlo... Digo que no puede ser... Señor, ¿verdad que no puede ser?»

Como pasaban días y días sin que Catalina
le interrogase sobre el examen ó estudio psico-
lógico del apóstol vagabundo, creyó del caso
don Manuel tomar la iniciativa en aquel asunto,
que más valía dar su opinión antes que la dama
por sí misma y por otros caminos llegase á for-
marla. Todo lo temía de su talento agudo, afi-
nado por una voluntad persistente.

«¿Y qué?—le preguntó Halma, demostrando
menos curiosidad de la que Flórez esperaba.

—Empiezo por declarar—dijo don Manuel
con solemnidad sincera, la mano puesta sobre
su corazón,—que no conozco alma más bella
que la del desventurado sacerdote, á quien la
Icy ha perseguido por vagancia y por haber
dado amparo y protección á una mujer criminal. Si del estado de su entendimiento tengo
aún mis dudas, de su conciencia, de su intención pura y rectamente cristiana, no puedo dudar. Quiero decir, señora mía, que encuentro
una disconformidad irreductible entre la conciencia y el intellectus de ese singular hombre,
y que si yo hallara manera de conciliar una con
otro, tendría que declarar á Nazarín el sér más
perfecto que ha podido formarse dentro del molde humano.

—Según eso, usted sigue viendo en él las dos naturalezas, el santo y el loco, y ni sabe separarlas, ni fundirlas, porque locura y santidad no pueden ser lo mismo.

—Exactamente.

—Bien podría deducirse de todo ello que, en nuestra imperfectísima comprensión de las cosas del alma, no sabemos lo que es locura, no sabemos lo que es santidad.

—¡No sé, no sé!—exclamó el limosnero extraordinariamente turbado, llevándose las manos á la cabeza.

—Serénese, don Manuel. ¿Será que usted, en su larga vida, nunca se ha visto delante de un problema semejante? Contésteme ahora: ¿el buen Nazárín practica la doctrina de Cristo tal como los Evangelios santísimos nos la enseñan?

—Sí señora.

—Y á pesar de esto, la conducta del buen hombre nos parece desconcertada... porque nuestras ideas así nos lo imponen. Si creyéramos otra cosa, debiéramos imitarle, renunciar á todo, abrazando el estado de absoluta pobreza.

—Sí señora.

—Y eso no puede ser. Hay algo dentro de nosotros mismos, y en la atmósfera que respiramos y en el mundo que nos rodea, que nos dice que no puede ser.

—Sí... puede ser... pero no puede ser... Ser no ser... He aqui, señora, la gran duda.

—Sigo preguntando. ¿Nazarin es humilde?

—Humildísimo. Asombra ver su tranquilidad ante los resultados probables del proceso. Si le condenan á presidio, lo acepta gozoso, lo mismo que si le hicieran subir al cadalso. Si le encierran en un manicomio, en el manicomio entrará y vivirá sin protesta. No se queja de la ley, ni de los jueces, ni de sus acusadores, ni de la opinión, que con tan distintos criterios le juzga.

—Y en el caso de que saliera libre, ¿se sometería al superior eclesiástico, sacrificando su independencia al rigor de la disciplina?

—También. Pues esto es lo admirable. Dice que si le absuelven libremente, se someterá y que...

—¿Qué más?... Sigo yo contando, pues usted, mi señor don Manuel, no tiene hoy la palabra tan expedita como de costumbre. Dice también el buen Nazarín que cuando se encuentre libre, persistirá en el cumplimiento del voto de pobreza que ha hecho al Señor.

—Cosa imposible, así tan en absoluto, pues la mendicidad, fuera de las Órdenes que la practican por su instituto, es contraria al decoro eclesiástico.

—Y dice más...

—¿Pero cómo sabe usted...?

—Dice también que el mayor anhelo de su alma es que le devuelvan las licencias para poder celebrar... y que se irá á vivir al presidio á donde sea destinado el *Sacrilego*, si se lo permiten las leyes penitenciarias, ó si no, en la misma población, con objeto de verle diariamente. Está comprometido á conducir al cielo el alma de aquel criminal, y la conducirá. Los mismos propósitos tiene respecto á Ándara, y su mayor gozo sería que los encierros á que ambos delincuentes fuesen destinados, radicaran en la misma ciudad. Si no, compartiria su tiempo entre la vecindad de Ándara y la proximidad del *Sacrilego*, llevándose consigo á Beatriz, sin temor alguno de ser censurado y escarnecido por la compañía de una mujer.

—Tales son sus ideas, sí señora... Tan cierto es ello como que usted tiene algo de zahorí—dijo don Manuel, sin disimular su asombro.—¿Pero usted..., acaso, le ha visto, le ha oído...?

—No; pero veo á Beatriz, de quien soy amiga, y amiga del alma. No he querido decírselo hasta que no viniera una coyuntura propicia.

—¡Ah!... Me parece bien... Beatriz, la discípula...

—Pues bien, señor don Manuel de mi alma, esas ideas y propósitos del don Nazario bastardean un poco aquella pureza del alma de que me hablaba hace un rato. La extrema humildad, ¿no se da la mano con el orgullo?

—Tal vez, tal vez.

—Por lo cual yo, más decidida que usted, sin duda porque soy más ignorante, veo bien patente la locura de ese santo varón... ¿Es un loco santo, ó un santo loco?...

—Locura... santidad...—murmuraba Flórez mirando al suelo, la cabeza sostenida por ambas manos, los codos apoyados en las rodillas, con todas las señales en rostro y acento de una hondísima turbación.

IV

No pudieron detenerse, como deseaban, en buscar la explicación de aquel contrasentido, porque entró Urrea con noticias frescas, que hacían revivir el interés del asunto nazarista. Según contó el joven reformado, por los periodistas se sabía ya la sentencia del Tribunal, que se publicaría sin tardanza. No encontraba la Sala en don Nazario Zaharín culpabilidad: la vagancia, el abandono de sus deberes sacerdotales, la sugestión ejercida sobre mendigos y criminales no eran más que un resultado del lastimoso estado mental del clérigo, y como en ninguno de sus actos se veía la instigación al delito, sino que, por el contrario, sus desvaríos tendían á un fin noble y cristiano, se le absolvía libremente. Resultando del informe de los facultativos que repetidas veces le habían examinado, que los actos del apóstol errante eran inconscientes, por hallarse atacado de *melancolía religiosa*, forma de *neurosis epiléptica*, se le entregaba al poder eclesiástico para que cuidase de su curación y custodia en un Asilo religioso, ó donde lo tuviere por conveniente.

Don Manuel y Catalina guardaron profundo silencio al oir esta parte interesantísima de la sentencia.

«Á Beatriz se la absuelve libremente—prosiguió Urrea,—porque nada resulta contra ella, y la pena que merecía por vagancia, se estima cumplida con las dos semanas que sufrió de prisión correccional.» Ándara salía peor librada, aunque no tan mal como al principio se creyó. De sus primeras declaraciones, y de las de Nazarín, resultaba autora del incendio de la casa número 3 de la calle de las Amazonas. Pero su abogado, hombre muy despierto, había conducido el asunto con rara habilidad, demostrando que lo depuesto por Nazarín no tenía ningún valor testifical, por hallarse éste en pleno delirio pietista, presa de la monomanía del sacrificio y de la muerte. Ándara, en sus primeras declaraciones, había obedecido, según su defensor, á una influencia hipnótica del falso apóstol. Ampliado el juicio, y sustentada la no intencionalidad del incendio, el Tribunal admitió la prueba, condenándola, por lesiones á la *Tiñosa*, á catorce meses de reclusión penitenciaria. La causa del *Sacrílego* no tenía nada que ver con la de la vagancia y desafueros nazaristas. Aún no se había sentenciado, y por bien que saliera, sus catorce ó quince años de presidio no se los quitaba nadie, porque eran muchas y muy atroces sus audacias para llevarse la plata y vasos sagrados de las iglesias.

—Ya ve usted—dijo al fin Catalina á su amigo y limosnero,—cómo el Tribunal, haciendo suya la opinión de los facultativos, da por cierto que el santo varón no tiene la cabeza en regla.

—Y sin cabeza no hay conciencia—indicó el sacerdote con cierta alegría, como si entreviera una solución á sus dudas.

—Con todo—añadió la Condesa,—no debemos aceptar ese criterio como definitivo. Se equivocan los Tribunales, se equivocan los médicos. No afirmemos nada, y sigamos, mi señor don Manuel, en nuestras dudas.

—Sigamos, sí, en nuestras dudas—repitió el sacerdote, para quien era ya un descanso no pensar por cuenta propia.

—Y mis dudas—añadió Halma,—van á ser el punto de partida para resolver la cuestión, porque si no dudáramos, no nos propondríamos, como nos proponemos ahora, llegar á la verdad.

—Sí señora—dijo Flórez, hablando como una máquina.

—La sentencia del Tribunal, que yo esperaba, me abre camino para poner en ejecución un pensamiento que hace días me corre por el magín.

—¡Un pensamiento!... Á ver...—murmuró don Manuel perplejo, admirando de antemano y temiendo al propio tiempo las iniciativas de su ilustre amiga.

—Yo, digo, nosotros, sabremos al fin si nuestro pobre peregrino es santo, ó es demente. Espero que podremos reconocer en él uno de los dos estados, con exclusión del otro. Y en el caso de que existieran juntamente santidad y locura, en ese caso...

—Arrancaremos la locura para echarla al fuego, como hierba mala nacida en medio del trigo—dijo don Manuel,—conservando pura é intacta la santidad.

—Y si existieran juntas y confundidas, en una misma planta—agregó Halma,—respetaríamos este fenómeno incomprensible, y nos quedaríamos tristes y desconsolados, pero con nuestra conciencia tranquila.»

Flórez miraba al suelo, y Urrea no quitaba los ojos de su prima, cuyas palabras deletreaba en los labios de ella, al mismo tiempo que las oía. Después de una mediana pausa, y queriendo adelantarse al pensamiento de la señora, dijo el sacerdote:

«Pues para llegar á ese conocimiento y á esa separación, señora mía, tendríamos que... digo, veríamos de...

—No, si por más que usted discurra, no puede adivinar lo que he pensado, lo que haremos, si Dios me ayuda, y creo que me ayudará, pues la sentencia que acabamos de saber viene, como de molde, á favorecer mi pensamiento, obra magna, don Manuel, una empresa de caridad que ha de merecer su aprobación. Verá usted—añadió después de otra pausita, aproximando su silla baja al sillón del limosnero.—Pues, señor, ahora la ley civil le dice á la eclesiástica: yo, apoyada en la opinión de la ciencia, he debido declarar y declaro que ese hombre está loco. Como su locura es inofensiva, monomanía pietista nada más, que no exige custodia ni vigilancia muy rigurosas, renuncio á albergarle en mis casas de orates, donde tengo á los furiosos, á los lunáticos, casos mil de las innumerables clases de desorden mental. Ahí tienes á ese hombre; encárgate tú, Iglesia, de cuidarle, y, si puedes, de devolver el equilibrio á su entendimiento. Es pacífico, es bueno, es de dulce condición en su desvarío. No te será dificil restablecer en él el hombre de conducta ejemplar,. el sacerdote sumiso y obediente...

—Y le cogemos—dijo Flórez,—y le mandamos á un convento de Capuchinos, ó á una de las hospederías religiosas, que existen para estos casos, y le tenemos alli un año, dos, tres, al cabo de los cuales, estará lo mismo que entró.

—Quiere decir que no le cuidarán, que no le observarán, mirando por su existencia y por su razón con el interés paternal que se debe á un alma como la suya, buena, piadosa, á un alma de Dios...

—No digo que...

—Pero nada de esto pasará—afirmó la Condesa, levantándose nerviosa, y cogiendo el bastón de Urrea para reforzar el gesto decidido con que acentuaba la palabra.

—¿Pues qué se hará, señora?

—A usted, mi señor don Manuel, le corresponderá la gloria mundana de esta prueba, si, como creo, Dios la corona con un éxito feliz.

—¿Y qué tengo yo que hacer, señora mía?— preguntó el eclesiástico un poco molesto, pues no le caía en gracia aquello de hacer él cosas que ignoraba, ni que su autoridad quedara reducida á ejecutar órdenes superiores, como un vulgar secretario.

—Una cosa muy sencilla, y que me parece

fácil. Mañana mismo... no hay que perder un
solo día... mañana mismo, don Manuel Flórez y
del Campo, el ejemplarísimo sacerdote, el gran
diplomático de la caridad, coge el sombrero y
se va á ver al señor Obispo. Su Ilustrísima, naturalmente, le recibe con los brazos abiertos, y
usted le dice: «Señor Obispo, una dama de nuestra aristocracia...»

—¡Ah! ya... Una dama de nuestra aristocracia...

—¡Si lo adivina, si lo sabe, si no tengo que
decir más! Pues qué: ¿no ha pensado usted lo
mismo que yo? ¿No viene hace días dando vueltas en su mente á esta solución? ¿No esperaba
saber la sentencia para proponérmelo?

—Sí, sí... Yo pensaba... En efecto... La idea
es buena—dijo el limosnero, queriendo cazar al
vuelo las de su noble amiga.—Claro que habia
pensado yo... Pues «Ilustrísimo señor, una dama de nuestra aristocracia, persona de grandes
virtudes y celo cristiano, que quiere consagrar
su vida al santo ejercicio de la caridad, ha ima-
ginado que...»

Detúvose bruscamente don Manuel, vacilante, clavó sus ojos en Halma, después en Urrea,
para volver á mirar con escrutadora fijeza á
la ilustre señora, y en aquel punto, como si
recibiera inspiración del Cielo, ó algún genio
invisible en el oído le susurrara, vió el pen-

samiento de la Condesa con toda claridad. Y
recordando al instante palabras y frases sueltas de conversaciones anteriores, y viendo en
ellas perfecto ajuste con lo que acababa de oir,
ya no necesitó más el agudo presbítero para recobrar toda su compostura mental, y sentirse
dueño de sí mismo, y á punto de serlo de la situación. Limpió el gaznate para aclarar la voz,
tomó de manos de Halma el bastón de Urrea, y
fué marcando con él sobre la alfombra estas ó
parecidas expresiones:

«La señora Condesa ha tenido un pensamiento grande y bello, como suyo. Hace tiempo concibió el proyecto de destinar su casa de
Pedralba á un fin caritativo, estableciéndose
allí, al frente de una pequeña sociedad de desvalidos y menesterosos, de pobres enfermos y
de ancianos sin recursos. Bueno, Señor, bueno.
Pues ahora, la señora Condesa se dirige por
mi conducto al señor Obispo, y le dice: «Á ese
pobre clérigo perseguido, absuelto y tachado
de locura, yo me le llevo á Pedralba, allí le cui-
do, allí le rodeo de calma, de un bienestar modesto; doy á su espíritu la soledad campestre, á
su asendereado cuerpo descanso, y como él es
bueno y sencillo, y su corazón se conserva puro,
respondo de que en breve tiempo podré devol-
vérselo á la Iglesia, limpio de las nieblas que
han empañado su mente. Entréguenme el va-

gabundo, y les devolveré el sacerdote; denme el enfermo, y les devolveré el santo.»

—¿Y eso puede ser?—preguntó vivamente la viuda, sin admirarse de lo bien que el sagaz Flórez le adivinaba las intenciones.—Quiero decir: ¿consentirá el señor Obispo...?

—¡Ah!... lo veremos. Mucha fuerza ha de hacerle su nombre, señora.

—Y más aún la intervención de usted.

—En casos como éste de Nazarin, el Prelado adoptará uno de dos procedimientos: ó entregar al enfermo un vale perpetuo para el Asilo de Eclesiásticos, ó ponerle bajo la salvaguardia de una familia respetable de reconocida virtud y piedad. Esto último se ha hecho hace poco con un pobre clérigo que padecía de ataquillos de enajenación.

—Pues la familia respetable á quien se encomiende la custodia y cuidado de este santo varón, seré yo.

—Sin duda. Y mucho mejor, si se constituye el Asilo ó Recogimiento en forma legal y canónica, poniéndolo, como es natural, bajo la tutela del jefe de la diócesis.

—En fin—dijo Halma gozosa,—que Nazarín es nuestro. Y el señor Obispo, ya lo estoy viendo, alabará mucho este plan al saber que es idea de usted.

—Idea mía no—replicó Flórez sin mirar á la

dama.—Si acaso, en parte... Ambos pensamos lo mismo. Pero yo no podia pronunciar sobre ello la primera palabra, y tuve que aguardar á que la dijese quien debía decirla.

—Quedamos en que mañana mismo...

—Mañana mismo, sí señora.

—No se nos adelante alguno...

—¡Ah! lo que es eso... Pierda usted cuidado.»

Retíróse don Manuel á su casa, y aquella noche fué acometido de una lúgubre congoja, cuyo fundamento el buen clérigo no podía explicarse. «Esta tristeza hondísima y que parece que me abate todo el sér—se decia, sin poder conciliar el sueño,—no proviene de causa puramente moral. Aqui hay algún trastorno grave de la máquina. Ó el hígado se me deshace, ó la cabeza se me quiere insubordinar, ó el corazón se fatiga, y me presenta la dimisión.»

V

Hízose todo como Catalina de Artal deseaba, sin que la gestión del buen Flórez tropezase con ninguna dificultad ni obstáculo de importancia. Notaban en él cuantos en aquella ocasión le vieron, lo mismo en las oficinas eclesiásticas, que en las casas nobles que ordinariamente visitaba, una gran decadencia física, la cual parecía más grave por la pérdida de la jovialidad. Además,

claramente se advertía cierta inseguridad en las
ideas, y dispersión de las mismas en el momento de querer expresarlas, vamos, como si se le
fuera el santo al cielo, según el dicho vulgar.
No era ya el mismo hombre; en pocos días su
cuerpo perdió la derechura que le hacía tan gallardo, su cara se había vuelto terrosa, sus manos temblaban, y cuando quería sonreírse, su
habitual expresión afable le resultaba fúnebre.
«O don Manuel está muy malo—decían sus
amigos,—ó algún hondo pesar silenciosamente
le mina.»

Una mañana, el Marqués de Feramor le mandó llamar cuando descendía del aposento de la
Condesa, y encerrándose con él en su despacho,
puso la cara de las grandes solemnidades para
decirle: «¡Parece mentira que nuestro querido
Flórez, desmintiendo su grave carácter, se haya
prestado á favorecer las increíbles extravagancias de mi hermana! Primero, la tontería de meterse á redentores de José Antonio, poniéndose
en ridículo, y dando lugar al desbordamiento
de las hablillas y chirigotas. No era esto bastante, y entre mi hermana y su limosnero in-
ventan este sainetón grotesco de llevarse á Pedralba toda la cuadrilla nazarista... porque supongo irán también las discípulas, para mayor
edificación... Ya ha principiado el coro de burlas, que á mí no me afectan, no señor, porque

todo el mundo sabe que permito á mi hermana lanzarse por su cuenta y riesgo á estas aventuras locas, para que encuentre en la ruina y en el ludibrio de las gentes el castigo de su soberbia.»

La actitud y el lenguaje del señor Marqués eran de pontifical, según el rito inglés parlamentario y economista.

«Lo que más me duele—añadió,—es que nuestro buen amigo, en vez de poner un freno á estas que califico benignamente llamándolas extravagancias, les haya dado calor y apoyó con su autoridad...»

Al oir esto, una onda de sangre subió del corazón al cerebro del sacerdote, y la ira, que era en él, por índole y por costumbre, sentimiento casi desconocido, se encendió en su corazón súbitamente. Al querer expresarla, las palabras se le atropellaron en la boca, su rostro enrojeció, sus ojos se avivaron. Con lengua torpe pudo decir tan sólo:

«¿Tú qué sabes?... ¡Eres un necio!»

Y salió, como huyendo de sí mismo, arrastrando el manteo, la teja echada hacia atrás, murmurando incoherentes frases por la escalera abajo. Iba por la calle dando tumbos, sosteniéndose por un desmedido esfuerzo de la voluntad, y al llegar á su casa, agotado bruscamente el esfuerzo, cayó redondo en el portal. Entre el

portero y dos vecinos que bajaban, levantáron-
le del suelo, y como cuerpo muerto le conduje-
ron al cuarto segundo donde vivía. El ama y
la sobrina, dos mujeres simplicísimas, ambas
entradas en años, que le querian entrañablemente, rompieron en estrepitoso llanto al verle
entrar en tan mísero estado, y la sobrina ex-
clamaba: «¡Virgen de la Valvanera! Ya lo dije
yo. Mi tío venía mal desde la semana pasada.»

Acostáronle, y como una media hora tardó
en recobrar el conocimiento; mas la palabra no.
El buen señor quería decir algo, y su lengua
inerte no le obedecia. Acudió el médico, fúeron-
le aplicados los remedios elementales, y ya muy
entrada la noche, después de algunas horas de
reposo, pudo expresarse con mediana claridad:
«No seáis tontas —dijo al ama y la sobrina, que
una á cada lado del lecho le contemplaban atri-
buladas,—ni deis ahora en la manía de asustá-
ros... Esto no es más que un aire. Lo cogí al salir de casa de Feramor. Ya me encuentro mejor,
y con la ayuda de Dios Misericordioso y de la
Virgen Santísima, mañana podré echarme á la
calle. Y en caso de que determinen que ya estoy
de más en este mundo inicuo, ¿qué hemos de
hacer más que conformarnos todos, yo con irme
á donde mi Padre Celestial me destine, según
mis méritos ó mis culpas, vosotras con que me
vaya y os deje en paz?»

Dispuso el doctor que no se le diera conversación y se le dejara descansar toda la noche, ordenando diversas medicaciones internas y externas. A la mañana siguiente la mejoría era bien clara, y desde muy temprano acudieron á la casa multitud de personas. Una de las primeras fué Urrea; á poco llegaron Consuelo Feramor y la de Monterones, y otras muchas señoras y caballeros de distintas categorías. Todos prodigaron al enfermo consuelos cariñosos, deseando su salud como la propia. Iban entrando en la alcoba por tandas, y reunidos después en la sala, lamentaban el repentino accidente del simpático sacerdote.

Consuelo llevó aparte á José Antonio para decirle: «Sospecho que tú y Catalina no tenéis poca responsabilidad en este arrechucho de nuestro amigo. ¡Ah! su enfermedad arranca de la parte moral... ¿Qué... te haces el tonto? ¿No comprendes tu parte de culpa y la de mi cuñadita, esa loca que no andaría suelta si no llevara el nombre que lleva? ¿Ahora caes en la cuenta de que habéis desprestigiado á este santo varón, de que le habéis puesto en ridículo á los ojos del clero, de todos sus amigos y relaciones?»

Contestación enérgica pensó darle Urrea; pero prefirió callarse por no alborotar en casa ajena. A poco, entró Catalina de Halma, vestidita de negro, con humilde severísimo porte, y su hermana y cuñada la saludaron con frialdad compasiva. Ella no les hacía ningún caso, ni se cuidaba de que le manifestaran éste ó el otro sentimiento. Cuando todos se retiraban, la Condesa expresó al ama y la sobrina su deseo de ayudarlas día y noche en aquel penoso trajín de enfermeras. Conociendo la sinceridad de la buena señora, la familia del sacerdote aceptó tan noble ofrecimiento, felicitándose de que pronto sería innecesario, porque don Manuel mejoraría, con la ayuda de Dios. Pasó á verle Catalina, y él, regocijándose de su presencia, se excitó un poquito, presentando síntomas vagos de trabazón de lengua y de vaguedad en la ideación: «Señora mía—la dijo,—muy malito tiene usted á su limosnero. Ha sido un aire, nada más que un aire... He soñado con el Recogimiento de Pedralba en que estaríamos tan bien... ¡oh, tan bien! Estos aires... son aires muy malos... La vida social... este vértigo, este bullicio, este mentir continuo... mal aire, señora... ¡Destrucción de los cuerpos, perjuicios de las almas!... Dios quiere llevarme ya. Ha visto que no sirvo... que he llegado á la vejez sin hacer en el mundo nada grande, ni hermoso, ni saludable para las almas. Mi conciencia habla y me dice: «no hay en ti y derredor de ti más que vanidad de vanidades...» Usted es grande, señora Condesa, yo soy peque-

ño, tan pequeño, que me miro y no me veo mayor que un grano de arena. Un aire me trae,
otro me lleva... ¡Ah, la soledad de Pedralba...!
Pero no, no soy digno... El señor Marqués me
mira desde la altura de su necedad, y me humi-
lla todo lo que yo merezco. ¿Qué he sido yo? Un
fantasmón... No hay que desmentirme. ¿Qué
hice por la salvación de las almas? Nada... ¡Y usted, que es santa, se digna venir á consolarme
en mi tribulación...! ¡Cuánta bondad, cuánta
grandeza! Porque nadie mejor que usted conoce
mi insignificancia... Dios me dice: «no eres nada... eres el vulgo cristiano, lo que es y no es...
Vas bien vestido, y calzas bonito zapato con
hebillas de plata... ¿Y qué? Eres atento en el
hablar, obsequioso con todo el mundo; respetuoso de mí; pero sin amor. El fuego del amor
divino es en ti un fuego pintado, con llamaradas de almazarrón como las de los cuadros de
Ánimas. Llevas y traes limosnas como la Administración de Correos lleva y trae cartas... pero
tu corazón... ¡ah! Yo que lo veo todo, lo he visto, lo he sentido palpitar, más que por la miseria humana, por la elegancia de tus hebillas de
plata...» Luego viene un aire... ¡Hermosa debe
de ser la muerte para los que mueren en el Señor. Yo también quiero morir en Él, yo quiero,
yo quiero!...»

Vivamente alarmada, la Condesa se retiró

de la alcoba, pensando que la mejoría del bendito don Manuel había sido engañosa. Y firme en su propósito de desempeñar en la casa los menesteres más humildes, mientras estuviese enfermo su amigo del alma, concertó con el ama y sobrina las faenas á que debia consagrarse, resolviendo entre las tres que, pues la presencia de la señora excitaba al enfermo, sin duda por el cariño que éste le profesaba, no era conveniente que entrase en la alcoba sino en los casos de absoluta precisión. Desembarazada de su mantilla, tan pronto trabajaba en la cocina, como se personaba en la sala, para recibir visitas de seglares y clérigos. Comió con las mujeres de la casa, y no quiso que le preparasen cama, pues con descabezar un sueño sentadita en una silla le bastaba. La enfermedad de su amado esposo había sido para ella educación cumplida en aquellos trabajos y desazones, y el no dormir, el no comer, la vigilancia constante no la afectaban lo más mínimo.

Muy bien pasó la tarde don Manuel, y á la noche llamó á sus domésticas para que le acompañesen y diesen parola, pues la costumbre, segunda naturaleza, le pedía trato social, conversación, amenidad. Catalina se escondió tras de la puerta para oírle, temerosa de que volviese á desvariar. Dijéronle Constantina y Asunción, que así se nombraban el ama y sobrina,

12

que ya podía darse por restablecido de aquel arrechucho, y que le bastaría media semanita de descanso para poder entregarse nuevamente á sus habituales quehaceres. Á lo que respondió el clérigo con serenidad: «Puede que tengáis razón; pero por sí ó por no, yo me pongo en lo peor, y si me apuráis mucho, digo que en lo mejor, ó sea la muerte, fin de esta vida miserable y principio de la eterna.»

Como ellas dijeran que siendo él un santo, nada podía temer, ahuecó la voz para contestarles: «Ni yo soy santo, ni ustedes saben lo que se pescan, pobres rutinarias, pobres almas sencillas y vulgares. Estoy á vuestro nivel... no, digo mal, á un nivel más bajo. Porque vosotras habéis padecido: tú, Constantina, con la mala vida que te dió tu marido; tú, Asunción, con tus enfermedades y achaques dolorosos. Vosotras habéis tenido ocasión de perdonar agravios, yo no. Vosotras habéis sufrido escaseces cuando no estabais á mi lado; yo he vivido siempre en mi dulce y cómoda modestia, sin carecer de nada, bien quisto de todo el mundo, niño mimoso y predilecto de la sociedad. Vosotras habéis luchado, yo no, porque todo me lo encontré hecho. No me llaméis santo, porque hacéis befa de la santidad aplicándola á quien tan poco vale.»

Echáronse á llorar las dos mujeres, y le invitaron á variar de conversación, pues aquélla no era la más propia de un enfermo de la cabeza.

«No, no—dijo Flórez, encalabrinándose.—De esto precisamente quiero hablar yo. Soy una pobre medianía; pero abdicando en este trance mis ridículas pretensiones, y pisoteando delante de vosotras, y delante del mundo entero, mi orgullo, me entrego á la misericordia de mi Padre Celestial, para que haga de mi insignificancia lo que quiera. Mi alma no se ennegrece con pecados infames, ni se abrillanta con heroicas virtudes. Soy lo que él lenguaje corriente llama un buen hombre. Soy... simpático... ¡ja ja! simpático. En el mundo no quedará rastro de mí, y lo mismo que es hoy la sociedad, habría sido si Manuel Flórez y del Campo no hubiera existido en ella. ¿Cómo llamáis santo á un hombre que se enfada, aunque no mucho, cuando alguien le molesta? ¿A ti, Constantina, no te he reñido alguna vez porque la sopa estaba fría, ó el chocolate muy caliente, ó el arroz pegado, ó el café poco fuerte? Ya ves: ¡qué santidad es esa, ni qué...! Y tú, Asunción, ¡buenas roncas te has llevado,... porque las hebillas de mis zapatos no estaban bien relucientes! Ya ves: ¡como si el que relucieran ó no las hebillas importara algo!... Si os apuráis mucho por lo que os estoy diciendo, os confesaré que en mí

esfera, una esfera que parece amplísima y es-
muy reducida, he hecho todo el bien que he podido, y que mal, lo que es mal, no lo hice nunca á nadie, á sabiendas. Pero de eso á que yo sea
nada menos que santo, como vosotras creéis,
pobres tontas, hay mucho camino que andar...
Los santos son otros, el santo es otro... Y de eso
que dice el vulgo de que ahora no hay santos,
me río yo... Los hay, los hay, creedlo porque os
lo afirmo yo... Pero no me tengáis á mí por tal,
grandísimas babiecas, y si no, contestadme: ¿qué
méritos extraordinarios veis en mí?... ¿qué in-
fortunios y trabajos han templado mi alma, qué
injurias he tenido que sufrir y perdonar, qué
grandes campañas por el bien humano y por la
fe católica han sido las mías? ¿Acaso fuí perseguido por la justicia, y tratado como los malhe-
chores? ¿Por ventura me han ultrajado, me han
escarnecido, me han llenado de vilipendio? ¿Es
tribulación andar de casa en casa, festejado y
en palmitas, aqui de servilleta prendida, allá
charlando de mil vanidades eclesiásticas y mundanas, metiéndome y sacándome con achaque
de limosnitas, socorros y colectas, que son á la
verdadera caridad lo que las comedias á la vida
real? ¡Ah! si lloráis por verme rebajado de esa
categoría en que vuestra inocencia quiso ponerme, llorad, sí, llorad conmigo, lloremos juntos, para que el Señor tenga piedad de vosotras

y de mí, y nos iguale á los tres en su santa
gracia.»

No dijo más, porque el ama y sobrina, lim-
piándose el moco, y sobreponiéndose á su acer-
ba pena, le exhortaron para que callase y no
pensara cosas que al Divino Jesús y á la Virgen
habían de serle desagradables. Buena era la humildad; pero no tanto, Señor.

VI

También lloraba la sin par Catalina oyendo
los gritos de la conciencia de su buen amigo, y
las tres convinieron luego en que mientras más
se humillara el bonísimo don Manuel al proster-
narse ante el Dios de Justicia, más le ensalzaría
éste, dándole el premio que por sus virtudes
merecía. A las once de la noche, ya levantados
los manteles de la frugal cena, hallándose la
Condesa en el comedor, embebecida en la lectura de sus devociones ante una lámpara con
pantalla de figurines, entró José Antonio. No
pudiendo pasarse un día entero sin verla y hablar con ella (tal era su adhesión ardiente, que
más parecía de perro que de persona), agarrá-
base á la obligación de informarse del estado
del enfermo para entrar en la casa y aproximar-
se á su bienhechora.

«Nuestro don Manuel está mal —le dijo Halma, cerrando su libro y marcando la página con un dedo.—Tenemos que pedir á Dios con toda nuestra alma que nos conserve esa vida tan preciosa, tan necesaria. Hay que rezar, rezar sin tregua, Pepe, y tú también... Pero sin duda no sabes; lo has olvidado... Si yo quisiera enseñarte, ¿aprenderías tú?

—Tú conseguirás de mí cuanto quieras, y nada tengo por imposible si tú me lo mandas— replicó el joven con alegría.—Soy hechura tuya, soy un hombre nuevo, que has formado entre tus dedos, y luego me has dado vida y alma nuevas...

—Entre paréntesis, dime una cosa: ¿nos critican mucho por ahí?

—Horriblemente. Pero tu grande alma me ha enseñado lo que me parecía, más que difícil, imposible, despreciar esas infamias, y no castigarlas inmediatamente.

—Dios es nuestro juez, y nos acusa ó nos absuelve, por medio de nuestra conciencia. Vete fijando en lo que te digo, y asegúralo en tu pensamiento. Eres un niño, y como á tal te instruyo.

—Y yo lo aprendo todo. No tendrás queja de mí. Pero yo quisiera, mi buena Halma, que me mandaras cosas difíciles, muy difíciles, para que probaras mi obediencia ciega.

—Por ejemplo, que te arrojes á un horno encendido, ó que te tires por la ventana.

—No es eso, aunque también eso haría si me lo mandaras. Cosas difíciles digo, de las que ponen á prueba la voluntad de un hombre. Mientras tú no me mandes eso, y yo te obedezca, no me creo digno de lo que estás haciendo por mi. Tú eres extraordinaria, increible, inverosímil. Mi amor propio se pica, y también quiero salirme un poquitín de lo común.

—Descuida, que todo se andará. Como inverosímil, tú, que desde que empezamos á curar tu alma con una medicina de que todo el mundo se burlaba, te has desmentido á ti mismo. Hasta ahora parece que voy triunfando, y que mi extravagancia llevaba y lleva en sí algo de eficacia divina. Pero aún falta mucho, José Antonio, y si te cansas en lo peor del camino, me dejarás mal.

—No me cansaré. Voy contigo al fin del mundo, ya me lleves tirando de mí por un fino hilo de seda, ya por un dogal muy fuerte. Tira sin miedo, que no haré nada por soltarme.

—Te advierto que aunque té sueltes, aunque al tirar de la cuerda me hieras y lastimes, no me arrepentiré de lo hecho.

—Porque tú eres... no diré una santa, ni un ángel, expresiones vagas que han desacreditado los poetas y los predicadores,... sino una mujer superior á cuantas andan por el mundo, la mejor, la única, el femenino en grado sublime...

—Eh... basta. Ahí tienes otra maña que he de quitarte, la lisonja.»

Á los motivos de gratitud que subyugaban al parásito corregido haciéndole esclavo sumiso de la Condesa de Halma, habíase añadido últimamente uno, que era sin duda el más fuerte eslabón de su cadena. Á la penetración de la reformadora no podían ocultarse las recónditas miserias y envilecimientos de la vida de Urrea, úlceras morales que por su calidad indecorosa no podian ser mostradas. Pero la sagaz doctora las conocía, por inducción, y creyendo, en conciencia, que para la completa cura había que atacar aquel secreto desorden, antes que corrompiera la parte del sér que iba paulatinamente sanando, incitó al enfermo, en buena ley de moral médica, á la confesión ó sinceridad más radicales. Él se resistía, creyendo que cuanto á tal asunto se refiriese no podía ni siquiera mentarse en presencia de la santa y pura señora, como no es lícito decir en la iglesia palabras indecentes, ni fumar, ni cubrirse. Pero ella, valerosa y serena, como Santa Isabel de Turingia poniendo sus manos en la cabeza de los tiñosos, le abrió camino para la explicación que deseaba, rompiendo el secreto en esta forma:

«No es menester ser zahorí, querido Pepe, para saber que en tu vida de pobreza vergonzante, angustiada y vil, ha de haber, además de los sapos que ya hemos sacado del fango, culebras que necesitamos extraer para sanarte por entero. Es inútil que me lo niegues. ¡Ah, tonto, como se ven los gusanos que se alimentan de la putrefacción, veo en derredor tuyo enjambre de mujeres, á quienes sólo llamaré desgraciadas, porque no hay mayor desdicha que perder el pudor!

—Es cierto. ¿Cómo negarte nada, si tú lo sabes todo?

—Tienes que limpiarte de esa podredumbre, Pepe, pues de lo contrario, estás expuesto á corromperte de nuevo el mejor día.

—Sí, sí..

—Pero pronto, pronto. Adivino que esto no es fácil, y que para romper con todo ese pasado vergonzoso hay obstáculos materiales. Confiésamelo, dímelo todo, ten conmigo la franqueza que tendrías con un camarada de tu sexo. La vida humana ofrece tantas anomalías, que aun para librarse de la ruina se necesita tener dinero, y que del mismo vicio no puede huirse sin mostrarse con él caballeresco y dadivoso.

—Es verdad. Eres la ciencia humana y divina—replicó Urrea con viva emoción.

—Más claro: para cortar tus lazos viles con esa infeliz gente, necesitas dinero. Al hacer la cuenta de tus ahogos y de los compromisos que amargaban tu vida, has ocultado ésta por delicadeza, por respeto hacia mí.. ¿No es verdad?

—Sí..

—Quizás te encuentras obligado y sujeto por favores recibidos.

—Sí.

—Quizás has contraído deudas..: en común.
No te apures. Hablaremos de esto lo menos posible, para ahorrarte la vergüenza que el caso entraña. Prométeme cortar en absoluto y para siempre, con propósito de no reincidir, ésas relaciones infames, y yo te doy el dinero que necesites para tu completá liberación. Así, asi, las cosas se dicen clarito, y se hacen con valor.

—¡Oh, Halma!—exclamó anonadado el calavera, arrodillándose ante su prima, é intentando besarle las manos.—Si no te digo que te tengo por criatura sobrenatural, no expreso todo lo que siento.

—Levántate. Hoy mismo te ocuparás de eso. Dímelo todo: no ocultes nada. Mañana liquidas tus deudas de ignominia. Si sintieras duda, ó escrúpulo, porque hubiese algún lazo dificilillo de cortar, aun con tijeras de oro, vienes y me lo cuentas, y yo te daré ánimos, razones... y veremos de arreglarlo.»

Alentado por tan poderoso estímulo, Urrea cortó relaciones indecorosas, algunas que le estorbaban horrorosamente, llenando su alma de hastío; otras que, si afectaban algo á su corazón, no tenían raíces tan hondas que no pudieran arrancarse con mediano esfuerzo. ¡Y qué libre, qué ancho, qué desahogado se sintió después!. ¡Con qué placer veía las caras bonitas y risueñas perderse en la bruma que precede á las tinieblas del olvido! Uno solo de los tirones que tuvo que dar le produjo dolor. Pero acordándose de su prima, lo sufrió valeroso, y aun lo hubiera resistido con heroísmo si fuera de los hondos y lacerantes. Pero ello se redujo á un poquitin de pena ó desconsuelo, y dos días bastaron para que la mundana figura que motivaba aquel estado psíquico, se desvaneciera también con las otras en una neblina de indiferencia. Al terminar esto, la Condesa de Halma tomó ante su aplacado espíritu proporciones enteramente divinas. Lo que sintió Urrea no podía compararse sino al júbilo inenarrable del náufrago que pisa tierra después de angustiosa lucha con las olas. Le salvaba aquella luz, faro, ó estrella del mar, y ante ella hacía la ofrenda de su vida futura.

No satisfecho con informarse por la noche del estado de don Manuel Flórez, José Antonio iba también por las mañanas. Comúnmente entre nueve y diez, Catalina había vuelto de misa, y estaba barriendo y limpiando la sala y gabinete, mientras el ama y sobrina atendían al enfermo. Cubría la Condesa su talle con un mandil de Constantina, y manejaba la escoba con rara habilidad. ¡Quién había de decirlo, viendo aquellas manos aristocráticas, finas, blancas como azucenas, de forma bonitísima, largos, gordezuelos y puntiagudos los dedos, verdaderas manos de Santa Isabel de Murillo, que ni en las cabezas plagadas de miseria perdían su virginal pureza y pulcritud! Urrea no se atrevió á pedirle permiso para besarle las manos, por no profanarlas con su labio pecador. No merecia tan grande honra. Verdaderamente aquellos dedos que cogían la escoba eran dignos de tomar la hostia consagrada.

«¿Y don Manuel, cómo sigue?

—Mal. La noche ha sido intranquila. No ha podido dormir, sufría mucho de la cabeza. No ha desvariado, antes bien, habla como un santo que es. Hoy se le administra el Santo Sacramento. Prepárase á recibirlo con unción y alegría. ¿Sabes en qué conozco que nuestro buen don Manuel se nos muere? En que su alma es toda candor. Piensa y habla como un niño. Tanta simplicidad demuestra que su alma se ha despojado de todo lo terreno. ¡Qué hermosura morir así! Aprende, primo mío, aprende, y para que mueras como un justo, vive en la justicia y la verdad.

—Yo vivo donde tú me mandes—dijo el parásito apartándose para no estorbarle en su barrido.—Donde me pongas alli me estaré. Y ahora, déjame que te pregunte una cosa. Dicen en tu casa que te vas á vivir á Pedralba.

—Eso había determinado; pero la falta de este incomparable amigo perturba mis planes, y aún no sé lo que haré.

—¡Y yo me quedo aqui!—observó Urrea con pena.—Yo aquí solo. Verdad que no estamos lejos, y puedo ir á verte con frecuencia. Pero no sé si tú lo consentirás. Debo seguir en Madrid para evitarte disgustos, para que no se ceben en ti la envidia y la malignidad.

—Esa razón no es razón. Ya sabes que no me afectan los dichos de la gente frívola y vana. La calumnia misma, que á otros aterra, puede venir á mí y acometerme y destrozarme. De sus ataques saldré más fuerte de lo que soy. Es la forma civilizada del martirio, ahora que no tenemos Dioclecianos que persigan el Cristianismo, ni sectarios furibundos que corten cabezas de creyentes... Pero si la calumnia no es motivo para que aquí te quedes —añadió, dejando la escoba, y poniendo los muebles en su sitio, después de restregarles la madera con un paño, tarea en que gustosamente le ayudó su protegido,— en Madrid continuarás solito, por razón de tus trabajos. No olvides la segunda parte de nuestro convenio. Has de hacerte un hombre útil que viva honradamente, sin depender de nadie.

—Sí, sí. Yo realizaré tu hermosa idea. Eres como una madre para mí, y debo venerarte, porque me das el sér.

—Y debo creer que este hijo mío es ya crecidito, con fuerza suficiente para no necesitar andadores, y juicio para gobernarse por sí solo.

—Así será, si tú lo quieres. ¿Y ahora qué me mandas? ¿Me retiro?

—Sí, tenemos mucho que hacer. Luego hemos de preparar la casa y adornarla para recibir al Divino Visitante, que hoy tendremos aquí. Márchate y vuelve esta tarde á la hora del Viático. No quiero que faltes.

—No faltaré»—dijo Urrea, y besando la orla del delantal grosero que ceñía el cuerpo de la noble dama, se retiró triste... ¡Partir Halma, quedarse él! ¡Enorme consumo de voluntad exigiría esta separación del hijo y la madre, del discípulo aún muy tierno y la santa y fuerte maestra!

VII

No faltó aquel día el Marqués de Feramor, que sólo cruzó con su hermana palabras secas. En su atildado lenguaje inglés, parlamentario y económico, dijo que los hombres temen la muerte como temen los niños entrar en un cuarto obscuro. Esto lo había escrito Bacon, y él lo repetía, añadiendo que las penas que ocasiona la pérdida de seres queridos, tienen el límite puesto por la Naturaleza á todas las cosas. El mundo, la colectividad, sobreviven á las mayores desdichas personales y públicas. No debemos entregarnos al dolor, ni ver en él un amigo, sino un visitante importuno, á quien hay que negar todo agasajo para que se despida lo más pronto posible.

La ceremonia religiosa fué hermosa y patética, acudiendo un gran gentío eclesiástico y seglar, de lo más distinguido que en una y otra esfera contiene Madrid. Recibió el enfermo el pan eucarístico con cristiana unción y mansedumbre, mostrando gratitud inefable al Dios que penetraba en su humilde morada, y se mantuvo tan sereno y dueño de sí mientras duró el acto, que parecía repuesto de su grave mal. Después habló con entusiasmo á sus amigos del gozo que sentía, y de las esperanzas que la santa comunión despertaba en su alma.

Por la noche, tras un ratito de tranquilo sueño, llamó al ama y sobrina, y les dijo: «Ya sé que está en casa la señora Condesa, y en verdad no sé por qué se oculta. Su presencia es gran consuelo para mí. Que entre, pues á las tres tengo algo que decirles.»

Besó Catalina la mano del sacerdote y se sentó junto al lecho, quedando las otras en pie:

«De veras os digo que estoy tranquilo. Me prosterné ante mi Dios, y llorando amargamente, le ofrecí la confesión de toda mi vida pasada, la cual, por mi incuria, por mi egoismo, por mi insubstancialidad, no ha sido muy meritoria que digamos. Lo que poseo es para vosotras, Constantina y Asunción: ya lo sabéis. Atended á vuestras necesidades, reduciéndolas á la medida de una santa modestia, y lo demás empleadlo en servicio de Dios; socorred á cuantos menesterosos estén á vuestro alcance, sin reparar si lo merecen ó no. Todo necesitado merece dejar de serlo. Y á usted, señora Condesa de Halma, nada le digo, porque á quien es más que yo y vale más que yo, y me gana en saber de lo espiritual y lo temporal, ¿qué ha de decirle este pobre moribundo? He concluido con toda vanidad, y tan sólo le ruego que encomiende á Dios á su buen amigo. El que á mí me ha iluminado no está presente; si lo estuviera, yo le diría: compañero pastor, quisiera cambiar por tu cayado robusto el mío, que no es más que una caña adornada de marfil y oro. Tú pastoreas, yo no; tú *haces*, yo *figuro*...» Siguió murmurando en voz baja expresiones que las tres mujeres no entendían. No cesaban de recomendarle el silencio y la tranquilidad. Poco después re zaban los cuatro, llevando la de Halma el rosario. Antes de terminar, el enfermo pareció aletargarse. Quedó Asunción de guardia, y Constantina y la Condesa salieron de puntillas.

Tenían de guardia en el recibimiento á la chiquilla de la portera, para que abriese al sentir pasos de visitas, precaución indispensable por haber sido quitada la campanilla. A poco de salir de la alcoba, el ama dijo á la Condesa: «Ha entrado una mujer que quiere hablar con la señora. Debe de ser una pobre... de éstas que acosan y marean con sus petitorios. Yo que vuesencia, le daria medio panecillo y la pondría en la calle, porque si nos corremos demasiado en la limosna, esto será el mesón del tío Alegría, y nos volverán locas. Trae una niña de la mano, y me da olor á trapisonda, quiero decir, á sablazo de los que van al hueso. Con que póngase en guardia la señora Condesa, que en eso de dar ó no dar con tino está el toque, como dice nuestro pobrecito don Manuel, de la verdadera caridad.»

Ya sabía Catalina quién era la visitante, y sin decir nada se fué á la sala, donde aguardaban en pie una mujer con mantón y pañuelo á la cabeza, y una niña como de seis años, arrebujada en una toquilla. «Beatriz—dijo Halma, muy afectuosa, entregándoles sus dos manos, que mujer y niña besaron con amor,—ya me impacientaba yo porque no venías á verme. ¿Te dijo Prudencia que vinieras acá?

13

—Sí señora; pero yo no quería venir, por no ser molesta—replicó Beatriz, sentándose en el borde de una silla.—Por fin, esta noche me determiné, y he traído á ésta para que me enseñe las calles, que no conozco bien. Rosa sabe al dedillo todos estos barrios, porque ayudaba á sus padres á repartir la leche, cuando tuvieron la cabrería... ¡ah! negocio malísimo, en que se metió mi prima con los vecinos del bajo derecha, por ayudar á Ladislao, que con la afinación de pianos no sacaba para dar de comer á la familia. El pobre Ladislao ha pasado amarguras horribles, persiguiendo el garbanzo, y soñando siempre con la ópera que tenía á medio componer, dentro de su cabeza. Todo lo probó: tocaba el trombón en un teatro, y repartía prospectos por las calles. La cabrería les empeñó más de lo que estaban. Yo he visto la miseria de aquella casa, miseria negra, como hay tanta en Madrid, sin que nadie la vea ni la socorra, porque no es posible, Señor, no es posible... Bien lo sabe la señora, que la ha visto con sus propios ojos, porque con la señora entró Dios en aquella casa... Y puedo decirle que sus palabras cariñosas las han agradecido aquellos infelices más aún que el socorro que les ha dado para comer y abrigarse. La señora es... no tan sólo la caridad, sino también la esperanza.

—¿Y el pobre Ladislao, está contento?

—Tan contento, que de puro alegre no pega los ojos. Dice que su *desiderato* seria la plaza de maestro de capilla; pero que si la señora no tiene capilla en sus estados, lo mismo la servirá de cochero que para traer leña del monte, si á mano viene...

—Que no piense en eso, y espere—dijo la Condesa, impaciente por tratar de otro asunto.

—Bueno, Beatriz, ¿y qué...?

—Nada, es cosa resuelta. He venido acá, para que la señora Condesa no tarde en saber que hoy fueron á verle al hospital dos señores curas, que parece son del Tribunal eclesiástico. Dijéronle que Su Ilustrísima le proponia dos maneras de asistirle y curarle, en el suponer de que está enfermo. Ó bien darle un vale perpetuo para el Asilo de señores sacerdotes, ó bien ser recogido en una casa honestísima de persona principal y muy cristiana. Diéronle á escoger, y, por de contado, escogió lo segundo. Lo he sabido por él mismo: esta tarde fuí allá, y me encontré en la celda al señorito de Urrea, que le aconsejaba salir de aquel encierro, pues ya está libre. Mas no quiere el bendito don Nazario gozar de libertad mientras no le dé licencia la persona que le toma bajo su amparo, y le diga cuándo, cómo y á qué lugar ha de ir con sus pobres huesos.

—Pues mira lo que has de hacer, Beatriz, y pon atención á lo que te ordeno. Mañana llegará un carro con tres mulas que he mandado venir de Pedralba. Al amanecer del día siguiente, lo tendrás en tu calle, y el carretero, que es un viejo llamado Cecilio, un poco hablador y refranero, pero buen hombre, subirá á tu casa para avisarte. Metes en el carro á Ladislao y á Aquilina con sus tres chicos, y á Nazarín, y tú misma de añadidura. Cabréis perfectamente, y si vais estrechos, los hombres pueden ir algunos ratos á pie... En fin, arreglaos del mejor modo posible. No llevéis muebles ni ropas de cama. Repartid todo eso entre los vecinos que sean más pobres. Ropa de vestir podéis llevar... ¡Ah! se me olvidaba el piano de Ladislao. Dile que es mi deseo se lo regale al ciego, también afinador, que vive en el cuartito próximo. Puede meter en el carro aquella balumba de papeles de música que tiene encima de la cómoda. Todo el día emplearéis en el viaje, porque las mulas irán al paso, para que puedan hacer un poco de ejercicio los que se cansen de la estrechez del carro, y meterse en él un rato los *de infantería,* para descansar de la caminata. Cecilio os llevará hasta mi casa, y en ella os dará alojamiento hasta que, pasados unos días, cuando yo avise, vuelvan Cecilio y las tres mulas por mí.

—¡En carromato la señora! —exclamó Beatriz llevándose las manos á la cabeza.

—Como vais vosotros, iré yo. ¿Qué más da? Si es hasta más cómodo, y más alegre. No veas en esto un mérito, ni menos afectación de pobreza: no gusto de hacer papeles. Además, establezco en mi pequeño reino toda la igualdad que sea posible. No me atrevo aún á decir, antes de que la práctica me lo enseñe, á qué grado de igualdad llegaremos.

—Reino ha dicho la señora—afirmó la nazarista con gozo,—y aunque así no lo llamara, reina y señora nuestra será siempre.

—Tampoco sé aún qué grado de autoridad tendré sobre vosotros. Quizás no pueda tenerla, ó la abdique desde el primer momento. Pero no pensemos aún en lo que será, y ocupémonos tan sólo de lo presente. Con el dinero que te di, y que conservarás en tu poder...

—Sí señora, menos lo que, por encargo de la señora, gasté en el vestidito de Aquilina y en las botas de Ladislao.

—Pues aún te queda para comprar zapatos y alpargatas á los tres chicos, y para lo que gastéis por el viaje, que será bien poco. No necesito decirte que economices, porque sé que sabes hacerlo. Como la hija de Cecilio cuidará de daros de comer mientras yo llegue, ten bien cerrada la bolsa, Beatriz, y no gastes ni un cén-

timo de lo que en ella te quedare al llegar allá;
no olvides que somos pobres, pobres verdaderos... No creas que nuestro reino es una pequeña Jauja.

—Si lo fuera, no nos tendría la señora por
vasallos...

—¿Te has enterado bien?

—Sí señora—dijo Beatriz levantándose;—
descuide, que todo se hará punto por punto
como la señora desea.»

Despidiéronse besándole la mano; la Condesa las besó en el rostro, y al despedirlas en la
puerta, cuando ya habían bajado algunos peldaños, las llamó para hacerles una advertencia.

«Oye, Beatriz. Mi buen Cecilio padece de
una maldita sed que no se le quita sino con
vino. Ya está tan cascado el pobre, que sería
crueldad privarle de satisfacer su vicio. Durante el viaje, le permitirás que tome una copa en
alguna de las ventas por donde pasen, no en
todas... Fíjate bien: con tres ó cuatro copas de
pardillo en todo el camino tiene bastante; pero
nada más, nada más... Ea, adiós, y buen viaje.»

VIII

Llegó poco después un señor eclesiástico,
amigo íntimo de Flórez, don Modesto Díaz, que
goza fama de predicador excelente, uno de los

primeros de Madrid. Tres ó cuatro veces al día iba á enterarse del estado del enfermo, á quien entrañablemente quería, pues se conocieron desde la infancia, y en Madrid vivieron luengos años en cordialísimas relaciones, aunque cada cual actuaba en esfera distinta dentro de lo eclesiástico, pues si Flórez era relativamente rico, y no tenía que discurrir para proveer decorosamente á la existencia, Díaz, obrero incansable, trabajó toda su vida *propter panem*. De joven, tuvo que ganarlo para su madre, y en edad madura crió y educó sin fin de sobrinos huérfanos, que debían de padecer hambre canina, según lo que el pobre cura bregaba para mantenerlos, pues él daba lecciones de latín y moral, en colegios y casas particulares, de retórica y poética en un instituto, traducía del francés obras religiosas para un editor católico, y con esto y la celebración y sus sermones, que llegaron á constituirle un ingreso de cuenta, salió el hombre adelante con todo aquel familiaje, y algo le quedaba para socorrer á un pobre.

La diferente atmósfera en que Díaz y Flórez vivían, y el distinto camino de cada cual, no impidieron que se juntaran en el terreno de una amistad tan antigua como cariñosa. Eran vecinos: muchas tardes paseaban juntos, y perfectamente acordes en ideas y gustos, nunca surgió entre ellos disputa ni desavenencia por cosa dogmática ni temporal. Ambos eran buenos y estimados de todo el mundo; ambos piadosos y bienavenidos con su conciencia. Hasta se parecían un poco en lo físico; sólo que Díaz no se arreglaba tan bien como el otro, ni era tan pulcro, ó si se quiere, tan elegante.

Con expresiones de sincero dolor se condolió don Modesto de la gravedad de su amigo, manifestándose confuso por aquel repentino mal, que había venido como un escopetazo. «¡Pero si hace tres semanas estaba Manuel vendiendo vidas! Una tarde que fuimos de paseo hacia la Moncloa, hicimos recuento de los años que tenemos á la espalda, y calculando lo que podríamos vivir si el Señor nos conservaba nuestra salud, nos corríamos tan frescos hasta los ochenta. De buenas á primeras, Manuel da este bajón tremendo... ¿Pero por qué? Las últimas tardes que paseamos, le noté muy metido en sí, cosa rara, pues era hombre tan social, que siempre le veía usted el alma revoloteando alegre fuera de la jaula... En fin, Dios lo quiere así. Cúmplase su santa voluntad.»

Con un hondo suspiro nada más comentó la Condesa estas expresiones, y el buen sacerdote, después de enjugarse una lágrima, cambió de tono para decir: «Entre paréntesis, señora Condesa, sé que se va usted á su finca de Pedralba,

próxima á San Agustín, y conviene que sepa
que el cura de esta villa es mi sobrino Remigio,
á quien escribiré para que se ponga á las órdenes de usted, y la sirva en cuanto guste orde-
narle. ¡Buen muchacho, señora, que sabe su
obligación, y tiene además un don de gentes
que ya lo quisieran más de cuatro! Yo le crié;
es mi hechura, y á mí me debe su doble carrera,
pues á más del grado en teología y cánones, es
licenciado en derecho. Alguna guerra me dió
cuando estudiaba, porque en la Universidad por
poco me le tuercen. Le tiraba más la filosofía
que la teología, y su comprensión fácil, su
talento flexible le encariñaron más de la cuenta con los estudios de materias filosóficas y sociales novísimas. Bueno es saber de todo, y conocer toda la extensión de las ideas humanas;
pero yo dije: «pára, hijo». Él obstinado en do-
blárseme, y yo en que había de ponerle derecho
como un huso. Naturalmente, gané yo: el chico
era dócil, respetuoso, y me quería con locura.
Cantó misa diez años ha, día de la Candelaria,
y ahí le tiene usted hecho un sacerdote modelo,
obscurecido, es verdad, en una villa de corto
vecindario, pero con esperanzas de pasar á una
parroquia de la Corte, ó á una canonjía.»

Contestó Halma con las expresiones urbanas
que el caso requería, y la conversación, por su
propio peso, recayó en don Manuel, y en la di-

ficultad de sacarle adelante, si Dios no hacía un milagro.

«Para mí—dijo Díaz con hondísima triste-za,—es una pérdida irreparable, pues no tengo ningún amigo que pueda comparársele en lo afable, en lo cariñoso y servicial. Siempre que yo necesitaba una tarjeta de recomendación, él á dármela. Sus buenas relaciones con gente principal eran una bendición de Dios para los que estamos en esfera más baja. ¡Cómo le quería toda la grandeza! Y ahí tiene usted á un hom-bre que hubiera podido ser obispo. Pero lo que él decía con toda la modestia de Dios: «No sirvo, no sirvo: es mucho trabajo para mí.» Cada lobo en su senda, y la de Manuel era fomentar la piedad en las clases elevadas, y dirigirlas en sus campañas benéficas... Era hombre de tan ex-traordinario don de gentes, que su trato lo mis-mo cautivaba al rico que al pobre, y con su ten con ten, á todos les enseñaba la buena doctrina... ¡Dios sabe cuán solo y triste me quedo sin Ma-nuel en este valle de lágrimas!... ¡Pues apenas tiene fecha nuestra amistad! Él es natural de Piedrahita, yo de Muñopepe, en el mismo par-tido. Juntos nos criamos, juntos fuimos á la escuela, juntos recibimos la sagrada investidu-ra. Él era casi rico, yo pobre; él vivía de sus rentas, yo de mi trabajo rudo. Siempre que ne-cesité de algún auxilio, porque hay meses crueles, señora mía, sobre todo en verano, cuando se despuebla Madrid, á él acudía,... ¡ay! y le encontraba siempre. ¡Qué excelente amigo! Me facilitaba cortas cantidades, sin ningún interés... ¡Ave María Purísima, ni hablarle de ello siquiera! Me habría pegado. ¡Entre amigos...! Llegaba el invierno, y yo le pagaba religiosamente. Por Navidad, - de los infinitos regalos que recibe, participo yo. El Señor le premia tanta bondad, pues sus tierras de Piedrahita siempre le dan buenas cosechas... Así es que viviendo con decoro y sin boato, como un buen sacerdote, tiene sobrantes, con los cuales pudo costear una excelente escuela en Piedrahita. Sí señora, una lápida de mármol dice á la posteridad el nombre del fundador. Pues con estas esplendideces, aún le sobra, y no hay año que no compre alguna tierra limítrofe con su heredad. Propietario generoso, y buen cristiano, no apura á sus renteros, ni escatima jornales en tiempo de miseria. En fin, que hombres como éste hay pocos. El Señor le quiere para sí; acatemos su voluntad suprema, y reconozcamos que todas las grandezas terrenas son ceniza, polvo, nada.»

Manifestóse doña Catalina conforme con todo esto, y seguían platicando sobre la vanidad de las grandezas humanas, cuando el enfermo dió una gran voz, diciendo: «¿Ha venido Modesto?... Que entre aquí. ¡Modesto, Modesto!»

Acudió el señor Diaz, y los dos amigos se abrazaron con ardiente cariño. El sano no podía contener las lágrimas; el enfermo, debilitado y con el cerebro inseguro, perdiendo y recobrando á cada momento el· sentido y la palabra, no hacía más que darle palmetazos en el hombro, . y sus ojos extraviados, tan pronto reconocían á don Modesto, como le miraban con extrañeza y estupor.

«Mi buen amigo—le dijo en un momento lúcido,—te sentí, y quise que entraras para darte la gran noticia. Ya siento un gran alivio en mi alma. A mi conciencia le han nacido alas, y mírame cómo subo hasta los cielos. ¿No sabes? ¡Ay, Modesto, qué alegria! Acabo de decidir que mi viña de Barranco de Abajo, la mejor que tengo, sea para ti. Ya es tiempo de que descanses, hombre. ¡Que león para el trabajo...! Ahora, con tu viña, que puede darte tus mil cántaras, que te echen sobrinos. Bastante tienen estas tontas con lo demás de Piedrahita, y yo nada necesito ya, pues quiero ser pobre lo que me quede de vida... No te vayas, Modesto, acompáñame, pues me dan más congojas... y me parece que me he muerto, y que me han enterrado vivo, y... No, no... que no me entierren vivo... Yo soy pobre... muy pobre, no quiero mausoleos, ni que pongan sobre mí una de esas piedras enormes con letras de oro... No, no quiero

letras de oro, ni hebillas de plata. Y en cuanto
á mi gran cruz de Isabel la Católica, os digo
que no me la pongáis, cuando me amortajéis...
el día de mi muerte. No quiero más cruz que la
de mi Redentor... á quien no me parezco nada,
pero nada... Él era todo amor del género humano, yo todo amor de mí mismo. ¿Verdad,
Modesto, que no me parezco nada... pero nada?»

Procuraban calmarle; pero ni aun podían,
con la ayuda del señor Díaz, sujetarle en el lecho, pues dos ó tres veces se quiso arrojar de él
desarrollando una fuerza nerviosa increíble en
su extenuación. «Dejadme—decía,—no seáis pesadas. Huyo de lo que fuí... No quiero verme,
no quiero oírme. Hay un hombre, que en el siglo se llamó Manuel Flórez. ¿Sabéis cómo le
llamaría yo? *el santo de salón.* Yo no soy él; yo
quiero ser como mi Dios, todo amor, todo abnegación, todo caridad... No entiendo de intereses. Aquél hacía cuentas, yo las deshago; aquél
vivió en mil vanidades, yo corro detrás de la
verdad, ya la toco, y vosotras, ruines cócoras,
no me dejáis...»

El médico, que en mitad de esta crisis apareció, dispuso remedios que no tenían más objeto
que hacerle menos dolorosa la agonía. La parálisis de la parte inferior del cuerpo era absoluta.
El derrame se había iniciado sobre la médula,
dejando libre el cerebro. Don Modesto Díaz re-

solvió quedarse allí toda la noche. Después de las doce, el moribundo, inmóvil, rígido, descompuesto el rostro, honda y débil la voz, entornados los ojos, llamó á su amigo y le dijo: «Modesto, hazme el favor de leerme aquel capitulo de los *Soliloquios de nuestro Padre San Agustín... Confesión de la verdadera Fe.*

—No necesito leértelo, querido Manuel—dijo don Modesto, con sus manos en las manos del moribundo,—pues me lo sé de memoria: «Gra-»cias os hago, luz mía, porque me alumbrasteis »y yo os conocí. Conocíos Criador del Cielo, y »de todas las cosas visibles é invisibles, Dios »verdadero, todopoderoso, inmortal, intermina-»ble, eterno, inaccesible, incomprensible, incon-»mutable, inmenso, infinito, principio de todas »las criaturas visibles é invisibles, por el cual »todas las cosas son hechas, y todos los elemen-»tos perseveran en su sér, cuya Majestad, así »como nunca tuvo principio, así jamás tendrá »fin...» Y siguió recitando de memoria largo trecho, hasta que Flórez, que como extasiado escuchaba, repitiendo algunas palabras, le interrumpió diciéndole: «Más adelante, más adelante, Modesto, donde dice... ¡Ah! yo lo recuerdo: «Tarde os conocí, lumbre verdadera, tarde os »conocí, porque tenía delante de los ojos de mi »vanidad una gran nube obscura y tenebrosa, »que no me dejaba ver el sol de justicia y la

»lumbre de la verdad. Como hijo de tinieblas...»
Lo restante no se entendió. Fué tan sólo un
murmullo ininteligible, un pegar y despegar
de labios, como si algo saboreara.

Doña Catalina y don Modesto rezaban, y el
ama y sobrina habrían hecho lo mismo si su
copioso llanto se lo permitiera. Llegaron muchos amigos, y á la madrugada, conservando el
enfermo su conocimiento, aunque turbado, se
le dió la Extremaunción. Pronunció después
conceptos incoherentes, sin conocer á nadie; pero cuando ya era día claro, como si la luz solar
alentase la última chispa del pensamiento que
se extinguía, miró y conoció á la señora Condesa, y alargando lentamente el brazo hasta tocar la manga del vestido con su mano temblo-
rosa, le dijo con voz apagada: «No me olvide en
sus oraciones, mi buena y santa amiga. Dios
tendrá misericordia de mí, el más inútil soldado de la cristiandad militante. Nada hice de
gran provecho: entrar, salir, saludar, consejos
vanos... charla, etiqueta, buena vida, sonrisas...
bondad pálida.. ¿Sufrir? nada... ¿Sacrificio? ninguno... ¿Trabajos? pocos. ¡Ah, señora mía y hermana, de lo mucho y grande que usted hará en
la vida mística que emprende, pídale al Señor
que me aplique á mí alguna parte, por la buena
fe con que servía sus ideas, figurando que las
inspiraba! Yo no he inspirado nada, nada gran-

de... Todo pequeñito, todo vulgar... No fui bueno, no fui santo; fui... simpático... ¡ay de mí! simpático. Válgame ahora, Redentor mío, mi simplicidad, esta pena de no haber sabido imitarte, de no haber sido como tú, sencillo, amoroso, manso, de no haber sabido labrar con el bien propio el bien ajeno, ¡el bien ajeno! único que debe regocijar á un alma grande; la pena de no haber muerto para toda vanidad, y vivido solamente para encenderme en tu amor, y comunicar este fuego á mis semejantes.»

Esta llamarada de elocuencia fué la última, y precedió á la extinción tranquila y lenta de la vida, sin sufrimiento. Diversas cláusulas fluctuaron en sus labios, como burbujas: una invocación á la Virgen, y la idea, la tenaz idea que no quería soltarle hasta el dintel mismo de la eternidad, que quizás le seguiría más allá, haciéndose también eterna: «No soy nada, no he hecho nada... Vida inútil, *el santo de salón*, *clérigo simpático*... ¡Oh, qué dolor, *simpático,* farsa! Nada grande... Amor no, sacrificio no, anulación no... Hebillas, pequeñez, egoísmo... Enseñóme aquél... aquél, sí...»

Acercándose mucho á su rostro, pudo el buen Díaz percibir estas expresiones... La vida se apagó tan mansamente, que no pudieron los doloridos circunstantes determinar el momento preciso en que entregó su alma al Señor el vir-

tuoso don Manuel Flórez; pero aquella diminu-
ta porción de tiempo, punto de escape hacia la
misteriosa eternidad, se escondía entre los quince minutos que precedieron á las nueve de la
mañana.

CUARTA PARTE

I

No se avenía con su desamparo José Antonio de Urrea, que, desde el momento de la desaparición de la Condesa de Halma, arrebatada de su presencia en carromato, y no de fuego, vivía sumergido en un mar de tristeza, sin más entretenimiento que medir con ojos lánguidos la extensión de la soledad cortesana que le rodeaba. Madrid, con todo su bullicio, y los mil encantos de la vida social, habían venido á ser para él una estepa, en cuya aridez ninguna flor, ni la del bien ni la del mal, podía coger para su consuelo. Pasaba el día tumbado en un sofá, rumiando sus amargos hastios de la lectura, del trabajo, de la meditación misma. Por las noches se lanzaba fuera de casa, buscando en un voltijear inquieto por calles y plazas el alivio de su melancolía. No volvió á poner los pies ni de día ni de noche en las casas de sus parientes, hacia los cuales sentía un despego muy próximo al horror. Sus amigos íntimos de otros tiempos, compañeros de desorden, se le habían hecho tan antipáticos, que de ellos huía como del cólera. De amistades de otro sexo, no se diga: éranle, más que antipáticas, odiosas. Con todo, una noche fué tan hondo su tedio, y tan vivo su afán de encontrar algo en que su alma se esparciera, que se dejó tentar del demonio de sus recuerdos. Pudo creer un momento que refrescando pasadas amistades se consolaría; pero no hizo más que llegar á las puertas del vicio, y retrocedió sobresaltado. Las tentaciones no hacían más que soliviantarle la imaginación; pero sin poder debelar la fortaleza de su voluntad.

Otro aspecto singularísimo del estado de su espíritu, era que todas las personas que conocía se habían transformado en su criterio social así como en sus afectos. El primo Feramor no era más que un figurón, una inteligencia secundaria, petrificada en las fórmulas del positivismo, y barnizada con la cortesía inglesa; Consuelo y María Ignacia dos fantochonas, en las cuales se encontraba la comadre vulgarísima, á poco que se rascara la delgada costra aristocrática que las cubría; mujeres sin fe, sin calor moral, ignorantes de todo lo grave y serio, instruídas tan sólo en frivolidades que las conducirían al desorden, al vicio mismo, si no las atara el miedo social, y las posiciones de sus respectivos maridos; la Marquesa de San Salomó una cursi por todo lo alto, queriendo hacer grandes papeles con mediana fortuna, echándoselas de mujer superior porque merodeaba frases en novelas francesas, y tenía en su tertulia media docena de señores entre políticos y literarios que poseían cierto gracejo para hablar mal del prójimo; Zárate, un sabio cargante que coleccionaba nombres de autores extranjeros y títulos de obras científicas, como los chicos coleccionan sellos ó cajas de fósforos; Jacinto Villalonga un político corrompido, de esos que envenenan cuanto tocan, y hacen de la Administración una merienda de blancos y negros; Severiano Rodríguez otro que tal, mal revestido de una dignidad hipócrita; el general Morla un Diógenes cuyo tonel era el casino; el Marqués de Casa-Muñoz un ganso, digno de morar en los estanques del Retiro; y por este estilo todos cuantos en otro tiempo le movían á envidia ó estimación, se degradaban á sus ojos hasta el punto de que él, José Antonio de Urrea, mirado con menosprecio y lástima, se conceptuaba ya superior á todos ellos. Para él toda la humanidad se condensaba en una sola persona, la celestial Catalina de Halma, resumen de cuanto bueno existe en nuestra Naturaleza, excluido absolutamente lo malo; con la ausencia, que la misma señora le impuso como última etapa del procedimiento educativo, tomaba en el alma del discípulo proporciones colosales la figura moral y religiosa de su maestra, y la veneración que hacia ella sentía iba rayando en delirio. Sus insomnios eran martirio y consuelo, porque en la soledad de la noche, el excitado cerebro sabía engañar la realidad, oyendo la propia voz de Halma, y viendo entre vagas claridades la figura misma de la noble dama. «Voy á concluir loco perdido»—se dijo una mañana, y diciéndolo tomó la temeraria determinación que había de poner fin á su soledad. No se detuvo á pensarlo más, para no arrepentirse, y en el breve espacio de algunas horas vendió sus trebejos de zincografía y heliograbado, traspasó la casa, arregló un breve equipaje, y liquidadas varias cuentas pendientes, salió á tomar informes del coche de Aranda. «No puedo más, no puedo más—decía corriendo de calle en calle.—La desobedezco; pero ya me perdonará, si quiere. Y si no, arrostro su enojo. Todo antes que este vacío en que me muero.»

El coche de Aranda había salido ya cuando él llegó á la administración, y no queriendo esperar veinticuatro horas más para lanzarse fuera de Madrid, que había llegado á ser su Purgatorio, tomó billete en un coche que al amanecer salía para Torrelaguna. Impaciente por partir, la noche se le hizo larguísima. Una hora antes de la salida, ya estaba en la administra-

ción, temeroso de que el coche se le escapara.
Lo que hizo éste fué retardar media hora la salida, pero al fin, gracias á Dios, vióse el hombre en la delantera, junto al mayoral, y las
casas de Madrid se iban quedando atrás, ¡oh
alegría! y atrás se quedaron los depósitos del
Lozoya, y las casetas de los vigilantes de Consu-
mos en Cuatro Caminos, y Tetuán; y después
todo era campo, la estepa del Norte de Madrid,
á trechos esmaltada de un verde risueño, gala
de los primeros días de Abril, y limitada por
el grandioso panorama de la sierra. El corazón
se le ensanchaba, el aire asoleado y puro lléná-
bale de vida los pulmones. Desde su infancia
no se había visto tan contento, ni gozado de
una tan feliz y espléndida mañana. Se sentía
niño, cantaba á dúo con el mayoral, y lo único
que de rato en rato obscurecía el sol de su dicha era el temor de que Halma se enfadase por
su desobediencia.

Y en verdad que los Hados, ó hablando cris-
tianamente, la Providencia Divina, no le favo-
recieron en aquel viaje, sin duda en castigo de
su indisciplina, porque antes de llegar á Alcobendas, una de las caballerías (dicen las historias que fué *la Gallarda)* dió á conocer su inque-
brantable resolución de no seguir tirando del
coche, por piques sin duda y rozamientos con
el mayoral. Y ni los furibundos argumentos

que en forma de palos éste le aplicaba, la convencían del perjuicio que su obstinación causaba á los viajeros. En ésta y otras cosas, la parada en Alcobendas, que debía ser breve, duró una horita larga, resultando después que el jamelgo con que fué sustituida *la Gallarda*, cojeaba horrorosamente. Urrea contaba llegar á San Agustín al medio día, y á las dos, todavía faltaba largo trecho. Pero lo peor fué que como á un tiro de fusil más allá de Fuente el Fresno, una de las ruedas dijo con estallido formidable, que primero la hacían astillas que dar una vuelta más, y ved aquí á todos los viajeros en pie, sin saber si quedarse alli, ó volver al pueblo por donde acababan de pasar. Urrea no vaciló un momento, y encargando su maleta al mayoral para que la entregase en San Agustín, echó á andar resueltamente para esta villa. Á buen paso, llegaría al caer de la tarde, y no había de ser tan desgraciado que no encontrara allí una caballería que le llevase á Pedralba.

Anduvo con sostenido paso y sin sentir fatiga, y cuando conceptuaba haber andado más de una legua preguntó á un hombre que iba en la misma dirección, en un borriquillo: «Buen amigo, ¿estoy muy lejos de San Agustín?

—Como una media horica.

—¿Encontraré allí una caballería para ir á Pedralba?

—¿A Pedralba, señor... á la casa de los locos?

—¡De los locos!

—Nada, es un decir. Así la llamamos, desde que está allí esa señora que ha traído no sé cuántos orates para ponerles en cura.

—Doña Catalina, Condesa de Halma, á quien todo el país respetará y venerará como una santa.

—Dígole, señor, que mejorando lo presente, así es. ¿Sabe lo que se cuenta en el pueblo?

—¿Qué, hombre, qué?

—Que la doña Catalina es reina, sí señor, una reina ó emperadora de los extranjis de allá muy lejos, y que hubo una rigolución por donde la echaron del trono, y el Papa Santísimo la mandó acá en son de penitencia. Eso dicen: yo no sé.

—Patrañas. Pero en fin, ¿podré ir á caballo á Pedralba?

—Como decírselo á lo seguro, no puedo, señor. Llegará y verálo. Para caballerías, el cura.

—Don Remigio Díaz, ¿no es eso? Le conozco de nombre, y por la fama de su mérito. ¿Y el señor párroco podría facilitarme...?

—Como tenerlo, lo tiene: jaca, y por más señas, una burra hermana de éste... Y si el señor va cansado y quiere montarse un poco...»

Sin esperar respuesta, el bondadoso campesino se desmontó, ofreciendo su rucio al caballero. No vaciló Urrea en aceptarlo, más que,

por cansancio, por no desairar tan gallarda
atención. Llevando su cabalgadura al paso del
dueño de ella, siguió José Antonio pidiéndole
informes de los habitantes de Pedralba.

«Y esa que ustedes creen reina, vendría en
una carroza magnífica, escoltada de lacayos y
servidores.

—No señor... ¡Qué risa! Vino en carromato.
Parece que ha hecho voto de vivir á lo pobre
mientras no le devuelvan el reino que le quita-
ron. Primero llegó el carromato con muebles,
baúles de ropa fina, y cosas para el lavatorio de
las señoras principales. Un espejo trajeron de
más de una vara, y otros muchos arrequisitos
de palacios reales. Después volvió el carro tra-
yendo á la señora, vestidita de negro, como la
Virgen de la Soledad.

—Y esos locos que aloja consigo llegaron
antes, según creo.

—Sí señor. Los trajo Cecilio, y por ahí andan
sueltos. Dicen que uno es cura trajinante, y otro
el primer músico de la capilla de los palacios
mostrencos de Ingalaterra. De una de las mujeres se dice que es loca médica, y que cura todas las enfermedades de flato con sólo mirar, y
la otra parece que es la mejor mano para salar
guarros que la señora tenía en su reino.

—Vaya—dijo Urrea parando y descendiendo
del borrico.—Ya he descansado. Muchas gra-

cias, y vuelva usted á montarse, que si no me
equivoco, ya estamos cerca, y aquellas casas que
allí se ven son las primeras del pueblo.

—A fe que sí. Ya llegamos—dijo el labriego,
mirando hacia un grupo de gente que por entre
unos árboles, á mano derecha del camino real,
á éste se aproximaba.—Señor, señor... ahí tiene
á don Remigio, nuestro peine de cura... digo
peine porque sabe más que Merlín. Véalo: viene
hacia acá, y le mira á usted mucho.»

Urrea vió que hacia él se llegaba, destacán-
dose presuroso del grupo, un clérigo joven, vivaracho, con el balandrán colgado de los hom-
bros, gorro de terciopelo negro, bastón nudoso.
Descubrióse el madrileño para saludarle, y el
curita le preguntó con extraordinaria viveza si
era don José Antonio de Urrea.

«Servidor de usted, señor cura.

—¡Alto! Dése usted preso—dijo el párroco en
un tono que reunía el humorismo y la buena
crianza.—Nada, nada, que se viene usted conmigo á la prevención, señor de Urrea, donde le
tengo apercibida una modesta cama para que
descanse, cena frugal, y una yegua para que le
lleve á Pedralba.

—Señor cura, ¡cuánta bondad! Pero permítame usted que me asombre de esa previsión que
parece sobrenatural. Yo no he anunciado mi
viaje..

—Pero lo que usted no anuncia, porque se ha venido acá como un colegial escapado, otros lo adivinan.

—No entiendo.

—La señora Condesa me dijo ayer: «He dejado en Madrid á un loquinario de primo mío, con órdenes terminantes de no moverse de allí, para que no desatienda las obligaciones que le he impuesto. Pero le conozco y se cansará, y querrá venir á verme, con pretexto de recibir nuevas órdenes. De hoy ó mañana no pasa. Cuando recale por San Agustín, señor don Remigio, hágame el favor de atenderle, darle hospitalidad si llega de noche, y facilitarle una modesta caballería para que venga á Pedralba.»

—Estoy encantado, señor cura—dijo Urrea loco de alegría.—Esto parece un sueño, un cuento de hadas,... y usted el genio protector, y yo... no sé qué parezco yo, el más feliz de los hombres,... y en este momento el más agradecido de los viajeros.»

II

Dirigiéronse hacia la casa rectoral, escoltados por los que de paseo venían con don Remigio, y éste hizo el gasto de conversación por el camino, dedicando un sentido recuerdo á la memoria del santo don Manuel Flórez, y condoliéndose de lo triste y sólo que con tal desgracia se habría quedado él tío Modesto. En la puerta se despidieron afectuosamente los acompañantes, y don Remigio y su improvisado amigo entraron.

«¡Valeriana, Valeriana!—gritó el curita desde la puerta, y habiendo comparecido una mujer gruesa y tan entrada en años como en carnes, le dijo:—Éste es el caballero que esperábamos, ó que creíamos ver llegar de Madrid hoy, mañana ó pasado. Cenaremos pronto, Valeriana, que el señor, diga lo que quiera, trae un apetito muy regular. ¿Verdad que sí?»

Dió las gracias Urrea cortésmente, añadiendo con cierta timidez que su deseo era llegar pronto á Pedralba...

«Tenga usted calma... y váyase convenciendo de que está secuestrado—le dijo el clérigo con ese humorismo hospitalario que suelen emplear los ricos de pueblo.—¿Creía usted que yo le iba á soltar tan pronto? Está fresco el señor de Urrea. Mire usted: ya es de noche, y no tenemos luna; el camino de aquí á Pedralba es muy malo para ir á pie, y á caballo no puede ser, porque hoy el chico del alcalde me llevó la jaca á Torrelaguna, y ésta es la hora que no ha vuelto. Con que resígnese, y mañana con la fresca saldrá usted, acompañado de *este cura*, que también tiene que visitar á la señora Condesa.»

¿Qué remedio tenía el impaciente viajero

más que conformarse con la voluntad de Dios,
representado en aquella ocasión por el bondadoso y vivaracho don Remigio? Entraron en una
sala espaciosa, lugareña, clerical, de paredes
blancas, descubiertas las añosas vigas del techo,
limpia, oliendo á iglesia y á pajar, con diversos
objetos religiosos de adorno, enfundados. en tul
color de rosa para defenderlos de las moscas.
Trajo una lámpara la niña del ama, pues era ya
casi de noche, y don Remigio hizo sentar á su
huésped en el largo sofá de Vitoria con colcho-
neta de percal rojo rameado, ocupando él un
sillón verde, cubierto en brazos y respaldo por
estrellas de *crochet*. Frente á frente los dos, pudo Urrea observar la fisonomía del buen curita, el cual era hombre como de treinta y cinco
años, de poquísimas carnes, mediana estatura,
con la cabeza y manos siempre en movimiento,
pues no hablaba con ellos menos que con la voz.
En su rostro descollaba una nariz pequeña, pi-
cuda y roja, en cuyo caballete se apoyaba ma-
lamente la montura de las gafas, y quedando
entre éstas y los ojos mayor espacio del conveniente, tan pronto bajaba el hombre la cabeza
para mirar por encima de los vidrios, como la
alzaba para mirar por ellos. La pequeñez de la
nariz le obligaba á llevarse la mano á las gafas
tres ó cuatro veces por minuto, no porque se
cayeran, sino porque entre mano, nariz y an-

teojos había esta instintiva señal de inteligencia. Todo el rostro era un poquito encendido de
color, y las orejas más, y su mirada revelaba
agudeza, penetración, y un natural bondadoso
y tolerante. Urrea encontró en don Remigio extraordinaria semejanza, salva la edad, con la
fisonomía expresiva, inolvidable, de don Juan
Eugenio Hartzenbusch. Y en el curso de la conversación, entrando ya en confianza, se aven-
turó á decírselo. Echóse á reir don Remigio, y
le contestó: «Otros han hecho la misma observación. Indudablemente me parezco al ilustre
poeta, al gran erudito y académico, honra y
prez de las letras españolas. Es un triste honor
para mí, porque el parecido del rostro patenti-
za más la desemejanza intelectual entre hombres de tan relevante mérito y esta modestísima personalidad.

—¡Oh! no se achique usted, amigo mío—le
dijo Urrea, saliendo al encuentro de aquella
modestia, un poquito afectada.—Ya sabemos,
ya sabemos lo que usted vale...

—¡Por Dios, señor de Urrea!... Y aunque algo
valiera un hombre, más por el estudio que por
dotes naturales, ¿de qué le sirve en este rincón
del mundo, en este destierro...?»

Con la presteza del pájaro que salta de un
palito á otro en la estrechez de su jaula, saltaba
don Remigio de un asunto á otro en la conver-

sación. «¿Pero no sabe, señor de Urrea?—dijo levantándose del sillón para sentarse en el sofá.—
¿No sabe á quién tengo de huésped desde hace
dos días? ¡Qué sorpresa le voy á dar! ¿No adivina?

—No señor.

—Pues al mismísimo padre Nazarín.»

Urrea saltó de su asiento, y lo mismo hizo
don Remigio, que al levantarse, impuso silencio
á su huésped, diciéndole en voz baja: «Vamos á
verle y observarle sin que él se entere. Venga
usted conmigo.»

Llevóle por un pasillo de recodos, al extremo del cual había una puerta de cuarterones,
pequeña y fuerte. La claridad de la cocina, que
en uno de los huecos de la izquierda se denun-
ciaba con picantes olores, permitíales recorrer
sin tropiezo aquella parte de la casa, que por
su irregularidad era un modelo de arquitectura
villanesca. Antes de llegar á la puerta, que á
Urrea le pareció desde el primer momento misteriosa, don Remigio secreteó algunas explicaciones en el oído de su huésped. «En este cuarto, que mi antecesor destinó á la cria de palo-
mas, he instalado yo mi modestísima biblioteca. Aquí tengo á mi hombre. Por esta mirilla,
que hay en la tabla, fíjese bien, como del vuelo
de un duro, puede usted verle...»

El débil rayo de luz que salía por la mirilla

guió á José Antonio, que, aplicando los ojos,
vió una estancia, cuya capacidad no pudo apreciar, y en el centro de ella, junto á una mesa,
frente á la puerta sentado, un hombre...: La luz
de un candilón de dos mecheros, de los que ya
son arqueológicos, le iluminaba la cara, que al
pronto el observador no reconoció. Era un clérigo, vestido exactamente como don Remigio,
con gorro de terciopelo y sotana. Hojeaba un
grueso librote, y después de fijar su atención y
su dedo índice en una página, escribía rápidamente en cuartillas colocadas sobre el mismo
libro.

«Pero no es...»—murmuró el forastero apartando su rostro de la mirilla.

Díjole el cura que se fijase bien, y en efecto,
después de mucho mirar, José Antonio reconoció y diputó al clérigo de la biblioteca por el
padre Nazarín en persona.

Cogiéndole de un brazo, don Remigio volvió
á conducir á su huésped á la sala, para poder
hablar con libertad, y antes de llegar á ella le
dijo:

«Claro, ha tardado usted en reconocerle,
porque se lo figuraba como le conoció en Madrid, con barba, y el traje de mendigo seglar.
Así nos le trajo aquí doña Catalina. Con franqueza, yo tenía curiosidad vivísima de ver á
este hombre, porque conozco el libro que de

sus inauditas aventuras cristianas anda por ahí, he leido también en la prensa mil informaciones acerca del proceso, y así, en cuanto supe que había llegado el tal, me planté en Pedralba con mi amigo Láinez, el médico del pueblo. ¡Figúrese usted nuestro asombro, señor de Urrea, cuando le hablamos, y advertimos en él discernimiento claro, serenidad pasmosa, y una mansedumbre evangélica, de la cual creo que no hay otro ejemplo! Claro que á pesar de estas señales, la locura existe. Algo tiene el agua cuando la bendicen, y por algo los señores facultativos y la Audiencia le han declarado irresponsable de las extravagancias que constan en el proceso. Pero á pesar de todo, señor de Urrea, este hombre ha llegado á interesarme, le he tomado cariño en los pocos días que ha que nos tratamos, y... qué sé yo, no le tengo por cosa perdida, ni mucho menos. La piedad angelical de la señora Condesa y nuestra modesta cooperación, triunfarán de la malicia que se ha infiltrado invisible en el cerebro de este buen señor, y le devolveremos sano y equilibrado á la Iglesia militante, en la cual, ó mucho me engaño, ó puede ser un elemento, sí señor, un elemento de grandísima valía.

—Pero esta transformación...

—Á eso voy. Con mil artificios traté yo, en mis primeras visitas á Pedralba, de despertar en él la soberbia, y no lo pude conseguir, no señor. Creíamos todos que se quejaría de los que en una ú otra forma le han traído á mal traer de algunos meses acá. Nada de eso. Ni contra la curia, ni contra la prensa, ni contra nadie ha pronunciado la más leve recriminación, ni tiene por cruel ó injusto lo que con él se ha hecho. Esto es muy raro, ¿verdad? Láinez me decía: «Es muy extraño que no observemos en él ni el menor destello de delirio persecutorio, que es uno de los síntomas primordiales...» Si delirio es el amar sin restricción alguna, y ponderar y encarecer como mercedes los ultrajes que ha recibido, ahí puede estar el principio de la desorganización cerebral. Le digo á usted que este caso nos tiene pasmados.

—Realmente...

—Pues verá usted. Por buscarle las vueltas, le digo: «Padre Nazarín, gran violencia será para usted no poder salir ahora descalzo y harapiento por los caminos.» Contestación: «Para mí, señor don Remigio, no es violencia ningún estado que se me imponga por quien debe y puede hacerlo. Pedí limosna cuando creí que debía vivir como los más desdichados y menesterosos. Dios, en mi corazón, me ordenaba hacerlo así, y ninguna ley humana me lo prohibía. Pero al mismo tiempo que la pobreza, ó antes quizás, Dios me ordena la obediencia. Yo vagaba en libertad. La ley humana me cortó el paso, y me mandó que la siguiera. Obedecí. Sometime sin réplica á cuanto de mí quisieron hacer. Contesté con verdad á cuanto me preguntaron. Conforme me hallaba de antemano con la sentencia que contra mí se pronunciara, fuera la que fuese. Determinaron que soy un enfermo. Diéronme á escoger, para mi reposo, entre un asilo y la morada patriarcal y campestre de la señora Condesa de Halma, y preferí esto. Aquí me tienen dispuesto, hoy como ayer, á la suma obediencia. La señora doña Catalina, y usted, señor cura, por delegación de la ley eclesiástica, que ahora sustituye á la civil en mi castigo, enmienda ó curación, pues de todo habrá en ello, son los dueños de mis acciones y de mi vida. No soy libre, ni quiero serlo, si los que saben más que yo deciden que no debe dárseme libertad.»

—Es extraño, sí...

—Pues verá usted. Digo yo: «Amigo Nazarín, si la señora Condesa lo consiente, ¿se decide usted á venirse conmigo unos días á mi modesta casa de San Agustín?» Contestación: «Yo no decido nada. Voy á donde me lleven.»

—Como el loro del cuento.

—Exactamente. Con licencia de la señora, me le traje aquí, y por el camino se me ocurrió tantearle en teología. Un asombro, señor de Urrea. Se expresa con sencillez, sin énfasis doc-

toral ni literario, y tan fuerte está el hombre,
que por más que quise no pude cogerle en tanto así de falsedad lógica ó desliz herético. En
sus opiniones, ni el menor asomo de demencia,
mi señor de Urrea, de donde yo deduzco, y en
ello conviene conmigo el amigo Láinez, que el
desvarío, si existe, no radica en la parte de los
espacios cerebrales que sirve como de vehículo
á las ideas, sino en aquella otra por donde pasa
todo este torrrente de las acciones, de la conducta, señor de Urrea. ¿Es esto claro?

—Sí. Pero la transformación personal...

—A eso voy.

(El ama anunció que estaba dispuesta la
cena.)

«Ya vamos. Pues cuando llegó aquí, le digo:
«Si es verdad que yo mando y usted obedece,
amigo Nazarín, ahora mismo se va usted á afei-
tar, y á vestirse con mi ropa.» Pues tan conforme. Yo mismo le afeité. Fué una risa... Y mi
modesta ropa y mi calzado, señor de Urrea, le
vienen como hechos á la medida. Cuando se lo
ponía, le digo: «¡Cómo extrañará usted la sujeción de esta ropa civilizada, hecho ya el cuerpo
á su pergenio salvaje, y bíblico, según los periodistas!» ¡Vaya que llamar bíblico...! ¿Pues
qué cree usted que me contestó?

—(Señor cura—vino á decir el ama,—que la
cena se enfría.)

—Contestaría que el hábito no hace al monje.

—Vamos al instante... Y que él no ha fijado nunca la atención en las diferencias entre éstos y los otros vestidos. Dijo más... Señor de Urrea, pasemos á mi modesto comedor... Palabras textuales: «El vestido que usted llama salvaje, señor don Remigio, no lo tenía yo por indecoroso en mi vida errante y entre gente pobrísima. Pero esto no quiere decir que lo prefiera yo sistemáticamente á todos los demás estilos y maneras de cubrir el cuerpo, porque seria afectación, y la afectación, gracias á Dios, no cabe en mí.»

—Lo mismo nos dijo un día en el Hospital, cuando los periodistas y otras muchas personas que íbamos á verle, nos permitíamos interrogarle... Palabras textuales: «Vean en mí cuanto quieran, señores míos; pero la afectación, por más que miren, no la verán jamás.»

III

Avisado Nazarín para la cena, ocupó su asiento á la izquierda del buen don Remigio, después de saludar á Urrea con las fórmulas corrientes de cortesía, sin extremos de urbanidad, sin alegría ni pena de verle. Diríase que su presencia no le causaba la menor sorpresa, bien porque de nada se sorprendía, bien porque hubiera previsto la visita del protegido á su protectora. Bendijo el cura la cena, y la emprendieron los tres con las sopas de ajo, que eran de mucha fuerza condimentaria, crasas, picantes y espesas. No hablaba Nazarín sino para responder á lo que le preguntaban, y don Remigio ponía toda la amenidad posible en su palabra fácil. Las sopas precedieron á dos platos substanciosos, de ave el uno, el otro de carnero, todo bien cargadito de especias odoríferas, suculento, muy hecho. El vino sabía horrorosamente á pez. El olor de paja quemada, difundido por toda la vivienda, parecía consubstancial con el de la comida, y á Urrea no le desagradaba sentirlo y mascarlo. No era la casa sola; el pueblo y el país entero despedían aquel olor, que el forastero creía llevar ya dentro de sí.

«Para que el amigo don Nazario no esté ocioso—dijo entre otras cosas don Remigio,—le propuse hacerme un extracto del sapientísimo libro del maestro Fray Hernando de Zárate, *Discursos de la paciencia cristiana*. La obra consta de ocho Libros, cada uno de los cuales contiene lo menos una docena de Discursos, todos sobre el mismo tema. Ha de leérselos de cabo á rabo, anotando el sentido particular y explicaciones de cada uno en sendas cuartillas de papel. Pues tan aplicado le tiene usted, señor de Urrea, que en tres días se ha echado al cuerpo unos cuarenta Discursos, y ya le tiene usted en el *Libro Cuarto,* que trata...

—«De las razones que tenemos para tener paciencia y consolarnos en los trabajos» —dijo Nazarín sin dar importancia á su tarea.—Es cosa fácil. Pronto concluiremos.

—Y se me figura—apuntó Urrea irónicamente, -que ha de ser sumamente divertido.

—No hay más si no practicar, leyendo y escribiendo—indicó el manchego,—la misma virtud á que el maestro Zárate consagra su gran obra.

—Pero usted no come nada, amigo Nazarín—observó repentinamente don Remigio. —Siempre lo mismo. Pues dice Láinez que necesita usted comer... de duro, y aplicarse á la carne, pricipalmente.

—Señor cura—replicó don Nazario con timidez,—cómo lo que puedo; no sé pasar de lo que mi naturaleza me pide para sostenerse.»

Como Urrea deseaba llevar la conversación al tema más de su gusto, que era su prima y cuanto á ella se refiriese, interrogó á los dos sacerdotes, recreándose anticipadamente con los elogios que esperaba oir de la ilustre señora.

«Yo digo, con plena conciencia—afirmó el párroco de San Agustín,—que no creo exista en el mundo persona de virtud más pura, y de ideas más elevadas. Si por un lado veo en ella

una imagen del gran Emperador Carlos V de
Alemania y I de España, que después de reinar
sobre los pueblos, gustadas hasta la saciedad
todas las grandezas humanas, se encierra en
monasterio humilde para consagrar á Dios el
resto de su vida, por otro encuentro á la señora
Condesa de Halma más grande que aquel soberano, pues si los bienes á que renuncia no son
de tanta valía, la pobreza y humildad que acepta son más meritorias. La señora Condesa es joven, y consagra á la caridad y á la oración los
mejores años de la vida. Y veo otra gran diferencia, á favor de nuestra doña Catalina—añadió con tonillo pedantesco,—y es que el Mo-
narca, dueño de medio mundo, trajo á la soledad
de Yuste, según rezan las crónicas, innumerables servidores, cocineros, maestresalas, escude-
ros y lacayos, y grande repuesto de vituallas,
para que no le faltase en su voluntario destierro nada de lo que halaga el gusto de un mag-
nate en la vida palatina. Pues esta señora, que
ha venido á Pedralba en carromato, no ha traído más que los indispensables objetos tocantes
al aseo y pulcritud de una noble dama, que aun
en la penitencia quiere ser limpia, y su séquito
es una corte de mendigos, y gente miserable
ó enferma, á cuyo cuidado piensa consagrarse.
¡Ejemplo único, señores, ejemplo inaudito, y
que es la más grande maravilla de estos tiem-

pos de positivismo, de estos tiempos de egoísmo, de estos tiempos de materialismo!

—Luego—dijo Urrea con entrañable gozo,—
convienen ustedes conmigo en que mi prima es
una excepción humana, un sér en el cual se re-
velan los caracteres de la inspiración divina.

—Sí señor, convenimos en ello.

—Y el buen curita peregrino, ¿qué dice?

—¿Qué he de decir yo?—contestó modestamente don Nazario, no queriendo expresar nada
que resultara superior á lo dicho por su generoso compañero,—¿qué he de decir yo después
del panegírico elocuentísimo que acaba de hacer el señor cura? Mi palabra es torpe. Permí-
tanme que diga tan sólo: ¡Bendita sea de Dios
eternamente, la grande, la santa Condesa de
Halma!

—Amén»—dijo don Remigio entornando los
ojos, y acariciando el vaso de vino.

A Urrea le faltaba poco para echarse á llorar.

«Y es decisiva—añadió el cura—la resolución de la señora Condesa de pasar en Pedralba
el resto de sus días. ¡Qué bendición para estos
olvidados y pobres lugares! Me ha dicho el otro
día que en Pedralba labrará su sepulcro y el
de sus compañeros que no la abandonen. ¡Ah!
yo leo en aquella grande alma el amor de Dios
en el grado más ardoroso y puro, el amor de la
Naturaleza, el amor del prójimo, y veo en el

plan de vida de la señora una síntesis admirable de estos tres amores.

—Mi prima ha sufrido mucho—dijo Urrea, á quien el entusiasmo ponía un nudo en la garganta,—ha pasado horrorosas humillaciones y amarguras. Perdió á su esposo, que era su grande amor, el consuelo único de su vida. En Madrid, como en Oriente, la vida no tenía para ella más que espinas, tristezas, dolores. Su familia, sus hermanos, no supieron poner un calmante en las heridas de su alma. La empujaban hacia el ascetismo, hacia el destierro y la soledad. Mi prima empezó por mirar con prevención la vida social, y acabó por detestarla. Todo ese conjunto de artificios que componen la civilización le es odioso. La tierra está para ella vacía: quiere el cielo.

—Y lo tendrá—dijo don Remigio con tanta seguridad como si se sintiera casero y administrador de los espacios infinitos.—Tendrá el cielo. ¿Pues para quién es el cielo más que para esos seres escogidos, para ésas voluntades robustas, para las almas que no saben mirar más que al bien? Según he podido comprender, amigo Urrea, la señora Condesa ha roto todo lazo con el mundo, ó sea la clase á que pertenece. Y es más: todo afecto mundano ha muerto en ella, para poder ocupar entero el espacio del querer con la adoración ferviente de las cosas divinas.

—Así es sin duda—dijo Urrea,—y su sociedad con los pobres, á quienes tratará como iguales, elevándoles un poquito, y rebajándose ella
otro tanto, resultará una comunidad dichosa,
pacífica, feliz. ¿No piensa lo mismo el buen Nazarin?

—Pienso, señor don José Antonio, que ser el
último de los protegidos, ó de los asilados, el último de los hijos, si se me permite decirlo así, de
la señora Condesa de Halma, constituye la mayor gloria á que puede aspirar un sér humano,
sobre todo si es un triste, un solitario, un náufrago de las tempestades del mundo.»

Tan contento estaba Urrea, que al concluir
la cena les abrazó á los dos. Acostáronse todos,
porque había que madrugar. Dicen las crónicas
que el huésped no pudo dormir bien, primero,
porque las limpias sábanas, impregnadas también del olor de paja, eran algo piconas; segundo, porque sus ideas se le insubordinaron aquella noche, y la admiración del ascetismo de su
prima le encendía llamaradas en el cerebro. Más
que mujer, Halma era una diosa, un ángel femenino, y al pensarlo así, su ferviente admira-
dor no pasaba por que los ángeles carecieran de
sexo: era lo femenino santo, glorioso y paradi-
síaco. Por entre estas imaginaciones asomaban
de vez en cuando la figura austera de Nazarín,
semejante á un retrato del Greco, y el vivara-

cho rostro de don Juan Eugenio Hartzenbusch, transmutado físicamente en don Remigio Díaz de la Robla, párroco de San Agustín.

· El mismo cura le llamó al amanecer dando golpes en la puerta, y gritándole desde fuera: «Arriba, compañero, que tenemos que decir misa y desayunarnos antes de partir.» Levantóse el huésped á escape, y cuando llegó á la iglesia, ya había salido al altar don Remigio. Nazarín oía la misa de rodillas en el presbiterio.

Media hora después, ya estaban todos en la rectoral, desayunándose con chocolate, bizcochos y pan de picos, reforzado por fresquísimo requesón dé la Sierra. Varios amigos acudieron á despedirles, entre ellos el médico don Alberto Láinez, y el alcalde, don Dámaso Moreno. «Usted, señor de Urrea, que sin duda es buen jinete —propuso don Remigio con extraordinaria movilidad en manos, nariz, ojos y gafas,—irá en el caballo de Láinez, bestia de mucha sangre, aunque segura para quien la sepa manejar; yo voy en mi jaca, que tiene un paso como el de un ángel, y el amigo Nazarín, pues le llevamos, sí señor, le llevamos, oprimirá los lomos de mi modesta burra,... cabalgadura digna de un arzobispo... Con que señores, á montar. Despejen la puerta. Valeriana, que vendremos á cenar.»

Partió la caravana, despedida con cordiales saludos por multitud de gente que en la plaza

se reunió. Delante iban Urrea y el cura, detrás
Nazarín en su rucia, bien albardada y sin estribos. Ambos clérigos vestían, á horcajadas, lo
mismo que en el pueblo, sotana, gorro de terciopelo, y balandrán. Regía el madrileño su caballo con gran destreza. Don Remigio no cesaba
de recomendar á su jaca la mayor circunspec-
ción ó tacto de pezuña en el desigual y áspero
camino por donde se metieron, á Occidente de
San Agustín, y don Nazario, confiado en el an-
damento parsimonioso de su borrica, atendía,
más á la admiración del paisaje de la Sierra, que
á conversar con los otros jinetes, de los cuales
parecía como escudero ó espolique.

De tan diferentes cosas habló don Remigio,
que no es posible recordarlas todas. Hizo observar á su acompañante las hermosuras de la Naturaleza, la ruindad de los caseríos, el descuida-
do cultivo de las tierras; explicó historias de
ruinas y caserones viejos; se lamentó de la falta
de caminos; designó el sitio por donde se había
trazado un canal de riego, que no se abriría
nunca, y éstos y otros comèntarios del viaje
fueron á parar á las quejas de su mala suerte,
por haberle tocado empezar su carrera en comarca tan desmedrada y pueblo tan mísero.
«Yo me conformo, ya ve usted... Déme el Señor salud para servirle, que lo demás no importa. Sepa usted que, al venir á este curato de

San Agustín, me dijeron que por tres meses, y ya van tres años. Prometiéronme pasarme á Buitrago, ó Colmenar Viejo, y hasta ahora. No es que yo sea ambicioso; pero, francamente, es uno licenciado en ambos derechos; ama uno el estudio, y la verdad, la vida obscura y ramplona de estos poblachos no estimula al trato de los libros. El tío, que es mejor que el buen pan, me anima, me asegura que no se descuida en recomendarme, y que á la primera ocasión pasaré á un curato de Madrid, ¡ay! su desiderátum y el mío. Y no me hablen á mí de otras poblaciones. ¡Mi Madrid de mi alma, donde me crié, donde probé el pan del estudio, y adquirí mis modestas luces! No aspiro yo á tener allí la independencia de un don Manuel Flórez; sé que tengo que trabajar de firme. Quiero que mi corta inteligencia no sea un campo baldío, como estos barbechos que usted ve por aquí, señor de Urrea; debo cultivarla y coger en ella algún fruto, para ofrecerle á Dios, que me la ha dado... No me quejaría si no viera ciertas desigualdades. Amigos y compañeros míos, á los cuales no debo mirar, porque no debo, ¡ea! como superiores en saber religioso ni profano, ocupan plazas en catedrales, ó en las parroquias de Madrid... Mi tío me dice: «No te apures, hijo, y confía en el favor de Dios y de la Santísima Virgen, que ya premiarán con el merecido ascenso tu paciencia

y conformidad...» Claro que me conformo, señor de Urrea, y aun alabo al Señor porque no
me da mayores males. Tengo, gracias á Dios,
un genio de mucho aguante para desgracias,
injusticias y sinsabores. Yo digo: ya me tocará
la buena, ¿verdad? ya me llegará la buena.»

Procuraba el forastero refrescarle las esperanzas, asegurando que los méritos de su inter-
locutor, así morales como intelectuales, salta-
ban á la vista, y no podían ser desconocidos de
los que en Madrid manejan todo este tinglado
del personal eclesiástico. Y al decir esto, hizo
notar la diferencia entre los gustos y aspiraciones de uno y otro, pues mientras á don Remigio
le atraían los llamados centros de civilización,
á él, José Antonio de Urrea, los tales centros se
le habían sentado en la boca del estómago, y
todo su afán era perderlos de vista. Verdad que
entre las circunstancias de uno y otro no habia
paridad: don Remigio era un hombre puro y
virtuoso, inteligencia llena de frescura, y á los
treinta y cinco años apenas había desflorado la
vida, mientras que Urrea, á la misma edad, se
conceptuaba viejo, y aun por muerto se tendría,
si de entre las cenizas de su alma no sintiera
que otra alma nueva le brotaba. Con estas y
otras pláticas se fué pasando el camino árido,
de muy escasos atractivos para el viajero. El
terreno era cada vez más quebrado, como de es-

tribaciones de la Sierra, y ostentaba la severa vegetación de encina baja, brezos y tomillares. De pronto señaló don Remigio un caserío arrimado á unos cerros cubiertos de verdura, y dijo á su compañero: «ahí tiene usted á Pedralba». Parecióle á Urrea encantador el sitio y espléndido el paisaje, mirando más á su interior que àl paisaje mismo. Al acercarse vieron tierras de labrantío junto á las casas, que eran tres, destartaladas y grandonas. Picaron las caballerías, y cuando ya se hallaban como á medio kilómetro, empezó Nazarín á dar voces: «¡Mírenlas, mírenlas: allí están... ya nos han visto!

—¿Quién, hombre?

—La señora Condesa y Beatriz.

—¿Dónde?... Pero qué vista tiene este hombre.

—Allá... allá... ¿Ven ustedes ese campo de amapolas todo encarnado, todo encarnado? ¿Y más allá, no ven unos olmos? Pues por allí van,... digo vienen, porque salen á encontrarnos.

—No vemos nada; pero pues usted lo dice...

—Y ahora nos saludan con los pañuelos... Miren, miren.»

IV

Ya cerca de las casas vieron á las dos mujeres, que avanzaban por entre un campo de

cebada. Ambas miraban risueñas, y casi casi
burlonas, á los tres caballeros. Cuando Urrea,
apeándose ante su prima, le pidió perdón poco
menos que de hinojos por su desobediencia,
doña Catalina no se mostró muy severa con él,
sin duda por no avergonzarle delante de los dos
sacerdotes, y de otras personas que alli se reu-
nieron.

«Si ha habido falta, señora Condesa—dijo
don Remigio galanamente,—yo intercedo por
el culpable y solicito su perdón.

—Ya sabe el pícaro que padrinos le valen—
replicó Halma sonriendo, y todos reunidos, después que los jinetes entregaron á Cecilio las
caballerías, se encaminaron al castillo, que asi
en la comarca era llamada la casona, aunque de
tal castillo sólo tenía la robustez de sus paredes, y una torre desmochada, en cuyo cuerpo
alto, mal cubierto de tejas, había un palomar.
Del escudo de los Artales, apenas quedaban ves-
tigios sobre el balcón principal del llamado castillo. La piedra era tan heladiza que sólo se podía ver una garra de dragón, y un pedazo de la
leyenda, que decía *Semper*. Mejor se conservaba
la berroqueña de los ángulos y del dovelaje, y
el ladrillo revocado de los paramentos no tenía
mal aspecto; pero los hierros todos, balcones y
rejas, no podían con más orín, por lo que había
dispuesto su propietaria reponerlos, mientras

un buen maestro de Colmenar preparaba la reparación de toda la fábrica, interior y exteriormente. Veíase ya, frente á la casa, dentro del recinto murado que á la entrada precedía, el montón de cal batida, y maderas para andamios y obra de carpintería. Junto á la torre, se alzaban los descarnados murallones que la tradición designaba como ruinas de un monasterio cisterciense, y que más que edificio destruído, parecían una segunda casa á medio hacer. Respetando los basamentos, y aprovechando el material de lo restante, la Condesa pensaba construir allí su capilla y panteón, con la mayor economía posible. A un tiro de piedra de la casa-castillo, estaban las cuadras, y más abajo, un tercer edificio, habitado por los que llevaron en renta la finca hasta el año anterior. Últimamente, Pedralba estuvo á cargo del administrador de las propiedades de Feramor en Buitrago, don Pascual Díez Amador, el cual dió posesión del castillo y casas y tierras á la señora doña Catalina, el día de su llegada en el carromato, que fué el 22 del mes de Marzo del año de mil ochocientos noventa y tantos.

Era la heredad de Pedralba extensísima; pero no se labraban más que los terrenos próximos á la casa, labor descuidada, somera y primitiva, que daba escaso rendimiento. Lo demás era monte, bien poblado de encinas, ene-

bros, y algunos castaños en la parte alta. Lo
más próximo al llano sufrió varias talas, y uno
de los renteros propuso al Marqués, años atrás,
la roturación. Pero asustaron al propietario los
dispendios de la empresa, y quedó en tal estado,
ni monte ni labrantío, á trechos pradera desigual, cruzada de viciosos retamares. Dos ri-
quísimas fuentes surtían de cristalinas y puras
aguas potables á Pedralba, la una entre la casa-
castillo y las cuadras, la segunda, manantial de
primer orden, en una encañada á la vera del
monte. Árboles de sombra había pocos. Los que
puso el último arrendatario se perdieron por
incuria. Frutales no existían más que tres en
finca tan vasta, un moral inmenso detrás de la
torre, el cual cargaba anualmente de dulcísimas
moras negras, y dos albérchigos en el sendero
que unía las dos casas. Los madroños disemina-
dos en distintos parajes no se contaban, por su
silvestre lozanía y lo desabrido del fruto, en el
reino propiamente frutal. Tal era Pedralba, finca de primer orden según opinión de don Pascual Diez Amador, siempre y cuando se *tiraran*
en ella veinte ó treinta mil duros.

No eran éstos los planes de Catalina, que
sólo se propuso sostener la propiedad tal como
la encontró, con los mejoramientos que su residencia imponía, y procurarse en ella la vida
retirada y humilde que adoptar anhelaba, sin

caer en la tentación del negocio agrícola, ni pensar en aumentos de riqueza que habrían desmentido sus ideas y propósitos de modestísima existencia. Lo que le restaba de su legítima, pensaba conservarlo en valores de renta, reservando los dos tercios para sostenimiento de su persona y casa, y de la familia de infelices que en torno de sí había reunido: el otro tercio lo dedicaba á las reparaciones indispensables, á la construcción de la capilla y enterramientos, á plantar una huerta, y, si aún había margen, á mejorar la finca.

Entremos ahora en el castillo, y veamos la mejor pieza de él, que era la cocina, en el piso bajo y al fondo del edificio, á la parte del Norte. Todo era grandioso en aquella pieza, hogar, alacenas, horno, el piso de hormigón muy sólido, el techo alto y la campana bien dispuesta para dar salida á los humos rápidamente. Las otras piezas bajas valían poco; eran estrechas, y sus ventanas, que más parecían troneras, les daban muy tasada la luz. En cambio, las del piso alto teníanla de sobra. Seis ó siete estancias existían en él, que bien arregladas habrían podido alojar mucha gente. En dicho piso, al lado de Levante, vivían la Condesa y Beatriz, en aposentos separados y próximos; á la parte de Occidente, el matrimonio Ladislao-Aquilina con sus hijos, y aún quedaban entre éstas y las otras viviendas algunas estancias vacías. En la torre, debajo del palomar, tenía su cuarto Nazarín, comunicado con la casa-castillo por estrecho pasadizo. El mueblaje era casi todo del siglo pasado, ó del tiempo de Fernando VII, confundido con sillerías modernas de paja, de lo más ordinario, llevadas de Colmenar Viejo. Las cómodas y consolas, las sillas de caoba con respaldo de lira, las camas de pabellones *á la griega*, las laminotas con marco de ébano y asuntos pastoriles, ofrecían un aspecto sepulcral, lastimoso, como de objetos desenterrados, á los cuales se había limpiado el humus de la fosa, á fuerza de jabón y estropajo.

Doña Catalina y Beatriz vestían exactamente lo mismo, con las ropas de la primera, que habían venido á ser comunes: falda de merino negro, calzado grueso, blusa de percal rayada de negro y blanco, y un mandil de retor. Al adoptar la vida pobre, la señora Condesa no estimó que debía renunciar á sus hábitos de pulcritud; decía que el aseo exterior, por causa de la educación y la costumbre, afectaba al alma, y que la suciedad del cuerpo era pecado tan feo como la de la conciencia. No vacilaba, pues, en aplicar estas ideas á la realidad, manteniendo en su cuarto y persona la misma esmerada limpieza de sus mejores tiempos de vida cortesana. «El aseo—decía,—es á la pureza del alma, lo que el rubor á la vergüenza.» No comprendía el ascetismo de otro modo.

Y como nada tiene la fuerza del buen ejemplo, Beatriz, que había llegado á reinar en la intimidad y en el afecto de la Condesa, por feliz concordancia de sentimientos, se asimiló en breve plazo los hábitos de pulcritud de su amiga y señora, y la imitaba sin darse cuenta de ello. Sobre la admirable simpatía, ó compatibilidad, que había llegado á borrar entre aquellos dos caracteres la diferencia de clase y educación, hay mucho que hablar: el fenómeno se inició por un irresistible afecto la primera vez que se vieron, cuando doña Catalina, por mediación de su criada Prudencia, fué á socorrer en su pobre domicilio al afinador de pianos. Mientras duró el proceso de Nazarín y consortes, Beatriz vivía con su prima Aquilina Rubio, esposa del mísero don Ladislao, compartiendo la escasez, ya que no el bienestar, que ninguno tenía. Halma llevó el pan, la vida, la salud, á la triste vivienda de la calle de San Blas, y atraída de aquel espectáculo de pobreza y resignación, añadió al socorro material el consuelo de sus visitas. Habló largamente con Beatriz, admirándose de lo mucho y bueno que esta mujer humilde sabía, tocante á cosas espirituales y de nuestras relaciones con lo invisible y eterno; admiró también su piedad no afectada, la firmeza de sus ideas, y la elocuencia sencilla con que las expresaba. Sentíase la Condesa inferior, por todos aquellos respectos, á la que ya miraba como amiga del alma; aprendió de ella muchas y buenas cosas, enseñándole á su vez otras de un orden social más que religioso, y con este cambio llegaron á encontrarse la una para la otra, y las dos en una, fenómeno raro en estos tiempos, que dan pocos ejemplos de una tan radical aproximación de dos personas de opuesta categoría. Pero de esto hemos de ver mucho en los tiempos que ahora comienzan, porque las llamadas clases rápidamente se descomponen, y la humanidad existe siempre, sacando de la descomposición nuevas y vigorosas vidas.

Ya se comprende que de la intimidad entre Beatriz y Halma nació el vivo interés por Nazarin, y su propósito de llevársele consigo, para intentar su curación, y devolverle sano y útil al poder eclesiástico. Una discrepancia en cierto modo accidental existía entre la dama y la mujer del pueblo, y era que, mientras la Condesa, sin asegurar que Nazarín fuese loco, abrigaba sus dudas sobre punto tan difícil de aclarar, la otra sostenía con sincera conciencia y fe la completa regularidad de las funciones cerebrales de su maestro.

Instaladas en Pedralba, la concordia entre una y otra llegó á ser perfecta. Beatriz observaba delicadamente la distancia social, que la otra con la misma ó más sutil delicadeza trataba de acortar. Ambas trabajaban juntas desde el primer día en el arreglo y limpieza del destartalado castillo, ó en la resurrección del mueblaje, y á Beatriz no le valió reservar para sí las faenas más duras, porque la otra invadía su terreno, y la igualdad triunfaba gradualmente, por ley de ambos corazones, que sin darse cuenta de ello propendían á lo mismo. Aquilina no había sido aún elevada al grado de comunidad de su prima Beatriz. Era una mujer excelente; pero sin intuición bastante para comprender las ideas de su bienhechora. Manteníase con tenacidad en su puesto inferior, contenta de que su marido y sus hijos tuvieran que comer. Los primeros días encargáronla de la cocina, oficio muy apropiado á sus aptitudes, y las otras dos pudieron consagrarse descuidadas al fregoteo de muebles viejos, al remendar de colchones y á otros engorrosos menesteres. Luego alternaron en los diferentes oficios, y mientras cocinaba la nazarista, Halma y Aquilina lavaban la ropa en la fuente cercana. El día que precedió á la llegada de Urrea con don Remigio y Nazarín, Aquilina actuó de cocinera, y la Condesa y Beatriz lavaban en la fuente del monte, repartiéndose las dos por igual la carga de la ropa al ir y volver. Como Beatriz se obstinase en llevarla sola, pretextando ser más fuerte que su compañera, Catalina le dijo: «Te equivocas si crees tener más poder de musculatura que yo. Parezco débil, pero no lo soy, Beatriz, y esta vida ha de robustecerme más. Y sobre todo, no me prives de este gusto de la igualdad. Es el sueño de mi vida desde que perdí á mi esposo, y me sentí igual á todos los desgraciados del mundo. Haz el favor de no llamarme Condesa, ni volver á usar esa palabra estúpidamente vana delante de mí. Arrojé la corona en los empedrados de Madrid cuando salí en el carromato... Las escobas de los barrenderos no la encontrarán, porque fué arrojada con el pensamiento, pues no la tenía en otra forma; pero allá quedó. Llámame Catalina, como me llaman mis hermanos, ó Halma, como mi primo. Y no te digo que me tutees, porque parecería afectación, y ya sabes que el maestro te la prohibe. Pero todo se andará.»

V

La llegada de los tres amigos no debia alterar la marcha de los asuntos domésticos en el castillo, porque, claramente lo decía la Condesa, ya que no ayudaran, no era bien que estorbasen. «Primo mío, supongo que desearás conocer esta gran finca, los estados de Pedralba, donde hacemos vida recogida y modesta, sin pretensiones de ascetismo, mis amigos y yo. Usted también, señor don Remigio, necesita enterarse del terreno que consagro á mi obra. Váyanse, pues, á dar un paseito, guiados por el bonísimo Nazarín, que lo conoce ya palmo á palmo, mientras nosotras les preparamos de comer. No esperen que salgamos de nuestro pobre régimen. Aquí no hay ni puede haber comilonas, pues aunque yo quisiera darlas, no habría con qué. Comerán de nuestro diario frugalísimo, con el poquitín de exceso que pide la hospitalidad. Con que vean, vean mi ínsula, y tráiganse la salsa que nosotras no podemos hacerles, un buen apetito.»

Fuéronse los tres de paseo, conducidos de don Nazario, que les hizo subir al monte para que vieran los castaños robustos que lo coronaban, al barranco para probar el agua de la rica fuente, y después de brincar y despernarse por lomas y vericuetos, volvieron á casa á las doce, hora invariable de la comida. En una pieza próxima á la cocina, pusieron la mesa, la cual era de una robustez patriarcal, de castaño renegrido y con torcidos herrajes en su armadura. Dos sillas había de la misma casta y edad, las demás variaban entre el estilo Fernando VII, de caoba, y la forma y material llamados de Vitoria. Pero la mayor y más sorprendente variedad estaba en la vajilla y ropa de mesa, pues al lado de vasos de cristal finísimo, se veían otros del vidrio más ordinario, servilletas finas, servilletas bastas, platos de porcelana rica, y otros de cerámica tosca. «Dispensen la diversidad de la loza —les dijo doña Catalina.—En mi comedor reina todavía una confusión de clases estupenda, como en tiempos revolucionarios. Pero esta confusión no es parte para que yo olvide las categorias de los comensales. Para los dos señores sacerdotes lo fino, que ellos mismos irán escogiendo; para ti, José Antonio, y don Ladislao, el barro plebeyo.

—Pues yo propongo—dijo don Remigio con buena sombra,—que no establezcamos diferencias humillantes, y que nos repartamos como hermanos, como hijos de Dios, lo malo y lo bueno. Venga ese barro, señor de Urrea.»

Lo más extraño de aquella singular comida fué que las mujeres no se sentaron á la mesa. Las tres, funcionando con igual destreza y alegría, servían á los señores. Luego comían ellas en la cocina. Esta era una costumbre medieval, que Halma no alteraba jamás por consideración alguna. Diéronles una sopa muy substanciosa hecha con hierbas diferentes, patatas picadas muy menudito y golpes de chorizo; luego un plato de carnero bien condimentado, vino en abundancia, postre de requesón de la Sierra, leche con bizcochos de Torrelaguna, y á vivir. Sobria y nutritiva, la comida fué saboreada con delicia por los forasteros, que no cesaron de alabar el buen trato de Pedralba, y la pericia de las tres marmitonas.

Entre la sopa y el carnero llegó inopinadamente don Pascual Díez Amador, administrador que fué de la finca, y propietario vecino, pues suya es la dehesa extensísima que linda por Poniente con Pedralba. Dos ó tres veces por semana visitaba á la Condesa, caballero en su jaca torda, para ver si se le ofrecía algo. Era un hombre mitad paleto, mitad señor, lo primero por el habla ruda, por la camisa sin cuello y el sombrero redondo, lo segundo por las acciones nobles, por el andar grave, que hacía rechinar las espuelas. Una faja encarnada parecía separar el lugareño del hidalgo, ó más bien empalmar las dos mitades. Tanto afecto habia puesto en doña Catalina, que dispuso que dos de sus guardias jurados estuviesen [de punto noche y día en la casa de abajo, para que la señora descansase en la persuasión de una absoluta seguridad. Muchos días caía por allí en su jaca á la hora de comer, otros á cualquier hora, en que también comía. Su cara redonda, episcopal, crasa y mal afeitada, despedía fulgores de patriarcal soberanía, de conformidad con la suerte, sin duda por ser ésta de las más próvidas y felices.

«¡Hola, Remigio!... señora doña Catalina,... don Nazario,... don Ladislao, aquí estamos todos...»

Los saludos duraron hasta después que el gordinflón paleto-señor tomó asiento sin ceremonia, disponiéndose á comer cuanto le diesen. Porque, eso sí, hombre de mejor diente no lo había en todo el partido judicial, con la particularidad notable de que no sabía ponerse tasa en la bebida.

«¿Sabe usted lo que estábamos hablando, amigo don Pascual?—dijo el curita de San Agustín.—Que ésta es una gran finca, y que es lástima no trabajarla.

—¡Hombre, á quién se lo cuenta! Si estos señores Feramores no tienen perdón de Dios... ¡Menuda brega tuve yo con el Marqués actual y con el otro, para que tiraran aquí veinte ó treinta mil durillos! Sí, lo digo: era sembrarlos hoy, para coger el día de mañana, cinco años más ó menos, tres ó cuatro millones. Y esto sólo con el ganado, que metiéndonos á ponerlo todo de labrantío... ¡Jesús, oro molido...! Es una tierra ésta, que no la hay mejor ni donde están las pisadas de la Virgen Santísima, ea.»

Don Pascual se incomodaba al tocar este punto, viéndose precisado á sofocar su enojo con copiosas libaciones. Y como siguieran hablando del mismo asunto, concluyó por expresar una idea muy atrevida.

«Yo que la señora Condesa,... digo lo que siento, sin ofender, ea,... pues yo que la señora, me dejaria de capillas y panteones, y de toda esa monserga de poner aquí al modo de un convento para observantes *circuspetos* y *mendicativos*, dedicando todo mi capital á...

—Poco á pocó—replicó vivamente don Remigio,—no paso por eso. Lo espiritual es lo primero.

—¡Potras corvas! ¿Y de qué sirve lo *espertual* sin lo... sin lo otro?

—Yo que la señora Condesa, persistiría impertérrito en mi grandioso plan... contra el dictamen de los estripaterrones.

—Y yo, contra el *ditame* de los engarza-rosarios, digo que sí... no, digo que no... que sí.

—Si no sabe usted lo que dice, amigo don Pascual.

—¡Vaya! paz y concordia entre los príncipes cristianos—dijo doña Catalina risueña.—Por un exceso de consideración á mis huéspedes, me permito el lujo de darles una golosina: café.»

Alabado y festejado por todos el obsequio, Amador y don Remigio lograron encontrar una fórmula de transacción entre sus opuestos pareceres. Al servir el café, doña Catalina pidió

perdón por la pobreza y rustiquez de la comida,
añadiendo que para otra vez tendrían pan bueno, hecho en casa, y menos desigualdades en
vajilla y servicio de mesa.

Mientras las mujeres comían, salieron los
hombres al patio, llevando cada uno su silla, y
allí platicaron formando dos grupos. Don Remigio y Amador charlaban de los asuntos de
Colmenar Viejo, de lo mal mirado que en la
cabeza del partido estaba el cura titular, y de
los esfuerzos que hacían los caciques para hacerle saltar de allí... Naturalmente, se gestio-
naria para que ocupase la vacante el curita de
San Agustín. Á otra parte hablaban Urrea, don
Ladislao y Nazarín, preguntando el primero al
segundo si seguía cultivando la música en aquel
retiro, á lo que contestó el afinador que no le
hablaran á él de músicas ni danzas, pues se hallaba tan contento y gozoso en su nueva vida,
que había tomado en aborrecimiento todo su
pasado musical y cabrerizo. La mejor ópera no
valía ya tres pitos para él, y aunque le asegu-
raran que había de componer una superior á
todas las conocidas, no quería volver á Madrid.
Salió Nazarín á la defensa de arte tan bello, y
le propuso que siguiera cultivándolo allí, pues
se compadecía muy bien la música con la vida
campestre. Y añadió que él se permitiría acon-
sejar á la señora Condesa que trajese un órgano,

para que don Ladislao compusiera tocatas cam-
pesinas y religiosas, y les deleitara á todos con
aquel arte tan puro y que hondamente conmue-
ve el alma.

Con éstos y otros paliques, fué llegada la
hora de la partida, y Urrea no cabía en sí de
inquietud, por no haber podido hablar á solas
con su prima, ni ésta decirle que se quedara,
como era su deseo. El temor de que contestase
con una rotunda negativa á su propósito de per-
manecer en Pedralba, le sobresaltó de tal modo,
que no tuvo ánimos para formularlo. Tristeza
infinita cayó sobre su alma cuando Halma le
dijo en tono de maestro: «Ahora, José Antonio,
te vas por donde has venido, y sin mi permiso
no vuelvas acá, ni abandones las ocupaciones á
que deberás una independencia honrada.» Con
tal autoridad pronunció estas palabras, que el
calavera arrepentido no tuvo aliento para con-
tradecirlas y exponer su deseo. Sentíase tan inferior, tan niño, ante la que le gobernaba en sus
sentimientos y en su conducta, que no pudo ni
pedirle menos severidad, ni explicarse con ella
sobre la pesadísima y cruel condena que le imponía. Verdad que estaban delante Nazarín y
los forasteros, y no era cosa de hacer ante ellos
el colegial mimoso. Faltaban tan sólo minutos
para la partida, cuando la Condesa dijo al curita
de San Agustín: «Señor don Remigio, si usted

no se opone á ello, se quedará en el castillo el amigo don Nazario, porque si es bueno para la salud el ejercicio del entendimiento, no lo es menos el corporal, y conviene que alternen. Ya concluirá más adelante esa gran recopilación de los Discursos de la Paciencia.

—Lo que usted disponga, señora mía, es ley —replicó don Remigio, ya con el pie en el estribo.—Si nuestro buen Nazarín prefiere quedarse, quédese en buen hora... Que lo diga él.»

Con semblante confuso, y casi casi con lágrimas en los ojos, el peregrino respondió:

«Yo no determino nada.

—¿Pero usted qué prefiere?

—Pues, la verdad, estimando mucho la hospitalidad del señor cura, y ofreciéndole ponerme á su disposición para terminar aquellos apuntes y cuanto guste mandarme, hoy me quedaría, pues la señora Condesa así lo desea.

—Es que... verá usted, don Remigio, como tenemos tanta obra en casa, necesito que me ayuden mis buenos amigos. Hay que estar en todo, y cuantos viven aquí han de arrimar el hombro á las dificultades. Mañana pienso probar el horno de pan, y deshacerlo si no nos resulta bien. Con que...

—Que se quede, que se quede. Usted es aquí la santa madre, usted manda, y los hijos... á obedecer calladitos. Señor de Urrea, ¿no monta usted?»

Lívido y tembloroso, Urrea no acertaba ni á despedirse airosamente de su prima. Era una máquina, no un hombre. Su tristeza le cogía todo el sér como una parálisis, matándole la voluntad. Montó á caballo, y partió con el cura y con Amador, sin saber que existía en el mundo un pueblo llamado, por buen nombre, San Agustín.

VI

Mientras Amador fué en compañía de los dos viajeros, menos mal. Don Remigio charlaba con él de montura á montura, dejando al otro en la libre soledad de sus pensamientos. Peró el bravo paleto se despidió en los Molinos (encrucijada de donde partía el sendero que á sus casas de la Alberca conducía), y ya solos el cura y el primo de la Condesa, desencadenó aquél sobre éste todo el torrente de su locuacidad. Difícil· mente, apurando sus donaires, logró sacarle del cuerpo alguna que otra palabra, y conociendo al fin que el motivo de su tristeza no era otro que el pronto regreso á San Agustín, quiso consolarle con estas compasivas razones: «Créame, señor de Urrea, en Pedralba, á estas horas, estaría usted soberanamente aburrido. ¿Sabe usted lo que hacen allá desde anochecido hasta que cenan? Pues rezar, rezar, y rezar que se las pelan, y usted, hombre de piedad muy problemática, cortesano al fin, chapado á la modernísima, huirá del santo rezo como los gatos del agua fría. ¡Si entiendo yo á mi gente... ah!... Verdad que también en San Agustín, en cuanto lleguemos, rezaré yo el rosario con Valeriana y algunas vecinas. Pero usted se puede ir con Láinez al casino, y cenar con él, y volver á mi modesta casa, á la suya, digo, á la hora que le acomode. En Pedralba, con el último bocado de la cena en la boca, se acuestan todos á dormir como unos santos. ¡Bonita noche iba usted á pasar allá! No, señor madrileño, con sus puntas de calavera, y sus ribetes de escéptico materialista, no está usted forjado en estas costumbres entre rústicas y monásticas. ¡El campo! ¡Pues poco que le cansará el campo! Para usted, ponerle de noche en medio de estas soledades, será lo mismo que si á mí me meten de patitas en un salón de baile. ¿Qué haría yo? Salir bufando. *Suum cuique*, señor de Urrea. Con que, no le pese venir conmigo. En el casino, entiendo que hay billar, tresillo, y se habla de política... lo mismo que en Madrid.»

No consiguió el buen curita consolarle, y el alma del calavera arrepentido se ennegrecía más conforme se acercaban á San Agustín. Llegados al pueblo, resistióse á ir al casino. Desde la sala oía el rezo del rosario en el comedor;

durante la cena hizo desesperados esfuerzos por aparentar alegría, y se retiró á la alcoba, impregnada del olor de paja. Le dolía la cabeza.

Interminable y tormentosa fué para él la noche; levantóse muy temprano, acompañó á la iglesia á su digno amigo y anfitrión, y mientras éste se despojaba en la sacristía de las vestiduras sacerdotales, José Antonio puso en práctica la idea concebida entre dolorosas vacilaciones al amanecer, resolución que, una vez compenetrada en su voluntad, adquirió la fuerza de un acto instintivo. Como escolar castigado, que se escapa del colegio, tomó el caminito de Pedralba, á pie, y al perder de vista las casas de San Agustín, sintióse más aliviado de su mortal ansiedad, y con valor para arrostrar lo que por tan atrevido paso le sucediese. Las nueve serían cuando avistó el castillo, y antes de acercarse, exploró las tierras circunstantes, dudando si hacer su entrada por el camino derecho, ó por algún atajo. Esto era pueril, y sus vacilaciones, al término del viaje, denunciaban al colegial prófugo. No viendo á nadie por aquellos contornos, anduvo un poco más, y su vista prodigiosa le permitió distinguir desde muy lejos, en una ladera del monte, dos bultos, dos personas. Con un poco más de aproximación pudo reconocer á Nazarín y don Ladislao, que estaban cortando leña, y allá se fué, rodeando un buen

trecho, para que no le viera la gente del castillo. Hablar con Nazarín antes de presentarse á
la Condesa, le pareció un trámite muy oportuno, tras del cual ya vió, con fácil optimismo,
solución satisfactoria. Al llegar junto á los do
leñadores, Nazarín, que desde lejos le había vis
to venir, no manifestó sorpresa. Vestía el cura
ropas de Cecilio, calzaba gruesos zapatones, y
su cabeza descubierta recordaba más al procesado del hospital de Madrid que al sacerdote de
la rectoral de San Agustín.

«¡Hola, don Nazario...! ¿trabajando, eh?...
Aquí me tiene usted otra vez. Pues he venido...
¿Con que cortando leña?

—Sí señor... Este ejercicio al aire libre me
agrada mucho. La señora Condesa está buena,
gracias á Dios. Parece que ha venido usted á pie.

—Un paseito. No estoy cansado.

—Pues no pudimos arreglar el horno: tienen
que venir los albañiles. La señora me mandó á
paseo, quiero decir, á que me paseara, y aquí
estoy ayudando al amigo don Ladislao.

—Bien, hombre, bien. Pues yo quería... hablar con usted, querido Nazarín—balbuceó
Urrea, abordando el asunto.—Usted es un santo, digan lo que quieran, y me ayudará á obtener el perdón de Halma, por haber vuelto acá
sin su permiso.

—La señora es muy indulgente.

—Pero mi falta es más grave de lo que parece, porque he venido con propósito firme de quedarme aquí, y no salgo ya de Pedralba si no me sacan descuartizado. Óigame.

—¡Hombre, hombre!... señor de Urrea—dijo Nazarín dejando á un lado el hacha, para consagrarse á oir con calma las confidencias del parásito corregido.

—Pués verá usted... Mi prima quiere tenerme en Madrid. Ya está usted al corriente. Yo era un perdido; ella, con su infinita bondad, maestra de la virtud y destructora del pecado, me transformó; hizo de mí otro hombre, hizo de mí un niño; me infundió el miedo del mal, el amor del bien. Yo no me conozco. La tengo por una madre, y la obedezco en cuanto mandarme quiera; pero no puedo obedecerla en una cosa... repito que soy un niño... no puedo obedecerla en la disposición tiránica de vivir en Madrid, porque lejos de ella me asaltan tentaciones, ó llámense recuerdos, de mi anterior vida mala, y la corrección que tanto ella como yo deseamos, no se afirma, no puede afirmarse.

—¡Hombre, hombre...!

—Ayer vine con propósito de hablarle de este asunto y pedirle que me dejase aquí; pero no tuve valor para decírselo. ¡Tanta gente delante...! Convénzase usted de que soy un niño, y de que el antiguo desparpajo del calavera se ha convertido en una timidez invencible... Palabra que sí... Pues me dijo que me volviera á San Agustín, y me volví; el caballo me llevó como una maleta, y hoy, sin darme cuenta de ello, movido de una irresistible fuerza, me he venido á Pedralba, me han traído las piernas, que antes se me romperán en mil pedazos, que volver á llevarme á Madrid. Y yo le pregunto á usted: ¿Se enojará mi prima? ¿Se obstinará en que viva lejos de ella? Porque ha de saber usted que he cometido una falta gravísima, una falta en la cual parecen reverdecer mis mañas antiguas, mi mal corregida perversidad. Verá usted.

—¿A ver, á ver...?

—Pues Halma me arregló en Madrid una pequeña industria para que yo trabajase, y adquiriera, como ella dice, una honrada independencia. Mientras Halma permaneció en Madrid, muy bien: yo trabajaba, y empecé á ganar dinero... Pero se va ella, quiero decir, se viene acá, y adiós hombre, adiós própositos de enmienda, adiós trabajo y formalidad. Me entró una murria espantosa; yo no vivía, yo no comía, yo no pegaba los ojos. Una mañana,... no sé si fué un demonio ó un ángel quien me tentó. ¿Qué cree usted que hice? Pues en un santiamén vendí todos los trebejos, máquinas, utensilios, papel; realicé, liquidé, y me vine acá.

—Con propósito de no volver á la Villa y

Corte. ¡Pobre señor de Urrea! Ignoro cómo tomará la señora este arranque. Yo, sin autoridad para juzgarlo, no lo veo con malos ojos.

—¡Porque usted es un santo!—exclamó Urrea con ardor, levantándose del suelo para abrazarle.—Porque usted es un santo, y el sér más hermoso y puro que hay sobre la tierra, después de mi prima; y el que diga que Nazarín está loco, ¡rayo! el que se atreva á decir delante de mí tal barbaridad...!

—¡Eh... Señor de Urrea, calma, pues creeremos que el loco es usted...!

—Para concluir, señor Nazarin de mi alma, si usted intercede por mí, lo primero que debe decirle, después de darle cuenta de mi última calaverada, el traspaso de los trebejos, es que yo quiero que me admita aquí como á uno de tantos. Quiero ser un pobre recogido, un infeliz hospiciano. ¿Que se necesita hacer vida religiosa?... pues seré tan religioso como el primero. ¿Que se necesita trabajar en estos oficios rudos del campo? pues José Antonio será el más activo y el más obediente obrero que ella pueda suponer. Pónganme en el último lugar; aposéntenme en la cuadra que no se crea bastante cómoda para las caballerías; rebájenme todo lo que quieran. ¿Qué piden? ¿Humildad, paciencia, anulación? Pues aquí, bajo su gobierno, sintiendo su autoridad materna y su divina protección,

yo seré humilde, sufrido y no tendré voluntad.
¿Que habrá que rezar largas horas? Yo rezaré
cuauto ella y usted me enseñen. Las faenas rú-
das no sólo no me asustan, sino que las deseo,
y pienso que han de serme tan útiles para el
cuerpo como para el alma... Y diciéndole usted
todo esto, señor Nazarín, como usted puede y
sabe decirlo, yo creo que... ¡Ah! se me olvidaba
una cosa muy importante...»

Diciendo esto, echó mano al bolsillo y sacó
una carterita. «Aquí está lo que obtuve de la
venta de todo aquel material, y del traspaso de
mi negocio. Déselo usted; no vaya á creer que
me lo he gastado de mala manera en Madrid.

—No, mejor es que lo guarde para entregár-
selo usted mismo.

—Pues en broma, en broma, son la friolera
de nueve mil y pico de pesetas, con las cuales
podríamos hacer aquí algo de lo que ayer indi-
caba don Pascual Amador.»

Dijo el *podríamos* con acento de ingenua oficiosidad, que hizo sonreir á Nazarín.

«No sé—replicó éste, incorporándose en el
suelo.—Tenga usted presente, que al instalarse
aquí la señora con nosotros, sus pobres amigos
en Dios, sus hijos más bien, ha quebrantado
toda relación con el mundo de allá, para emplear su vida en el servicio de Dios y en actos
de caridad sublime. Podría considerar la señora

que usted no es enfermo, ni pobre, ni necesitado, y que...

—Que me admitan en concepto de loco—dijo Urrea interrumpiéndole con viveza.

—¡Oh, no! para locos, bastante tienen conmigo—replicó don Nazario, con inflexión humorística, casi casi perceptible.

—Y como pobre, ¿quién lo es más que yo? Y como necesitado de corrección, de atmósfera moral:... ¡Por Dios, queridísimo Nazarín, no me quite usted las esperanzas!

—Aquí no se entra sino con el corazón bien dispuesto para la piedad, amigo Urrea, y si la señora dejó en las calles de Madrid, como ella dice, su corona y todos los demás signos del orgullo social, nosotros debemos arrojar en la puerta de Pedralba las pasiones, los deseos desordenados, todo ese fárrago que entorpece la vida del espíritu. Son aquí precisas de todo punto la obediencia á nuestra madre doña Catalina, y un acatamiento incondicional á sus designios.

—Nadie me ganará—afirmó Urrea con emoción,—en venerar y adorar á mi prima, mirándola como lo que Dios nos permite ver de su presencia en esta tierra miserable. Que me admita, y ninguno, ni usted mismo, me aventajará en sumisión, ni en considerar á nuestra maestra y señora como una madre. Si quiere someterme á una prueba de acatamiento, que no me hable, que no me mire, que me dé sus órdenes por conducto de usted ó de otro cualquiera, y yo viviré calmado y satisfecho sólo con sentirme cerca de ella, bajo su dulce despotismo. Admirándola, aprenderé el amor de Dios; y su perfección, relativa como humana, me dará el sentimiento de la absoluta perfección divina. Ella será mi iniciación de fe; por ella seré religioso, yo que he sido un descreído y un disipado, y ahora no soy nada, no soy nadie, hombre deshecho, como un edificio al cual se desmontan todas las piedras para volverlas á montar y hacerlo nuevo.

—Bien, señor, bien—indicó Nazarín, impresionado vivamente por esta declaración, y sintiendo una gran simpatía hacia Urrea.—Ya se acerca la hora de comer. Bajaré, y hablaré á la señora. Y otra cosa: ¿usted no come?

—¿Yo qué he de comer? Mientras usted no le hable, yo no bajo al castillo. Cuando vuelva, don Nazario, tráigame un pedazo de pan.

—Espéreme aquí.

—Y acabaré de partirle aquellos troncos; así voy aprendiendo á aprovechar el tiempo—afirmó Urrea desembarazándose de la americana y cogiendo el hacha.

—Como usted quiera. Adiós. Ladislao, ya es hora: vamos.»

VII

Con infantil ardor, alentado por las esperanzas que la mediación de Nazarín le infundía,
el parásito la emprendió con los troncos; pero
al cuarto de hora de estrenarse en el oficio de
leñador, tuvo que moderar sus bríos, porque se
sofocaba y un sudor copioso brotaba de su frente. Luego volvió á la carga, conteniéndose en la
medida de sus naturales fuerzas, y mientras más
troncos partía, más vivo era el contento que
inundaba su alma. ¡Ah, pues si le fuera permitido meterse de lleno en aquella vida! Apren-
dería mil cosas gratas, como arar, sembrar, es-
cardar, cuidar aves y brutos, hacerse amigo de
la tierra, súbdito del reino vegetal y campestre. Y no se le haría cuesta arriba en tal ambiente la vida religiosa, ascética, privándose de
todo regalo y hasta de hablar con gente. No
tendría más amigos que los animales, y esclavo
del terruño, conservaría libre y gozoso el pensamiento para elevarlo á Dios á todas horas del
día. En estas cavilaciones le cogió la vuelta de
Nazarín, á eso de la una y media. Cuando le vió
venir, con su reposado paso de siempre, sin an-
ticipar con su mirada albricias ni desengaños,
el corazón se le saltaba del pecho.

«La señora—manifestó el cura mendigo,

cuando estuvo á tiro de palabra,—dice que baje usted á comer.

—Pero...

—Nada, que baje usted á comer. No me ha dicho nada más.

—¿Sigue usted aquí cortando leña?

—No, hoy es jueves, y toca explicar la Doctrina á los niños. Aquilina les ha dado la lección. Cuando la señora tenga organizada la escuela, todos alternaremos en la enseñanza.

—Hasta eso haría yo, si ella me lo mandara: domar chicos, y meterles en la cabeza el a b c. ¡Quién me lo había de decir...! En fin, voy. ¿Sabe usted que estoy temblando? ¿Y qué tal? ¿Se enfadó al saber...?

—Se mostró más compasiva que enojada.

—Eso ya es buen síntoma. Voy... ¿Y he de ir ahora mismo?

—Ahora mismo, pues le tienen preparada la comida.

—No tengo apetito... ¿Y de veras no dijo que soy una mala cabeza?... ¡Oh, qué bondad, qué santidad, Dios mio! ¡Ni siquiera recriminarme! ¿Cómo no adorarla lo mismo que al Dios que está en los altares? Nada, verá usted cómo me perdona, y me admite, y... El corazón me dice que sí. Procede como la Divinidad, la cual, según ustedes, concede todo lo que se le pide con fe y compunción. Yo tengo fe en ella, querido

Nazarín, y derramo lágrimas del alma sólo por sentirme bajo su divino amparo. Vamos allá, que seguramente usted, que es también santo, habrá intercedido gallardamente por este infeliz. Lo dicho, dicho: el que se atreva á sostener que Nazarín está loco, se verá con José Antonio de Urrea. No lo tolero... mi palabra que no...

—Sea usted juicioso, amigo mío.

—¡Locura la piedad suprema, locura la pasión del bien ajeno, locura el amor á los desvalidos! No, no... Yo sostengo que no, y lo sostendré delante del cura y del juez y del Obispo y del Papa, y del mundo entero.

—No alborotarse, y vaya comprendiendo que en Pedralba no se disputa, ni se sostienen opiniones más que por quien puede y debe hacerlo. Los demás, á obedecer y callar. ¿Usted qué sabe si yo soy loco ó soy cuerdo?

—¿Pues no he de saberlo?

—Ea, basta... Vamos pronto, que la señora nos aguarda.»

Bajaron, y cuando Urrea entró en la casa y en el comedor más muerto que vivo, lo primero que le dijo su prima, poniéndole la comida en la mesa, fué: «Pero, hijo, estarás desfallecido. ¿Por qué no bajaste á comer con Nazarín y don Ladislao?»

Echóse Urrea de rodillas á sus pies, diciendo con trémula voz que él no probaría bocado mientras no recibiera el perdón que humilde-mente solicitaba.

«Eres un niño—le dijo Halma.—Come, y después hablaremos... Pero como eres un niño grande, y con resabios mañosos, hay que sentarte un poquito la mano. Come con calma, pobrecito... ¿Tú quieres hierro? Pues hierro. Yo no contaba contigo para esta vida, porque nunca creí que la resistieras. Se hará la prueba con todo el rigor que exige tu pasado y las malas costumbres que todavía conservas.»

Comiendo y suspirando, por momentos risueño, por momentos conmovido hasta derramar lágrimas, José Antonio le dijo que por grande que fuera el rigor de la prueba, no lo sería tanto como su energía y tesón para resistirla, y que á todo se hallaba dispuesto con tal de vivir bajo la santa autoridad de Halma. No le arredraban las cuestas por agrias que fuesen. ¿Cuesta religiosa? pues á ella. ¿Cuesta de trabajos rudos, como de presidiario? pues á ella.

Como llegara don Pascual Amador, se habló de otros asuntos. Iba el paleto hidalgo á llevar á la señora unos documentos de la Alcaldía de Colmenar para que los firmara, y se despidió después de tomar un vasito de vino. «Don Pascual—le dijo Halma, entregándole la cartera que poco antes le había dado su primo.—Hágame el favor de guardarme eso. Son...

—Nueve mil seiscientas cincuenta—apuntó Urrea.

—No lo necesitaré—añadió la Condesa,—hasta que emprenda la roturación del prado grande. Porque me decido, señor don Pascual, me decido. Hay que sacar del suelo de Dios todo lo que se pueda. La huerta la empezaremos el lunes, rompiendo la tierra con los brazos que aquí tengo. Mire usted, mire usted qué obrerito se me ha entrado por las puertas...»

Celebró mucho Ámador los nuevos propósitos de la señora, que concordaban con sus ideas del fomento de Pedralba, y partió á vigilar á los jornaleros que tenía en la Alberca.

«Para hacer boca—dijo Catalina al neófito, —me vais á desescombrar, entre tú y los sobrinos de Cecilio, las ruinas éstas, hasta descubrirme el suelo.

—Ahora mismo.

—Ten calma. Esta tarde vas al cuarto bajo de la torre, donde provisionalmente tenemos la escuela, y oirás la explicación de la Doctrina Cristiana... Como has estado cortando leña, esta noche tendrás unas agujetas horribles. Descansas, y mañana, á lo que te he dicho, como preparativo para faenas más penosas.

—Para mí no hay nada difícil estando aquí.

—Vivirás en la otra casa, con Cecilio. Esta noche arreglarás tu cama en el pajar, como Dios te dé á entender. ¿No has dormido tú nunca sobre un montón de paja? Yo sí, allá muy lejos de España... y en aquellos días de abandono y miseria, me pareció el colmo de la incomodidad y de la humillación. Hoy me sería indiferente.

—Me instalaré muy gustoso en el pajar.

—Esta noche, en la nota de los encargos que ha de traer de Colmenar el tío Valentín, pondremos: un chaquetón de paño pardo para ti, unos zapatos gruesos, de lo más grueso que haya, una faja, una montera... Verás qué elegante estás. Como en tu domicilio no hay espejo, podrás mirarte en el charco de la fuente. Y cuando venga la pareja de bueyes, aprenderás á uncirlos, á manejarlos. ¿Sabes tú lo que es un arado, y el peso que tiene? Pues ya te irás enterando. Comerás con nosotros, pues aquí no debe haber más que una mesa para todos los habitantes de la ínsula. Día llegará en que Cecilio y su gente, y el tío Valentín, comamos reunidos. Mañana, si las agujetas no te estorban mucho, después que hayas tomado el tiento á las piedras de las ruinas, vuelves á partir un poquito de leña... No quiero que estés ocioso ni un momento. La prueba tiene que ser seria, para que yo pueda formar de ti un juicio seguro, y te considere capaz ó incapaz de compartir nuestra vida. Pues aguárdate, que luego vendrán los ejercicios religiosos, el madrugar con el alba, las mortificaciones, la asistencia de enfermos... ¡Ah! todavía no te has hecho cargo de la gravedad de lo que deseas y pides. Tú, hombre de salones, hombre sin principios, inteligencia demasiado sensible á la actualidad, á lo nuevo y reciente, te has dejado influir por esas rachas de ideas que vienen del extranjero, lo mismo que las modas del vestir, del comer y del andar en coche. Te cogió la ventolera religiosa, que suele soplar de vez en cuando, lanzada por las tempestades que recorren furiosas el mundo, y ya tenemos á Urreíta delirando por lo espiritual, como deliraria por un autor nuevo, ó por la última forma de sombreros ó trajes. Y te vienes acá con una piedad de *aficionado*, que no es lo que yo quiero, ni nos hace falta ninguna.

—No es eso, no es eso—replicó José Antonio con acento persuasivo.—Yo quiero creer, yo anhelo parecerme á ti, conservando la distancia entre mi monstruosa imperfección y tu...

—Basta: no me gusta la palabrería lisonjera.

—Mi aspiración es volver á empezar, más claro, volver á nacer. Me he muerto; resucito hijo tuyo, y esclavo tuyo. Encárgame de los oficios más bajos y humillantes, y en cosas de religión lo más difícil. ¿Asistir enfermos has dicho? Nazarin me enseñará.

—En eso y en otras muchas cosas, buen maestro tuyo y mío puede ser.»

En esto pasó Nazarín por delante de la ventana del comedor, cambiadas ya las ropas de leñador por las de cura. Iba al ejercicio de Doctrina, y ya los rumores de algazara infantil anunciaban que la familia menuda se reunía en la sala provisionalmente destinada á escuela.

«Allá voy yo también—dijo Urrea viéndole pasar.—Quiero ser como los pequeñitos. Verdaderamente, ese hombre me parece divino, y por él, por la influencia que sin duda tiene en ti, he conseguido tu perdón. ¿Qué te dijo, qué razones alegó en mi favor?

—No hizo más que contarme lo que habías hecho.

—¿Y tú...?

—Le pedí su parecer sobre la resolución que debía tomar contigo.

—¿Y él...?

—Me dijo que debía admitirte.

—¡Prima mía—exclamó Urrea con exaltación, braceando por alto,—al que me diga que ese hombre está loco, le mato!... ¡ah, no!»

Llevóse la mano á la boca como para contener la palabra, y volver á meterla para adentro.

«No, no le mato, dispensa. Pero le... Tampoco... Lo que haré será decir y proclamar, contra la opinión de todo el mundo, que no es demente, que no puede serlo, que el mayor de los contrasentidos sería que lo fuese... Y tú crees lo mismo, Halma, no me lo niegues: tú crees lo mismo.

—¿Tú qué sabes?... Silencio, y á la Doctrina.
—Voy.»

QUINTA PARTE

I

Durante tres, cinco, diez, no sé cuántos días, corrieron los sucesos mansamente y como por carriles en el castillo de Pedralba, y sus campos y montes circunstantes, notándose en todo, cosas y personas, el impulso que les diera con firme mano la organizadora de aquella singular familia. Pero aún faltaba mucho para que la idea total de la noble señora se viera íntegramente realizada, porque las deficiencias de local no podían remediarse pronto, y en diversos detalles de organización surgían á cada instante obstáculos que sólo la constancia y buena voluntad de todos vencerían al cabo. La roturación de la huerta dió mucho que hacer, por la dureza del terruño y por la dificultad de dotarla de aguas. Como no era fácil ni económico traerla de la fuente por un viaje de arcaduces, se abrió un pozo, en cuya excavación no fué preciso ahóndar más que veintitantos pies para encontrar agua abundante. A las dos semanas

de empezadas las obras, ya había varios bancales plantados de arvejas, alubias, coles y otras
hortalizas de ordinario consumo. Provisionalmente se cercó la huerta con piedra y espinos.
La pareja de bueyes no se hizo esperar, y á los
tres dias de aquellos trajines, ya sabía Urrea
manejar á los pacientes animales, como si les
hubiera tratado toda la vida. Pronto les tomó
cariño, y no habría cambiado su compañia silenciosa por la de amigos de la especie humana,
como tantos que había conocido en su primera
vida.

Las faenas más rudas no abatían el ánimo
del calavera arrepentido: el constante y metódico ejercicio corporal, si al principio le causaba fatiga, no tardó en fortalecerle. La idea de
ser hombre nuevo se arraigaba tanto en su conciencia, que creyó haber criado nueva sangre,
echado nuevos músculos, y hasta que le habían
sacado todos los huesos viejos, para ponérselos
flamantes. De su apetito no digamos: no recordaba haberlo tenido igual desde la infancia. Muchos días comía en el monte con el pastor, ó con
los sobrinos de Cecilio (de quienes se hablará
después); y aquella pitanza frugal y sabrosa,
que le llevaban en un pucherete Aquilina, Beatriz, ó la misma Condesa, le sabía mejor que los
más refinados manjares de las mesas cortesanas.
Pues cuando improvisaban cena ó almuerzo al

aire libre, cocinando con escajos y palitroques,
sobre un trébede, en la sartén del pastor, unas
rústicas migas ó cosa tal, el hombre gozaba lo
indecible, y daba gracias á Dios por haberle llevado á la vida salvaje. ¡Y luego el sosiego del
espíritu, la paz de la conciencia, la seguridad
del mañana...! Nada podía compararse á semejantes bienes, nuevos para él. Todo cuanto del
mundo conocía, de un orden distinto radicalmente, parecíale una pesada broma del destino.
Porque la vida de ciudad, durante los años que
á veces sin razón se llaman floridos, de los veinte á los treinta, ¿qué había sido más que supli-
cio sin término, humillación, ansiedad, y cuanto
malo existe? ¡Bendito salvajismo, bendita barbarie, que le permitía lo más elemental, vivir!

Los Borregos, que así nombraban á los dos
sobrinos de Cecilio, trabajadores á jornal en la
finca, fueron los primeros compañeros de vivienda del improvisado salvaje, y no tardaron
en ser sus amigos, maestros también en todo
aquel rústico manejo. Más bárbaros no los había criado Dios; pero tampoco más sencillotes
ni de corazón más noble y sano. Al principio,
la epidermis moral de Urrea se lastimaba un
poco al rozarse con la corteza dura de aquellos
infelices; pero no tardó en criar callo, y si él al
contacto se endurecía, los otros indudablemente
se suavizaban. Por las noches, al tumbarse so-

bre la paja rendidos, en el breve rato que al
sueño precedía, charlaban los tres, explicándose
cada cual según sus luces, y allí vierais confun-
dida la barbarie y la cultura, el fácil discurso y
la jerga torpe, la inteligencia y la superstición.
El Borrego mayor, chicarrón de veintidós años,
despuntaba por su guapeza descocada y algo in-
solente; no sólo se conceptuaba hombre capaz
de medirse en buena lid con el más pintado,
sino que en lo tocante al oficio de labrador no
daba su brazo á torcer ni á los más peritos. Todo se lo sabia; jactábase de conocer los secretos
de la tierra y de la atmósfera. Planta que él
hincara en el suelo, de fijo arraigaba y crecía
como ninguna. Había inventado sin fin de reglas de fisiología vegetal, de las cuales ni una
sola fallaba, según él, en la práctica. Sobre la
fecundación, sobre las épocas de siembra y tras-
plante, y la influencia misteriosa de las fases de
la luna en la vida de las plantas, contradecía
con el mayor descaro el criterio de los labrado-
res viejos, defendiendo el suyo con arrogante
terquedad. Á Urrea le encantaba este carácter
inflexible, tenaz, basado en un furibundo amor
propio. Y más de una vez se preguntó: «En otra
esfera, con otra educación, Bartolomé, ¿qué sería?» El segundo Borrego era lo contrario de
su hermano, humilde, de voluntad perezosa,
que fácilmente se amoldaba á la voluntad ajena,

corto de palabras, algo melancólico, curioso y
preguntón. Gustaba de que le contaran guerras,
aventuras y sucesos extraordinarios, y se enlo-
quecía con las estampas, toda suerte de muñecos
pintados, aunque fueran los de las cajas de ce-
rillas, que le parecían tan hermosos como á nosotros los cuadros de Rafael y Velázquez. Y
Urrea se decía: «Isidrico en otra esfera y edu-
cado como los muchachos finos, ¿qué sería?»

Con estas reflexiones estudiaba José Antonio la Humanidad, al paso que obtenía de la
observación de la Naturaleza útiles enseñanzas.
En su anterior vida, no se había fijado en multitud de fenómenos que le causaban maravilla.
Hasta el cielo estrellado, en noches claras y sin
nubes, atraía su atención como cosa nueva y
desconocida. Lo había visto, sí, infinitas veces;
pero nunca lo había visto tan bien, ni recreádo-
se tanto en su hermosura. Con esto, nuevas
ideas iban sustituyendo á las antiguas, que al
modo de hoja seca se caían y eran arrebatadas
por el viento. Y todo el nuevo retoño cerebral
venía fuerte, anunciando una foliación y flores-
cencia vigorosas. Él no cesaba de repetirlo: era
como nacer dos veces, la segunda por milagro
de Dios, en edad de hombre, conservando el recuerdo de la primera encarnación para poder
comparar, y apreciar mejor las ventajas de la
segunda.

Pocas veces tenían ocasión de hablarse Halma y su primo en aquellos comienzos de la vida rústica, porque él trabajaba lejos de la casa. Por la noche, después del rosario, ó si cenaban en comunidad, la señora le exhortaba en pocas palabras á seguir en aquel ordenado comportamiento. Esto y los saludos de ritual, cuando por acaso se encontraban en el campo, eran su única relación de palabra. Pero en espíritu, Urrea no la separaba de sí: noche y día pensaba en ella, ó se la imaginaba, transfigurándola á su antojo. Nada más grato para él que apreciar en los actos y expresiones de sus compañeros el gran respeto que la señora les inspiraba. Y de tal modo en él mismo se había fortalecido aquel respeto, que cuando la veía venir, se turbaba como un chiquillo vergonzoso. Y por mucho que se estimara en su nuevo estado de conciencia, cada día sentía crecer la distancia entre ambos, porque si él se elevaba, ella subia desaforadamente.

No eran pasados quince días de aprendizaje, cuando el novicio recibió por Nazarín órdenes de trasladar su residencia. El buen clérigo peregrino había estado tres días en San Agustín, acabando de extractar el divino libro de la Paciencia, con empleo casi sublime de la suya, y de vuelta á Pedralba, hizo limpieza, sin auxilio de nadie, de los dos aposentos de la torre. Allá se estuvo toda una mañana, blanqueando las paredes, lavando los pisos de baldosín, y extrayendo como podía cuanta mugre había en los rincones. «Aquí estarás mejor que allá—dijo á Urrea por la noche, dándole posesión de su nuevo domicilio, y mostrándole cama limpia y bien mullida, y los muebles de madera relucientes.—Esto, querido Urrea, lo hago por ti, que estás acostumbrado á la primera de las comodidades, que es el aseo. Aquí la señora nos enseña á ser nuestros propios criados, y yo te doy el ejemplo...

—¡Vaya un ejemplo! Me lo da usted contrario, haciéndose mi sirviente.

—No, bobito. Lo que yo hago esta semana, lo harás tú la próxima.»

Nazarín le tuteaba desde los primeros días, porque era en él añeja costumbre. Poco fuerte en tratamientos, no abandonaba la forma familiar más que ante personas de muchísimo respeto, como la Condesa, don Remigio y otros tales.

«Bueno—dijo el neófito,—yo no veo aquí más que una cama...¿Acaso tiene usted la suya en ese mechinal de al lado, junto á la escalera de piedra?

—Eso que llamas mechinal es un aposento precioso. Pasa y examínalo. Tiene el suficiente espacio para mi lecho, que es esta tarima forra-

dita en una manta... ¿ves? ¡Qué lujo, qué gala!...
y como yo, aquí, no he de dar bailes, no necesito más cabida. ¿Ves? echadito en mi tabla, con
la cabeza toco en la pared de acá, y aún me
falta una tercia para tocar con los pies en la de
enfrente. ¡Y si vieras qué abrigado es esto! Lo
que tiene es que en obscuridad compite con la
boca de un lobo; pero como yo no estoy aquí
durante el día, y de noche puedo encender luz,
si quiero, me acomodo tan ricamente. En peores
alcobas y camas he dormido yo mucho tiempo.

—Ya lo sé. Por eso está usted como está, y
le tienen por hombre sin seso. En fin, si ha de
haber penitencias y privaciones, dénmelas á mí,
y verán qué pronto las acepto.

—¡Penitencias, privaciones! Dios te las irá
mandando cuando menos lo pienses. Por el pronto, ¿no dices que te gustaba la holgada libertad
del pajar? Pues fastidiate. Ya no vuelves allá.
¡Aquí, en la torre, preso! aguantando mis sermones, si se me ocurre endilgarte alguno, re-
zando conmigo, sí señor, todo lo que á mí me
dé la gana.

—A eso estamos, padre Nazarin; pero en esta
casa de la igualdad, debemos alternar en las comodidades, digo, en las mortificaciones. Una noche duermo yo en la cama y usted en la tarima,
y á la noche siguiente, cambiamos.

—Eso lo veremos. No hay tanta igualdad como crees, ni debe haberla. Por de pronto, yo estoy por encima de ti en edad, saber y gobierno, y si te mando dormir en cama blanda, tendrás que fastidiarte.»

Al volver de cenar en el castillo, y antes de recogerse, charlaron otro poco. «Pepe—le dijo Nazarín, sentándose en su tarima,—¿sabes una cosa? Después de cenar, mientras saliste á fumar tu cigarrito, la señora me encargó que te advirtiese...

—¿Qué?

—Nada, no te asustes... ¡Si creerás que es algo de cuidado!... Y si lo es, hijo, yo no lo sé... Pues que te advirtiera que si mañana, ó pasado, vamos, don Remigio y el señor de Amador te dicen alguna cosa desagradable, algo que te lastime, procures no incomodarte. Tú no has aprendido aún á sofocar la cólera, y en eso has de poner mucho cuidado, José Antonio, porque la cólera es pecado muy feo. Ya sabes que cuantos vivimos aquí hemos de ser sufridos, mansos y afrontar con semblante sereno la ofensa, el ultraje mismo. Esto tienes que aprenderlo, Pepe, y probar tu paciencia en la práctica, en la realidad. Si no, estás de más en Pedralba.

—¿Pero qué es eso que me van decir el cura y Amador? ¡voto al hijo de la Chápira!—gritó Urrea, disparándose.

—Temprano empiezas—dijo Nazarín acercándose al lecho en que el otro acababa de tumbarse.—¡Pero, hombre, te estoy amonestando...!

—¡A mí!... ¡decirme á mí!... ¿Pero qué?

—¿Lo sé yo acaso, hijo de mi alma?

—¡Oh! usted lo sabe, padre Nazarín, y si no, lo adivina, porque usted lee en el pensamiento de las personas, y penetra las más recónditas intenciones.

—Que no sé, te digo... Cumplo mi encargo, y me callo. La señora me manda advertirte que, oigas lo que oyeres, no te enfurezcas, ni siquiera muestres enfado. Ella lo manda, Pepe.

—Pues si ella lo manda, antes me vea muerto que desobediente... Pero no sé, querido Nazarín, no sé lo que me pasa. Con lo que usted me ha dicho,... siento que mi sér antiguo rebulle y patalea, como si quisiera... ¡Ay! no se vuelve á nacer, ¿verdad? No muere uno para seguir viviendo en otra forma y sér. Un hombre no puede ser... otro hombre.

—Indudablemente... uno no puede ser otro— dijo el apóstol sonriendo benévolamente.—No canses tu cerebro con sutilezas. Déjalo descansar en el sueño.

—No podré dormir.

—Rezaremos. Te contaré cuentos. Te arrullaré como á los niños.

—Ni aun así dormiré... Mi tristeza, no sé qué punzante inquietud me desvela.

—Yo no quiero que estés triste, Pepe. Imítame á mí, que siempre vivo en una alegría templada.

—¡Oh, si pudiera...! Y no sólo la tristeza. Paréceme que tengo fiebre. Yo voy á caer malo.

—Si caes malo—replicó el curita manchego, clavando en él una mirada penetrante,—yo te cuidaré... y te salvaré de la muerte.

—¡La muerte...!—exclamó Urrea con abatimiento, cerrando los ojos.—¿Para qué defenderse de ella, cuando es la mejor, la única solución?

—No te cuides tú de tu muerte. Dios se cuidará de eso. Ahora, hijo mío, á dormir.

—A dormir, sí... ¿Usted lo manda?

—Lo deseo...»

Callaron, y poco después Urrea dormía, teniendo por guardián vigilante á Nazarín, el cual, sentado junto al lecho, rezaba entre dientes.

II

Al día siguiente, hallándose el salvaje en la huerta, sintió el trote de un caballo. Creyendo que se aproximaba don Remigio, miró con sobresalto. Pero no; era Láinez, el médico de San Agustín, que iba dos veces por semana á Pedralba, á celebrar consulta para todos los pobres circunvecinos. Habíale ajustado la señora para este servicio, temporalmente, mientras se

arreglaba la instalación de un médico fijo en la
casa, para visitar y asistir á los enfermos de
todo el término. Se conocían los días de Láinez
en que desde el amanecer asomaban por aquellos vericuetos innumerables personas de cara
hipocrática, lisiados y cojos, unos con los ojos
vendados, otros con la mano en cabestrillo, éste
llevado en un carro, aquél arrastrándose como
podía. La consulta duraba toda la mañana, y por
la tarde visitaba el doctor, por encargo expreso
de la Condesa, á los enfermos que vivían más
próximos.

Saludó Urrea costésmente al médico cuando
á su lado pasó, y estuvo por preguntarle: «¿Tiene usted que decirme algo por encargo de don
Remigio?» Pero como Láinez no hizo más que
contestar fríamente al saludo, volvió el joven á
su trabajo, silencioso y triste: «Vamos á platicar
un poquito con la tierra»—se decía, moviendo
con fuerte brazo la pala ó el azadón. Y era verdad
que hablaban tierra y hombre, él contán-
dole sus penas, ella diciéndole algo de sus mis-
terios impenetrables. Pero como la tierra es tan
discreta, que no revela nada de lo que con ella
hablan ni los muertos ni los vivos, ignoro lo
que se comunicaron hombre y tierra.

Por la tarde, salieron juntos Láinez y Amador. Urrea les miró alejarse, dejando á las caballerías andar al paso. «De fijo hablan de mí»—se

dijo, mirándoles de lejos. Era una corazonada,
un rasgo de adivinación de los que no fallan,
por misteriosa connivencia de los flúidos que al
parecer nos rodean. «Hablan de mí—volvió á
decir José Antonio,—y hablan mal. Tan cierto
es esto, como que me alumbra el sol.» Y tornó á
contarle sus cuitas á la arcilla, teniendo por órgano á la pala, y al revolver los esponjados te-
rrones, y verlos quebrarse al sol, oía de ellos va-
gorosas respuestas.

Amador y Láinez, alejándose despacito de
Pedralba, hablaban del neófito lo que éste no
podía saber ni aun preguntándoselo al terruño.
«Pues verá usted—dijo el paleto hidalgo,—lo
que pasó. El señor Marqués de Feramor me
mandó á decir con Alonso que si iba por Madrid, no dejase de pasar á verle. Fuí el lunes,
como usted sabe, y don Paquito me contó lo escandalizada que está toda la grandeza por ha-
berse colado aquí ese perdido de Urreita. Allá
creen que no viene más que á engañarla, y sacarle el poco dinero que tiene, figurándose religioso contrito, y embaucándola con santigua-
ciones, y farsas de vida labradora. Yo creo lo
mismo, amigo Láinez, porque el tal está tan
arrepentido como mi jaco; es hombre de historia sucia, y el primer trapisonda de Madrid.
Aquí nosotros, los buenos amigos de mi señora
la Condesa, los que estimamos y conocemos sus

inminentes virtudes, debemos abrirle los ojos, para que vea el dragón que se le ha metido en casa...

—De eso se trata, amigo Amador—dijo el médico, hombrecillo de figura mezquina, con un bigote atusado y gris, que parecia pegado con goma, ojos mortecinos, cara rugosa, cabeza deforme y con poco pelo en el occipucio.—Don Remigio ha recibido cartas de su tio don Modesto Díaz, y de ello resulta que el tal Urrea es un histrión...

—¿Un qué...?

—Un histrión, que es lo mismo que decir un cómico. Finge sentimientos, estados peculiares del ánimo, hace sus comedias con labia y mímica perfectas, y ahí le tiene usted dando la castaña al lucero del alba... Pues sí señor. No me gustó ese sujeto, la primera vez que le eché la vista encima, y ha seguido... no gustándome. Es uno un poco lince, y ha visto muchas monstruosidades de la materia y del espíritu... Pues verá usted. Hablamos de esto don Remigio y yo... Naturalmente, Remigio es el más abonado para...

— Para llevar el gato al agua.

—Y llamar la atención de la Condesa sobre el culebrón á que ha dado abrigo en su seno— dijo Láinez, quedando muy satisfecho de la figura.—Anteayer, Remigio soltó las primeras puntadas; pero la señora, según él cuenta, le oyó con disgusto, y tuvo la generosidad, ¡parece increíble! de asegurar que su primo es un hombre de bien.

—¿Sí?... pues no se libra de un sablazo gordo, ó de otra cosa peor... porque ese no es de los que se van sin algo entre las uñas.

—Para mí ha venido con un fin interesado—dijo el doctor mirando fijamente al otro caballero,—y si me apuran, añadiré que con un fin siniestro...

—¡Hombre, tanto no!

—Se verá... Al tiempo.»

Llegados al sitio de separación, se detuvieron para concertar el día y hora en que debían reunirse con don Remigio para convenir en la forma y manera de ilustrar mancomunadamente á la señora de Pedralba sobre punto tan delicado. Puestos de acuerdo, cada cual siguió su camino.

Y dos días después, hallándose Urrea en el monte, vió venir tres hombres á caballo por el sendero de San Agustín. A pesar de la distancia enorme á la cual se detuvieron, su vista prodigiosa les conoció al instante, y el corazón le dió un tremendo vuelco. Con furia insana descargó tremendos golpes sobre el tronco del árbol que partiendo estaba, y él leño, en el gemido que parecía exhalar al recibir el hachazo, le decía: «Hablan de ti, y hablan mal.»

Urrea les miraba, suspendiendo á ratos su
tarea para volver á ella con terrible ímpetu
muscular, y le decía al tronco: «En tu lugar
quisiera coger á los tres.» Observó que cerca de
la finca, los jinetes se detenían, cual si tuvieran
algo importante que discutir y concertar antes
de meterse en Pedralba.

Don Remigio, alzándose nervioso sobre los
estribos, y tan poseído de su asunto como si en
el púlpito estuviera, les dirigió esta retahíla, que
más bien arenga ó sermón debía llamarse: «Señores y amigos, la cosa es grave, y es nuestro deber acudir prontamente al remedio, auxiliando
con desinteresado consejo á la persona que tantos bienes ha traído á esta mísera tierra. Evite-
mos que las intenciones de la santa Condesa sean
defraudadas por un libertino. Si yo le hubiera
conocido cuando por primera vez llegó á San
Agustín, habríale cortado el paso de Pedralba....
¡Ah, conmigo no se juega! Pero yo estaba en la
mayor inocencia respecto á ese caballerete, y le
agasajé en mi modesta casa, y le traje aquí. En
la misma inocencia candorosa vivían ustedes,
mis buenos amigos, hasta que al fin, los tres,
por noticias fidedignas, hemos caído á un tiempo de nuestros respectivos burros. Ahora bien...

—Permítame un momento el señor cura—
dijo Amador, acordándose de una idea que debía
ser agregada á los autos.—Una palabra nada

más: lo que tiene indignado al señor Marqués,
á la familia, y á todos los títulos de Madrid, es
que, habiéndole dado á doña Catalina su legítima sin merma ni descuento... Porque han de saber ustedes que parte de la tal legítima había
sido consumida por la señora allá en tierras del
Oriente. Pues bien: el señor Marqués, por darle
gusto á don Manuel Flórez, que era un alma de
Dios, no quiso descontar los suplidos, y entregó
á su hermana el total de la herencia, ó sean cuarenta mil y pico de duros, creyendo que iba á
ser empleado en obras de la religión bendita...
¿Qué resultó? Que á los pocos días de entregarle el caudal, este pillo de Urrea le sacó un *óbolo*
de cinco mil duros... Lo que digo, la Condesa es
un ángel, y como ángel no debiera andar suel-
to. Opino yo que á los ángeles...

—Ya sabíamos lo de los cinco mil duros—dijo
don Remigio, anhelante de recobrar la palabra.

—Lo que ustedes no saben es que poco antes de
venir la señora á Pedralba, ese aventurero le
proponía una contrata para traer acá las cenizas
del Conde de Halma, encargándose él de todo
por otros cinco mil pesos.

—Es un punto terrible—indicó Amador.—
El Marqués dice, y tiene razón: «doy mis intereses para el cultivo de la fe y el fomento de la
caridad, mas no para que un perdido se ría de
Dios, de mi hermana y de mí».

—Muy bien dicho—prosiguió el cura, cogiendo la palabra con propósito de no soltarla más.—Pues yo, que por añeja costumbre dialéctica, me voy siempre derecho á las causas, y cuando veo un mal, busco el origen para atacarle en él, lo mismo que hace Láinez con las enfermedades, en este caso, advirtiendo que corren sucias las aguas, me voy al manantial, y... en efecto, allí veo... En fin, señores, que todo lo malo que advertimos en Pedralba, proviene de los vicios de origen, de la defectuosa fundación. La idea de la señora Condesa es hermosa, pero no ha sabido implantarla. La primera deficiencia que noto aquí es que no hay cabeza. Y esto no puede ser. Para que la institución marche, y se realice el santo propósito de la Condesa, es preciso que al frente del establecimiento haya un director, y para que tenga mucha autoridad, conviene que el tal director sea un eclesiástico. Declaro que no tendría yo inconveniente en desempeñar la plaza, á pesar del mucho trabajo y responsabilidad que puede traer consigo. Procuraría dar ejecución práctica y visible á las ideas, á los elevados sentimientos de caridad de la santa señora, y, modestia á un lado, creo que no me sería difícil conseguirlo... Redactaría constituciones, en las cuales derechos y deberes estuvieran muy claritos. Marcaría la raya entre lo espiritual, *prima facies*, y lo temporal, que es lo secundario... Daría denominación al instituto, estableciendo un distintivo, el cual podría ser una cruz ó varias cruces, de éste ú el otro color, que yo llevaría cosidas en mi manteo... y si no yo, quien quiera que aquí mandase con el nombre de Rector, Mampastor, ó Guardián... Pero si es mi propósito convencer á nuestra amiga de la necesidad de una dirección, no está bien, ya lo comprenden ustedes, que yo á mí mismo me proponga para ese modesto cargo. Y no es ambición, conste que no es ambición: en último caso sería sacrificio, y de los grandes; pero á esas estamos. De modo que si la señora, por inspiración divina, admite mis razones, y me designa, no tendré más remedio que bajar la cabeza, con beneplácito del señor Obispo, y mientras Su Ilustrísima no creyera conveniente disponer de mi inutilidad para una parroquia de Madrid.»

Asintieron los otros dos con monosílabos. La cara de don Remigio echaba chispas.

III

«Pues si el señor cura me promete no enfadarse—dijo Láinez después de una pausa, en la cual se aseguró bien de sus ideas,—me permitiré manifestarle que si apruebo lo de la dirección, pues sin dirección, ó llámese cabeza, no hay nada, no estoy de acuerdo con que el director sea sacerdote. Que haya un eclesiástico, ó dos, ó veinticinco, para lo pertinente al gobierno espiritual, muy santo y muy bueno. Pero, ó yo no sé lo que me pesco, ó la señora Condesa ha querido fundar un instituto higiénico, hablando más propiamente, un sanatorio médico-quirúrgico, con vistas á la religión.

—¡Hombre!

—Déjeme seguir: El socorro de la indigencia, el alivio del dolor humano, la asistencia de los enfermos, la custodia de los locos, la práctica, en fin, de las obras de misericordia, da una importancia desmedida al *elemento* médico-quirúrgico-farmacéutico. Yo soy muy práctico, reconozco la importancia del *elemento* sacerdotal en un organismo de esta clase; es más, creo que el tal *elemento* es indispensable; pero la dirección, señores, opino, respetando el parecer del señor cura, opino, entiendo yo... que debe ser encomendada á la ciencia.

—¡Hombre, por Dios, no sea usted...!

—Permítame...

—No, si no es eso. Equivoca usted los términos...

—Vaya, hombre! Yo concedo...

—¡La ciencia! Medrados estaríamos...

—Yo concedo...

—Distingamos, señores...»

Y un rato estuvieron los tres quitándose uno á otro la palabra de la boca, y tiroteándose con pedazos de expresiones.

«Yo concedo—dijo Láinez, consiguiendo al fin acabar una frase,—que la piedad, la fe sean el corazón de este organismo; pero la cabeza no puede ser más que la ciencia.

—¡Potras corvas! que alguna vez me ha de tocar á mí—gritó Amador furioso, viendo que don Remigio rompía nuevamente, y que no había manera de atajarle.—¿Digo yo, ó no digo mi parecer? Porque si ustedes se lo parlan todo, ¡caracoles! estoy aquí de más... Pues entro en el ajo como tercero en discordia, y digo que los señores *propinantes* barren para dentro, cada cual mirando por su casa y oficio, éste para la Iglesia, éste para la Facultad. Pues yo digo que ni lo *juno* ni lo *jotro*, ¡caracoles! y que la dirección debe ser administrativa, lo dicho, administrativa. Porque aquí lo primero es asegurar la olla para todos, y no se asegura la olla sino trabajando la tierra, y sabiendo después cómo se distribuye el fruto entre éstas y las otras bocas. Bueno que tengamos el *elemento* tal,... religión, bueno; el *elemento* cual;... medicina, bueno. Pero para que éstos puedan concordarse y vivir el uno enclavijado en el otro, se necesita del *elemento* primero, que es el trabajo, el orden, la cuenta y razón, la labranza de la tierra, y esto no puede hacerlo la Iglesia ni la Facultad. ¡Ah! como ustedes no le saquen su fruto á la tierra, á fuerza de machacar en ella, ¿con qué potras van á sostener la institución? ¿de dónde van á salir estas misas? En Pedralba, lo primero es poner la finca en condiciones, pues... Hoy da cuatro; debe y puede dar cuarenta, y cuando los dé, vengan pobres, y vengan tullidos, y dementes, y tiñosos, y ciegos, para sanarlos á todos. Lo demás, es andarse por las ramas, y empezar las cosas por el fin. La dirección debe ser agrícola y administrativa, y aquí no hay más pontífice del campo que *este cura*, yo mismo, y para concluir, sepan que esos son los deseos del señor Marqués de Feramor, según carta que tengo aquí y que puedo enseñarles.»

Callaron un rato el médico y el cura, como agobiados bajo la pesadumbre del último argumento presentado por Amador; pero el ingenioso don Remigio no tardó en recobrarse, y con nuevos y sutiles razonamientos, pegó la hebra en esta forma: «¡Pero mi querido Amador, si el señor Marqués no es quien ha de decidirlo! No niego yo su respetabilidad, ni su autoridad, ni sus excelentes deseos; pero hay que desengañarse, el señor Marqués no toca pito, no puede tocarlo en un asunto que es de exclusiva competencia de su señora hermana.

—Hemos convenido, amigo don Remigio—

dijo Amador,—en que la Condesa es un ángel...

—Un ángel del cielo...

—Los del cielo no sé; pero los de la tierra necesitan curador. Dejemos á la virtuosísima, á la celestial doña Catalina de Halma entregada solita á sus piedades, y á las blanduras de su corazón, y dentro de dos años tendrá la finca embargada.

—Se equivoca usted, Amador. La señora sabe cuidar de sus intereses.

—Pero la señora no labra las tierras, cree que con labrar el cielo basta, y el trigo y la cebada, ¡caracoles! y los garbanzos y las patatas, no veo yo que nazcan de nubes arriba.

—También arriba nacen, señor de Amador, y nuestro Padre celestial, que da ciento por uno, derrama sus dones sobre los que con fervor le adoran.

—Si yo no siembro, nada cogeré, por más que me pase el día y la noche engarzando rosarios y potras. Don Remigio, todo eso del misticismo eclesiástico y de la santísima fe católica, es cosa muy buena, pero hace falta trigo para vivir. Señores, pongámonos en el ajo de lo positivo. Coloquémonos *bajo el prisma* de que el primero de los dogmas sagrados es la alimentación.

—¡Hombre!...

—La alimentación he dicho, ¡caracoles! Díganme: donde no hay manutención, ¿qué hay?

—No exageremos—replicó Láinez, que un gran trecho habia permanecido silencioso.— Concediendo toda la importancia al *aspecto* administrativo, yo creo que la dirección... no nos apartemos del tema, señores, creo que la dirección no debe ser agrícola ni administrativa. Esto no es una granja.

—Yo digo que sí, una granja hospitalaria y monacal.

—No es eso.

—Y aunque lo fuera—añadió el médico,—la dirección debe correr á cargo de la ciencia, que todo lo abarca, la ciencia, señores, que...

—¡Hombre, no nos dé usted más la tabarra con su cansada ciencia! Porque francamente, si en estas cosas, nos pone usted á la religión bajo la férula de una casquivana como la ciencia, la religión tendrá que inhibirse y decir: «allá vosotros».

—No señor, porque la ciencia...

—En resumen—chilló don Remigio, algo quemado,—que usted propondrá á la señora que le nombre jefe omnímodo de Pedralba, con poder sobre el director espiritual y sobre todo bicho viviente.

—¡Oh, no vengo yo aquí á trabajar *pro domo mea!* Pero si doña Catalina de Halma se digna tomar en consideración mi dictamen, y después de establecer la dirección científica, me hace el honor de designarme para ese puesto, no rehusaré, no señor, tendré á mucha gloria el desempeñarlo.

—Pero como la señora no aceptará tal desatino, mi querido Láinez... No se enfade, no quiero ofenderle...

—Paz, señores, paz—dijo Amador notando en Láinez temblores del bigotillo pegado, y en don Remigio una vertiginosa movilidad de los ojos, las gafas, la nariz y las manos,—y ya que no nos pongamos de acuerdo, no llevemos á la señora, en vez de consejo sano y prudente, un embrollo de mil demonios.

—Está en lo cierto el amigo Amador—manifestó don Remigio recobrando su habitual placidez;—la verdad es que hemos olvidado la cuestión concreta, en la cual estamos de acuerdo, para meternos en una cuestión constituyente, que nosotros no hemos de resolver; al menos hasta ahora la ilustre dama no nos ha consultado sobre la manera de organizar el Instituto Pedralbense. ¿Estamos conformes en que debemos aconsejarle la eliminación, no digo la expulsión, la eliminación del acogido don José Antonio de Urrea?

—Sí—contestaron los otros.

—Pues no hay más que hablar. Yo tomaré la palabra en nombre de los tres.

—Convenido.

—Y si en el curso de la conferencia, apunta el otro problema, el magno problema, lo trataremos, lo discutiremos, cada cual dirá su parecer, y allá la señora Condesa que resuelva. Es sensible que sobre el punto grave de la organización no le llevemos una idea unánime. Vean ustedes: ninguno de los tres es ambicioso, y no obstante, lo parecemos. Si cada cual expresara ante la fundadora de Pedralba sus opiniones en la forma que lo hemos hecho por el camino, lejos de ilustrarla, la llenaríamos de confusiones, y turbaríamos la tranquilidad de su grande espíritu. Dejémosla, que ella sola, con la ayuda del Espíritu Santo, sin oir nuestras proposiciones radicales y un tantico interesadas, ha de llegar á la posesión de la verdad. Las dificultades que la práctica le vaya ofreciendo le han de hacer comprender, aunque el Divino Espiritu no le diga nada, la necesidad de una dirección en cabeza masculina, y el carácter que esta dirección debe tener.»

Tan acertadas y discretas razones cayeron muy bien en los oídos de los otros dos caballeros, y como ya estaban á poca distancia del castillo, pusieron punto á su conversación, y se aproximaron con semblante risueño, viendo que la misma señora Condesa salía á recibirlés afectuosa.

IV

Por la tarde, Urrea y el mayor de los Borregos estuvieron dando vuelta á la tierra con el arado en una de las piezas de sembradura próximas á la casa. Nazariu y el Borrego chico regaron los plantíos nuevos de la huerta, á mano, con cubos y regadera, y después escardaron los bancales, que con los abundantes riegos de días anteriores, habían formado costra. Silencioso y atento á su trabajo, el clérigo no hablaba con su compañero más que lo preciso. Ladislao había ido á la fuente del monte, á traer la ropa lavada por Aquilina, y los chicos, después de dar la lección con Halma, se fueron á jugar con los nietos de Cecilio en el campo frontero á la casa de abajo. En la cocina se hallaba la Condesa, de mandil al cinto, fregoteando la loza, cuando Beatriz, que arriba trajinaba, bajó á anunciarle la llegada de los tres señores á caballo. «¡Ah! no les esperaba tan pronto—dijo la dama, preparándose para recibirles decorosamente.— Vienen como en son de capítulo ó consejo. ¿No sabes á qué? Luego lo sabrás.

—Me figuro que será para que admitamos á las tres ancianas enfermas de Colmenar, que quieren venir á Pedralba. Yo creo que tendremos local, pasándome yo al cuarto de Aquilina.

—No es eso: las tres viejecitas llegarán el lunes. Las acomodaremos como se pueda, hasta que el maestro nos arregle los cuartos del Norte. Nuestros tres amigos vienen á otro asunto, muy delicado por cierto, del cual me habló anteayer don Remigio. Quiera Dios iluminarles para que conozcan cuán injusto... En fin, no puedo contártelo ahora; es cosa larga.»

Salió la señora al encuentro de los viajeros, y subieron los cuatro á la única habitación de la casa, propia para visitas, y aun para cónclaves tan solemnes como el que aquel día en Pedralba se celebraba, porque tenía dotación de sillas hasta para seis personas, y un sofá de principios de siglo con asientos de crin, que á la legua transcendía á cosa eclesiástica y capitular. Encerrados allí la Condesa y sus tres amigos, discutieron y peroraron todo lo que les dió la gana, sin que fuera de la estancia se sintiese rumor alguno, ni había tampoco por allí oreja humana que lo recogiese. Á la hora y media, más bien más que menos, salieron, y se marcharon como habían venido. Nadie supo lo que allí con tanto sigilo se había tratado, ni ninguno de los huéspedes de Pedralba, fuera de Urrea, sentía comezón de curiosidad por aquella desusada reunión. Por la noche, en el rosario y cena, notó el ex-calavera muy encendidos los ojos de su prima. Sin duda había llorado. Concluída la ce-

na, y cuando se despedían para marchar cada
cual á su dormitorio, la señora dijo á Urrea:
«Poco te ha durado el buen acomodo del cuartito de la torre: tú y el padre tendréis que iros
á la casa de abajo, porque necesitamos alojar
aqui á tres ancianitas. Se os llevarán las camas
allá. Ten paciencia, Pepe. Para eso y para todo
te recomiendo la paciencia, sin la cual nada de
provecho haríamos aquí.»

Y no dijo más, ni él se atrevió á expresar
cosa alguna, pues al intentarlo se le ponía un
nudo en la garganta. La señora, después de dar
á cada cual la orden de trabajo para el dia siguiente, se retiró. Á Beatriz le tocaba aquella
noche la función de conserjería, cerrar puertas
y ventanas, apagar fuegos y luces, cuidando
de que todos, media hora después de la cena,
entrasen en sus respectivos aposentos. Buscán-
dole las vueltas para cogerla sola, Urrea pudo
cambiar con ella algunas palabras, cuando atran-
caba la puerta del Norte, después de cerrar el
gallinero.

«Beatriz, por lo que más quieras en el mundo, dime qué han venido á tratar con mi prima
esos tres facinerosos.

—¡Jesús, yo no sé!

—Sí lo sabes. Dímelo por Dios.

—Te has olvidado de una de las principales
reglas que nos ha impuesto la señora. Aquí no

se permite contar lo que pasa, ni llevar y traer cuentos. Cada cual ocúpese en desempeñar su trabajo, sin cuidarse de lo que digan ó hagan los demás.

—Es verdad... Pero como sin duda se trata de alguna conspiración contra mí, tengo que defenderme.

—Yo no sé nada, José Antonio, no me preguntes.

—Pues dime sólo una cosa. ¿Ha llorado mi prima?

—Eso no puedo negártelo, porque bien se le conoce en los ojos.

—¿Y sabes el motivo?

—¡Oh, el motivo!... Que no puede hacer todo el bien que quiere. Su alma tiene grandes alas; pero la jaula es corta... Y no más. Silencio te digo, y retírate.»

No tuvo más remedio el pobre novicio que meterse en su aposento de la torre, donde encontró á Nazarin de rodillas frente á la imagen del Crucificado. El farolito que alumbraba la estancia estaba en el suelo: iluminadas de abajo arriba las dos figuras vivientes y el estrambótico mueblaje, resultaba todo de un aspecto sepulcral. En el profundo abatimiento de su espíritu, Urrea se creyó en un panteón. Echándose en la cama, como para tomar la postura del sueño eterno, y sin esperar á que el apóstol peregrino acabase su rezo, le dijo: «Padre, ¿se fijó usted en los ojos de mi prima?

—Sí, hijo mío—replicó el clérigo, siguiendo de hinojos, y moviendo tan sólo la cabeza para mirarle.—La señora Condesa, nuestra reina, nuestra madre, ¡ay! ha llorado mucho.

—¿Se enteró usted del conciliábulo?

—Sé que llegaron juntos esos tres señores, y estuvieron aquí largo rato. Como no me importa, ni es cosa de mi incumbencia, no tengo más que decir.

—Creo firmemente que se han reunido para expulsarme de aquí, y que obedecen á intrigas de mi primo Feramor. Me lo dice el corazón, me lo dice la tierra cuando la labro, los troncos cuando les pego con el hacha, me lo dicen los bueyes cuando les pongo el yugo. No puede haber equivocación en esto; el vivir en medio de la Naturaleza, rodeado de soledad, le hace á uno adivino.

—Si eso fuera cierto—dijo Nazarín levantándose, y acudiendo á él con ademán afectuoso,— si en efecto, por éstas ó las otras razones, se te mandara salir de Pedralba...

—Ya sé lo que usted me dirá... que me vaya, es decir, que me muera.

—Estamos aquí para la obediencia, para la resignación, para no tener voluntad propia. Ya me ves á mí: toma mi ejemplo.

—¿Pero usted no considera que lanzarme de aquí es ponerme en brazos de la muerte?

—¿Por qué? Dios velará por ti.

—¿Y á dónde voy yo, padre?

—Al mundo, á otra soledad como ésta, que encontrarás fácilmente. Búscala, que nada abunda tanto en la tierra como la soledad.

—No, no: yo, fuera de aquí, soy hombre concluído. Halma debe suponer que mi expulsión de Pedralba es mi sentencia de muerte. Dígaselo usted.

—Yo no puedo decir eso á la señora, ni nada. Asilado como tú, la regla me prohibe hablar al superior, cuando éste no me habla. Contesto á lo que me preguntan, y nada más.

—Pues se lo diré yo, le diré que desconfíe de esa gente infame...

—No hables mal, no injuries, no aborrezcas.

—¡Ah! Nazarín es un santo: yo quisiera serlo, pero la maldad antigua, la que existe allá en los sedimentos del corazón no me deja.

—Porque tú quieres. Lucha con tus malas pasiones, pídele á Dios auxilio, y vencerás. Es menos difícil de lo que parece. Si alguien te causa agravios, perdónale; si te injurian, no respondas con otras injurias; si te hieren, resístelo y calla; si te persiguen en una ciudad, huyes á otra; si te expulsan, te vas, y donde quiera que estés, arranca de tu corazón el anhelo de venganza para poner en él el amor de tus enemigos.

—Y haré todo eso, que es muy hermoso, sí, muy hermoso—dijo Urrea con ligerísima inflexión irónica;—pero antes de adoptar vida tan santa, quiero despedirme del mundo con una satisfacción: le cortaré la cabeza á don Remigio, que es el alma de este complot indigno.

—Hijo mío, parece que estás loco—díjole Nazarin, posando la palma de su mano sobre la frente ardorosa del calavera reformado.—Pero qué absurdos se te ocurren. ¡Matar!

—¿Pues no me matan á mí?

—Privarte de estar aquí no es darte la muerte.

—Me la daré yo si me arrojan.

—Bah, eres un niño; pero yo estoy al cuidado tuyo, y procuraré que no hagas mañas.

—No puedo, no podré vivir fuera de aquí... Cuando salga, ó me arrojaré con una piedra al cuello en el primer río por donde pase, ó buscaré un abismo bien negro y profundo que quiera recoger mis pobres huesos.»

Su pecho se inflaba. Una opresión fortísima en la caja toráxica le impedía expulsar todo el aire recogido por sus ávidos pulmones. Se ahogaba; le faltó la voz, y de su garganta salia un gemido angustioso. Al fin rompió á llorar como un niño.

«Llora, llora todo lo que quieras—le dijo el curita manchego sentándose á su lado.—Eso es bueno. Las penas de la infancia, con el lloro quedan reducidas á nada.

—¡Ah, bendito Nazarín—exclamó Urrea entre sollozos, estrechándole la mano,—soy muy desgraciado! Reconozca usted que no hay infortunio como el mío.

—Pues hijo, de poco te quejas. Tú eras malo, muy malo, tú mismo me lo has dicho. La señora Condesa quiso corregirte, y lo ha conseguido hasta un punto del cual no ha podido pasar. Pero luego viene Dios á completar la obra, te coge por su cuenta, y te manda adversidades y amarguras para que con ellas puedas alcanzar tu completa reforma. Bendice la mano que te hiere, resígnate, anúlate, y sentirás en tu alma un grande alivio.

—No podré... no podré...—replicó José Antonio, afectado de una gran inquietud nerviosa.—Usted, como santo, ve todo eso muy fácil... y naturalmente, por ser usted así, dicen que está loco... No lo está, yo sé que no lo está... pero por eso lo dicen, por no ser usted humano como yo... Fórmeme á su imagen y semejanza, hágame divino, y entonces... ¡ah! entonces yo también perdonaré las injurias, y bendeciré la mano negra de don Remigio que me hiere, y la boca sucia de Láinez que me escupe.»

Y como si le pincharan, saltó del lecho, gritando: «No puedo, no puedo estar en ese potro... Necesito salir, respirar el aire, ver las estrellas...

—Salir al campo es imposible: la regla no lo consiente, y además, la puerta está cerrada.

—Pues yo quiero salir, correr... ver el cielo.

—Abriendo la ventana lo verás. Ven: ahí lo tienes. ¡Cuán hermoso esta noche!»

Ambos contemplaron un instante el estrellado firmamento, y ante la inmensidad muda, indiferente á nuestras desdichas, Urrea sintió crecer su inmensa pena. Retirándose de la ventana, dijo suspirando: «Padre Nazarín, si usted me quiere, hable de esto con mi prima.

—Yo no puedo hablar de esto ni de nada. ¿Qué soy yo aquí? Nadie, un triste acogido. Ni tengo autoridad, ni voz, ni opinión, y sólo en caso de que la señora me preguntara, le manifestaría mi humilde parecer. Calificado de demente, me han puesto en esta santa casa al amparo de la sublime caridad de la Condesa de Halma. Figúrate tú si es posible que ésta pida consejo á un hombre cuya razón se cree perturbada, y si yo á dárselo me atreviera, figúrate el caso que haría de mí.

—Catalina, como yo, no cree que nuestro querido Nazarín padezca de enajenación. Esas son vulgaridades en que un espíritu superior

como el suyo no puede incurrir. Sabe que usted
posee la verdad divina, y que su voz es la voz
de Dios...

—No digas desatinos, Pepe. Confórmate con
lo que el Señor disponga de ti. No luches contra su poder... entrégate.»

Urrea se arrojó en una silla, abatiendo sus
brazos como un hombre rendido de luchar.

«Aunque usted todo lo sabe y todo lo penetra—dijo después de una larga pausa,—yo necesito confiarle cuanto hay dentro de mí. Más
que por deber, lo hago por necesidad, porque
el corazón no me cabe en el pecho, porque me
ahogo si no le cuento á alguien mi pena, la causa de mi pena, y la imposibilidad del remedio
de mi pena.

—Pues sentémonos aqui, y cuéntame todo lo
que quieras, que si no tienes sueño, yo tampoco, y así pasaremos la noche.»

Tanto y tanto habló Urrea que, al concluir,
ya palidecían las estrellas, y se difundía por el
cielo la purisima luz del alba.

V

A las nueve de la mañana, Halma y Beatriz,
en un cuarto de los altos, daban las últimas
puntadas en las sábanas y colchas para las camas de las viejas que pronto entrarían en la co-

munidad de Pedralba. Con tiempo por delante, trabajo entre las manos, y sin testigo que las cohibiese, hablaron largamente. «Con que ya ves—decía la Condesa,—cuando yo pensaba que en esta soledad no vendrían á turbarnos las pasiones que hemos dejado allá, resulta que la sociedad por todas partes se filtra; cuando creíamos estar solas con Dios y nuestra conciencia, viene también el mundo, vienen también los intereses mundanos á decir: «Aquí estoy, aquí estamos. Si te vas al desierto, al desierto te seguiremos.»

—¡Vaya, que es tecla la de esos señores!—replicó Beatriz.—¿Qué daño les hace el pobrecito José Antonio?

—Este tumulto ha sido movido por mi hermano y otras personas de la familia, que no ven nunca más que el lado malicioso y grosero de las cosas humanas. Las almas tienen ojos: las hay ciegas, las hay miopes, las hay enfermas de la vista... En casa de mi hermano se reune gente frívola y vana. Yo les perdono las mil ridiculeces que han dicho de mí; creí que nunca más tendría que pensar en tales malicias ni aun para perdonarlas. A mis hermanos les compadezco por ignorar que no siempre prevalece en las almas la maldad, y que una conciencia dañada puede purificarse. No creen; hablan mucho de Dios, admiran sus obras en la Naturaleza, pero no saben admirarlas ni entenderlas en la conciencia humana. No son malos, pero tampoco son buenos; viven en ese nivel medio moral á que se debe toda la vulgaridad y toda la insulsez de la sociedad presente. A tales personas, hazles comprender que nuestro pobre José Antonio se ha corregido, que no es aquel hombre, sino otro. Semejante prodigio no entra en aquellas cabezas atiborradas de política, de falsa piedad y de una moral compuesta y bonita para uso de las familias elegantes.»

Antes de referir lo que dijo Beatriz, conviene manifestar que, habiéndole ordenado una y otra vez la Condesa que la tutease, hizo los imposibles por complacerla, sin poder conseguirlo más que á medias. La obediencia y el respeto en su lengua se tropezaban, dando lugar á fenómenos rarísimos. Cuando estaban las dos en la cocina ó lavando ropa, y surgía conversación sobre cualquier asunto doméstico, la mujer de pueblo llamaba de tú sin gran esfuerzo á la señora. Pero cuando se hallaban en el piso alto de la casa, y recaía la conversación en cualquier punto que no fuera del trajín diario, se le resistía el empleo de la forma familiar, vamos, que con toda la voluntad del mundo, no podía, Señor, no podía.

«¡Y por esas cosas perversas que piensan los de Madrid—dijo Beatriz,—tendrá la señora que arrojar de aquí á su primo! ¡Lástima grande, porque el pobrecito cumple bien, y es tan gustoso de esta vida del campo!

—¡Arrojarle! Nunca he pensado en ello. Sería una crueldad. Le defenderé mientras pueda, y creo que antes se cansarán ellos de atacarle que yo de defenderle. Pero presumo, mi querida Beatriz, que este negocio de mi primo ha de ocasionarme algún trastorno en mi pobre ínsula, si esos señores insisten en señalarle como un peligro para mi y para Pedralba. Yo desprecio la opinión aviesa y calumniosa; pero tal podrá llegar á ser la que se ha formado en Madrid contra mí por haber admitido aquí al pobre Pepe, que no habrá más remedio que tenerla en cuenta. Podrían sobrevenir sucesos que dieran al traste con nuestro humilde reino, porque las autoridades eclesiásticas me retirarán su protección, dejándome sola, la autoridad civil me mirará también con malos ojos, y ¡adiós Pedralba, adiós nuestra dichosa soledad, adiós nuestros días serenos consagrados á Dios y á los pobres!

—Eso no puede ser—dijo Beatriz muy convencida.—El Señor no lo consentirá.

—El Señor lo consentirá por darme un sufrimiento más, y acabar de probarme. El Señor, que me afligió, cuando á bien lo tuvo, con tantas desdichas, ahora me envía la mayor y más dolorosa, mi honra puesta en duda, Beatriz, y...

—¡*Tu* honra!—exclamó Beatriz irguiéndose altanera, y por primera vez empleó el *tu* en un asunto grave.—No, yo digo que eso no puede ser, y si la honra de la mujer más santa que existe en el mundo no brilla como el sol, digo que el Infierno se ha desatado sobre la tierra.

—Calma, calma. El Infierno está donde estaba, las gentes mentirosas y frívolas hacen hoy lo que han hecho siempre, y mi conciencia, traspasada de parte á parte por la mirada de Dios, resplandece gozosa delante de todos los infiernos y de todas las maldades habidas y por haber. Esto digo yo.

—¡Y yo—exclamó Beatriz, presa de una súbita exaltación, levantándose,—digo que *tú* eres una santa, y que yo te adoro!»

Cayó á sus pies, como cuerpo muerto, y se los besó una y otra vez.

«Levántate... déjame... no me gustan esos extremos—dijo Halma.—Óyeme con tranquilidad.

—No puedo, no puedo... ¡La idea de que ultrajan á mi reina y señora me enloquece!

—Ten calma y paciencia. ¿Qué te importa á ti ni á mí que me ultrajen? ¿No nos desagravia Dios al instante, dándonos la alegría del padecer, esa felicidad que ellos no conocen?... Déjame seguir, y que acabe de explicarte la causa de lo turbada que estoy.

—Ya escucho—dijo Beatriz sentándose, pero **sin atender á la costura**.

—Pues reducido el caso de José Antonio á cuestión pura de conciencia, nada temo. Soy inocente, él también, y Dios lo sabe. Desprecio los juicios de la frivolidad humana, y sigo impávida mi camino. Pero como no somos libres, como dependemos de una autoridad, de varias autoridades, si retengo á mi primo en Pedralba, corre peligro nuestra pobre ínsula religiosa, esta ciudad, ó más bien aldea de Dios que tanto trabajo me ha costado fundar. Aquí tienes el horroroso conflicto en que me veo. Si Dios no se digna iluminarme, no sé cómo he de resolverlo... Es triste, tristísimo, que para no aparecer como rebelde á la autoridad eclesiástica, tenga que dar el golpe de gracia á un inocente, y apartarlo de esta bendita vida... Nunca será justo ni caritativo que le expulse; pero ¡ay! habré de exponerle la situación y suplicarle que **nos deje.»**

Callaron ambas, volvieron á funcionar las agujas, y los picotazos de éstas y los suspiros de las dos costureras parecían continuar el triste diálogo. Metida en sí misma, la Condesa prosiguió razonando así: «Es triste cosa que no se encuentre la paz ni aun en el desierto. Yo ambicionaba crearme una pequeña sociedad mía, consagrada conmigo al servicio de Dios; yo deseaba decirle á la sociedad grande: «No te quiero, abomino de ti, y me voy á formar, con cuatro piedras y una docena de personas, mi pueblo ideal, con mis leyes y mis usos, todo con independencia de ti...» Pero no puede ser. El organismo total es tan poderoso, que no hay manera de sustraerse á él. La Iglesia, contra la cual no tendré nunca acción ni pensamiento, no me deja mover sin su permiso en este humilde rincón, donde me encierro con mi piedad y el amor de mis semejantes. Para conservarme en la compañía de mis hermanos, de mis hijos, tengo que transigir con las rutinas de fuera, venidas de allá, del enemigo, del mundo. Huyo de él y me acosa, me sigue á mi Tebaida, diciéndome: «Ni en lo más hondo de la tierra te librarás de mí.» ¡Dios me dé luces para librarme de ti, sociedad grande! ¡Déme paciencia para sufrirte, si no consiente mi emancipación!»

Una hora más tarde, hallándose la señora en la cocina, proseguía su monólogo, y recobraba lentamente el admirable reposo de su espíritu. «Vaya, que es para tomarlo á risa. Yo creí que mi ínsula, oculta entre estas breñas, viviría pobre y obscura, ni envidiosa ni envidiada. Y ahora resulta que la cercan y la acosan las ambiciones humanas. ¡Pobre ínsula, tan sola, tan retirada, y ya te salen por todas partes Sanchos que quieren ser tus gobernadores! La Iglesia me

pide la dirección de esta humilde comunidad; la
Ciencia, no queriendo ser menos, también pretende colarse, y por último, solicita dirigirnos
y gobernarnos... la Administración. ¿Y qué haré
yo ante tan apremiantes intrusos? El Señor me
dirá lo que tengo que hacer, el Señor no ha de
dejarme indefensa y vacilante en medio de este
conflicto. ¡Obediencia, independencia!... ¡Oh,
entre vosotras dos, dígame el Señor cómo he de
componerme.»

Antes de comer, Beatriz, que en toda la tem-
porada de Madrid, y en los días de Pedralba, no
habia tenido ni ataques leves de su constitutivo
mal espasmódico, creyéndose por tan largo reposo completamente curada, sintió amagos aquel
día, sin duda por las emociones violentas de su
diálogo con la señora. Procuró ésta tranquili-
zarla, asegurándole que con la ayuda de Dios
todo se arreglaría: para que se distrajera, y
amansara con un saludable ejercicio los desatados nervios, la mandó á llevar la comida de
Urrea y Nazarin al monte, donde ambos trabajaban. Aquilina, que era la designada para esta
comisión, se quedó en Pedralba, y Beatriz, con
su cesta á la cabeza, se puso en camino gustosa
de tomar el aire y divagar por el campo.

Por la tarde llegó don Remigio de paseo, el
cual se mostró con la señora Condesa más amable que nunca, dándole palmaditas en el hom-

bro, diciéndole que no se apurase por lo que los tres amigos y vecinos le habían manifestado el día anterior; que no procediera con precipitación en el asunto de José Antonio, ni se disgustase por tener que darle la licencia absoluta, pues él, don Remigio, con toda cautela y habilidad, convidándole para una cacería en Torrelaguna, ó pesca en el Jarama, le convencería de la necesidad de presentar su dimisión de asilado pedralbense... Y así se conciliaba todo, evitando á la señora la pena de despedirle... Y tomando resueltamente el tono festivo, dejóse caer en el otro asunto. ¡Oh! lo de la dirección médico-farmacéutica propuesta por Láinez era una graciosísima necedad... ¿Pues y lo de la dirección aratoria y oficinesca, producto del caletre de don Pascual Amador? Ya supuso él que la señora Condesa se desternillaría de risa, en su fuero interno, oyendo tales despropósitos. La dirección religiosa, sobre la base de una perfecta concordancia de ideas y sentimientos entre el Rector y la fundadora, se caía de su peso, y con tal organismo, no era difícil llevar á Pedralba por caminos gloriosos.

Oyóle Halma con benevolencia, sin soltar prenda en asunto tan delicado, y hablaron luego de los trabajos de instalación, de lo que aún no se había hecho, y de lo que se haría pronto para completar y redondear el pensamiento.

Todo lo encontró don Remigio acertadísimo, admirable, superior. Y como la conversación recayese en Nazarín, se acordó de que había recibido una carta para él. «Aquí está—dijo poniéndola en manos de la señora.—Aunque usted y yo estamos autorizados para leerla, se la entrego sin abrir. Trae el sello de Alcalá, y debe de ser de los infelices Ándara y Tinoco (el *Sacrílego*), que ya están purgando sus delitos en aquel penal. Le llaman sin duda, ¡pobrecillos!, y si de mí dependiera, le permitiría que fuese y les consolara, dando vigor y salud á sus desdichadas almas. Pero temo que me venga una ronca del Superior, si ese viaje le consiento, aunque sólo sea por pocos días. Piénselo usted, no obstante, y si la señora Condesa toma la iniciativa, y acepta la responsabilidad...»

Negóse la dama á resolver sobre aquel punto, y ya que hablaban de Nazarín, ambos le colmaron de elogios. «Es tan humilde—dijo don Remigio,—y su comportamiento tan ejemplar, su obediencia tan absoluta, que si de mí dependiera, no tendría inconveniente en darle de alta. ¿Ha notado usted, en el tiempo que aquí lleva, algo por donde se confirme y corrobore la opinión de demente?

—Nada, señor don Remigio. Sus actos todos, su lenguaje, son de una cordura perfecta.

—¿Ni siquiera un rasgo ligero de trastorno,

algo que indique por lo menos irregularidad en
la ideación...?

—Absolutamente nada.

—Es particular. Vive como un santo; no ocasiona el menor disgusto, discurre bien cuando
se le incita á discurrir, calla cuando debe callar,
obedece siempre, trabaja sin descanso, y no obstante... no sé, no sé... Láinez dice que su inteligencia se aplana poco á poco.

—No lo creo yo así.

—La Facultad sabrá lo que afirma. Si ese síntoma crece, llegará á un estado de imbecilidad...
Lo dice Láinez... ¿Ha notado usted indicios de
aplanamiento cerebral?

—Ninguno.

—¿Dificultad en coordinar las ideas, lentitud
para expresarlas?...

—No señor...

—¿Habla usted con él á menudo?

—Muy poco.

—Pues conviene tantear esa inteligencia, pre-
sentándole temas difíciles por vía de ejercicio.
Así se verá si hay vigor ó flaqueza en sus facultades. Yo empleé este procedimiento no ha
mucho con un primo mío, que dió en padecer
disturbios de la mente, y el resultado fué desastroso.

—Pues en este caso, me figuro que será lison-
jero. Haga usted la prueba.

—Que si, que sí. Mándemele allá mañana.

—Irá; pero... Si usted me lo permite...—dijo la de Halma, súbitamente asaltada de una idea.

—¿Qué?

—Antes de mandarle allá, haré yo un pequeño examen.

—Corriente. Y luego me toca á mí, que he de ser duro, examinador implacable. Mire usted: le propondré, para que me los desarrolle, los puntos más difíciles de las *Summas* y de las...

—¡Pobrecillo! No tanto...

—Como no es más que una prueba, pronto se conoce si su inteligencia declina.

—Y aunque declinase un poco, por causa de la edad, de los disgustos, su razón puede conservarse sin ningún extravío, y siendo así, debiera el Superior devolverle las licencias.

—Lo veremos. No digo que no... Señora mía, adiós.

—Don Remigio, muchas gracias por todo. ¿No quiere tomar nada?

—¡Oh, gracias! Fuera de mis horas, ya sabe que no...

—¿Ni chocolate?

—¡Oh! ¡golosinas de viejos! Señora, somos de la hornada moderna, de la Facultad de Derecho... Adiós, que es tarde. Descansar.

—Hasta cuando usted quiera, señor cura.»

VI

Rezaron, cenaron. Al dar la señora la orden para los trabajos del día siguiente, dijo al buen don Nazario: «Padre, mañana no va usted al monte, ni al prado, ni á la huerta, ni quiero que ande moviendo piedras, ni cortando troncos.

—¿Pues qué haré, señora?

—Mañana descansa el cuerpo, y trabajará usted con la inteligencia.

—¿Tengo que ir á San Agustín?

—No señor. ¡Buena le espera allá con las *Summas...!*

—Entonces...

—De nueve á diez, á la hora en que concluyo mis tareas de la mañana, le espero á usted arriba, en el cuarto de la costura, que es por ahora nuestra sala capitular.

—Está bien.»

Amaneció Dios, y Nazarín, despachada la obligación de sus oraciones matutinas, se limpió y acicaló muy bien, vistiéndose con las ropas de cura que le había dado don Remigio. Decía él, distinguiendo cuerdamente entre cosas y cosas, que si en medio del pueblo, y haciendo vida errante, no se cuidaba para nada de la prestancia personal, al presentarse en el aposento de una tan principal y santa señora, llamado expresamente por ella, debía revestirse de la forma más decorosa, sin salir de su habitual sencillez. A las nueve y media en punto, ya se hallaba en el lugar de la cita. Díjole su discípula que se esperase, pues la señora no tardaría en subir, y á los pocos minutos entró doña Catalina. Ésta, con gran sorpresa de Beatriz, ordenó á ésta que se quedara. Sentáronse los tres. Pausa, y alguna tosecilla. Rompió Halma el silencio diciendo:

«Padre Nazarín, le llamo para que me dé su opinión sobre cosas muy graves que ocurren... no, que amenazan á nuestra pobre Pedralba. Apenas hemos nacido, y ya parece que estamos amenazados de muerte. No encuentro la solución de este conflicto en que me veo; mi inteligencia es muy corta; necesita ayuda, luces de otras inteligencias más claras que la mía. Me hace falta el consejo de usted.

—Honor inmenso es para mí, señora Condesa —replicó el peregrino con voz grave, permaneciendo en una inmovilidad de estatua.—Yo estimo su confianza, y corresponderé á ella diciéndole lo que tenga por acertado, justo y bueno, conforme á la santa ley de Dios. En este caso, como en todos, de mis labios no sale más que la verdad, la verdad, tal como en mí la siento.

—¿Adivina usted sobre qué quiero consultarle?

—Sí señora. No es adivinación. He oído algo.

—Un conflicto tremendo.

—Para mí no lo es.»

Tanta seguridad desconcertó á la señora, y francamente, también hubo de inquietarla un poco el que Nazarín, al verse consultado por ella, no rompiese con un exordio de modestia, llamándose indigno, y protestando, como es de rigor en casos tales, de su incapacidad, etc...

«¿Que no es un conflicto tremendo?

—Digo que no lo tengo yo por tal.

—Y hace dos días que pido en vano al Señor y á la Virgen Santísima que me iluminen para resolverlo.

—Y la han iluminado á usted—dijo don Nazario, con un aplomo que desconcertó más á la Condesa.—Y le han dicho: «En tu conciencia, en tu corazón, tienes la clave de esto que llamas conflicto y no lo es.» ¡Si está resuelto! ¡Si es claro como la luz! Perdóneme usted, señora, si le hablo con una firmeza que podrá creer arrogante y hasta irrespetuosa. Es que cuando creo poseer la verdad en asunto grande ó chico, no puedo menos de decirla, para que la oiga y se entere bien aquel que de ella necesita. Si usted no ha visto aún esa verdad, conviene que yo se la ponga delante de los ojos. Ahí va: ¡Expulsar á José Antonio! Nunca. ¡Suplicarle que se retire! Tampoco. Es una crueldad, una flaqueza, un pecado de barbarie casi homicida, que Dios castigará, descargando sobre Pedralba su mano justiciera.

—Si yo no quiero que salga, no, no—dijo Catalina, desconcertada ante la energía que no esperaba sin duda en hombre tan manso.

—Que no salga, no—repitió en voz queda la nazarista, que sentada en una silla baja al otro extremo de la estancia, oía y callaba.

—Bueno: pues no sale—prosiguió Halma.— Verdaderamente, sería injusto. El infeliz se porta bien, es otro hombre. Pero sigo viendo mi conflicto, señor don Nazario, porque al retener á José Antonio, contrarío los deseos de personas respetabilísimas, cuyo enojo podría ser funesto á Pedralba. La benevolencia de esas personas, que casi casi son instituciones para mí, nos es necesaria. Veo difícil que podamos vivir teniéndolas en contra.

—La señora puede llevar adelante su empresa caritativa con respecto á nuestro buen Urrea, sin que las personas que considera como instituciones, tengan que intervenir para nada en los asuntos de Pedralba.

—¿Pero cómo puede ser eso?

—No hay nada más sencillo, y es muy extraño que usted no lo vea.

—Lo que extraño mucho—dijo Halma, inquieta y nerviosa,—es el desahogo con que me niega la existencia del conflicto, sin añadir razones para que yo vea fácil y hacedero lo que hoy tengo por difícil, si no imposible. Espero de usted luces más claras para convencerme de que el consejo que me da no es una vana fórmula. ¿Cree usted que puedo indisponerme con don Remigio?

—No señora: don Remigio es nuestro inmediato jefe espiritual, y le debemos acatamiento y sumisión. No diré yo palabra ofensiva contra él, le respeto mucho; estoy bajo su autoridad, que es paternal y dulce. Los demás me importan menos... pero, en fin, á todos les respeto, y cuando he dicho que el conflicto se resolvería fácilmente, no he querido decir que para ello tuviera la señora que malquistarse con tan dignas personas. Al contrario, puede seguir con ellas en relaciones cordialísimas.

—Don Nazario—dijo la Condesa, no ya nerviosa, sino sofocada, levantándose,—yo no le entiendo á usted.»

Parecía natural que al ver en la gobernadora de Pedralba aquel movimiento de impaciencia, Nazarín se aturrullara, y pidiera perdón, dando por terminado el consejo. Levantóse también respetuoso, y con muchísima flema, y tocando suavemente el hombro de la Condesa, le dijo: «Tenga usted calma. No hemos concluído.»

Pausa. Sentados ambos de nuevo, sonaron

otra vez las tosecillas, y Nazarín prosiguió en esta forma: «Estoy seguro, segurísimo de que ha de entenderme pronto. Usted dice para sí: «¿Pero éste es el hombre que andaba por los caminos, errante, descalzo, viviendo de limosna, practicando la ley de pobreza dada por Jesucristo? ¿Y es el mismo que ahora se llega á mí, y con dureza me habla, y me dice *siéntate*, como se le diría á un chiquillo de nuestra escuela?...» Pues soy el mismo, señora. De limosna viví, de limosna vivo. Soy como los pájaros que libres cantan, y enjaulados también... El medio en que se vive... y se canta... algo ha de significar. Antes cantaba yo para los pobres, y era como ellos, pobre y humilde; ahora canto para los ricos, y he de hacerlo en tonos diferentes. Pero en este caso, como en el otro, teniendo que decir una verdad que creo útil á las almas, no están de más las formas austeras. Lo mismo hacía entonces: que lo diga ésa. Cierto que usted es persona grande y de notoria virtud; pero como ahora se halla en el caso de tomar resoluciones graves, yo, su consejero en este momento, tengo que revestirme de autoridad, de la misma autoridad que hube de emplear ante la pobre mujer ignorante y pecadora.

—Me trata usted, pues—dijo la Condesa, en el colmo de la confusión,—como á pecadora...

—Ya sé que no; ya sé que es usted persona

virtuosísima; pero podría dejar de serlo, si con tiempo no determinara variar de ideas sobre puntos muy fundamentales. Necesita usted modificar radicalmente su sistema de practicar la caridad, y su sistema de vida. Si así no lo hiciere, podría perder el reposo, y con el reposo... hasta la misma virtud.

—No le entiendo á usted, no sé lo que quiere decirme—replicó Halma, no ya inquieta, sino acongojada por los estupendos y no esperados conceptos que el mendigo errante se permitía expresar.—Quiere decir tal vez que no he sabido dar á mis proyectos de vida cristiana la forma más aceptable.

—No señora, no ha sabido usted.

—¿Lo dice de veras?

—Como digo que desde hace bastante tiempo la señora vive en una equivocación lastimosa... pero desde hace mucho tiempo. No vaya á creer que me duele pronunciar ante usted la verdad de lo que siento. Al contrario, señora, gozo en manifestarla, y la manifestaría aunque viera que usted no la oía con gusto.

—Le aseguro á usted que, en verdad... no me sabe muy bien lo que me dice... Según eso, el camino que emprendo no es el mejor...

—Es buen camino, y por él se puede llegar á la perfección. Pero usted no llegará, no señora.

—¿Por qué?

—Porque no... porque su camino es otro... y
ahí está la equivocación. Y yo llego á tiempo
para decirle: «Señora Condesa, su camino de usted no es ése, sino aquél.»

VII

Perpleja y aturdida oyó Catalina estas palabras, que á su parecer, en las impresiones de
aquel instante, desentonaban horriblemente.
Creyó escuchar una voz de muy lejos,venida, y
Nazarín se desfiguraba en su imaginación, inspirándole miedo. Presumiendo que aún le faltaban por decir cosas más desentonadas y pere-
grinas, se arrepentía de haberle pedido consejo,
y deseaba terminar el capítulo lo más pronto
posible. Beatriz, inquieta, no apartaba los ojos
de la señora, cuyo azoramiento leía en su ex-
presivo semblante, y no pudiendo dudar de la
inteligencia y sinceridad del maestro, esperaba
que éste explanara sus verdades, para que la
ilustre fundadora desarrugase el ceño.

«El camino de la señora Condesa no es éste,
sino aquél—repitió Nazarín,—y ahora verá qué
pronto se lo hago comprender. Lo primero: la
idea de dar á Pedralba una organización pública, semejante á la de los institutos religiosos y
caritativos que hoy existen, es un grandísimo
disparate.

—Entonces, ¿qué organización debí dar...?

—Ninguna.

—¡Ninguna! ¿De modo que, según usted, el mejor sistema...?

—Es la negación de todo sistema, en el caso concreto de Pedralba, y de usted.

—¿Y cómo ha de entenderse esa organización... negativa?

—De una manera muy sencilla, y que no es la desorganización ni mucho menos. Lo mismo que usted intenta hacer aquí en servicio de Dios y de la humanidad desvalida, puede hacerlo, y lo hará mejor, estableciéndose en una forma de absoluta libertad, de modo que ni la Iglesia, ni el Estado, ni la familia de Feramor, puedan intervenir en sus asuntos, ni pedirle cuentas de sus acciones.

—Pues si usted me da la clave de esa organización desorganizada y libre—dijo la Condesa irónicamente,—le declararé la primera inteligencia del mundo.

—No soy la primera inteligencia del mundo; pero Dios quiere que en esta ocasión pueda yo manifestar verdades que avasallen y cautiven su grande entendimiento, permitiéndole realizar los fines que se propone. No ha comprendido usted el concepto de libertad que me permití expresarle. Harto sabemos que toda libertad trae aparejada una esclavitud. Ahora es usted esclava de la sociedad. Emancipándose de ésta, cambiará la forma de su libertad y también la de su cadena...

—Señor Nazarín—dijo Halma levantándose segunda vez,—ó usted se burla de mí, ó...

—Déjeme seguir. Tenga paciencia. Hágame el favor de sentarse y de oírme lo que aún me resta por decirle. Después, usted sigue mi consejo, ó lo desecha, según su albedrío. ¿En qué estaba usted pensando al constituir en Pedralba un organismo semejante á los organismos sociales que vemos por ahí, desvencijados, máquinas gastadas y viejas que no funcionan bien? ¿Á qué conduce eso de que su ínsula sea, no la ínsula de usted, sino una provincia de la ínsula total? Desde el momento en que la señora se pone de acuerdo con las autoridades civil y eclesiástica para la admisión de éstos ó los otros desvalidos, da derecho á las tales autoridades para que intervengan, vigilen y pretendan gobernar aquí como en todas partes. En cuanto usted se mueve, viene la Iglesia, y dice: «¡alto!», y viene el intruso Estado, y dice: «¡alto!» Una y otro quieren inspeccionar. La tutela le quitará á usted toda iniciativa. ¡Cuánto más sencillo y más práctico, señora de mi alma, es que no funde cosa alguna, que prescinda de toda constitución y reglamentos, y se constituya en familia, nada más que en familia, en señora y reina de su casa particular! Dentro de las fronteras de su casa libre, podrá usted amparar á los pobres que quiera, sentarles á su mesa, y proceder como le inspiren su espíritu de caridad y su amor del bien.»

La Condesa, al fin, callaba, y oia con profunda atención.

«Y dicha esta verdad—prosiguió Nazarin,—voy á expresar otra, pues no es una sola la que ha de guiar á usted por el buen camino: son dos, ó quizá tres, y puesto yo á decirlas, no he de pararme en barras, ni inquietarme porque usted se incomode ó no se incomode. Aunque supiera yo que sería despedido de su ínsula, donde estoy muy á gusto, yo no había de callarme las verdades que aún restan por decir. Vamos allá. La señora Condesa es joven, y en su vida relativamente corta, ha padecido más que otros en una vida larga; en breve tiempo soportó, sí, grandes tribulaciones y trabajos. Vió su juventud marchita tempranamente por las desavenencias con su familia; vió morir en lejanas tierras al esposo que adoraba; sufrió después contratiempos, desvíos, amarguras... Su alma, hastiada de las cosas terrenas, volvióse á Dios; aspiró á ser suya por entero, entendió que debía consagrar el resto de sus días á la mortificación, al ascetismo, á la caridad... Perfectamente. Todo esto es muy bueno, y yo alabo esas aspiraciones, que demuestran la grandeza de su espíritu. Pero he de decirle sin rebozo que en ellas veo un error grave, señora, porque la santidad con que viene soñando desde que perdió á su esposo, no ha de alcanzarla usted por esos medios. El ardor de vida mística no lo tiene usted más que en su imaginación, y esto no basta, señora Condesa, porque sería usted una mística soñadora ó imaginativa, no una santa como pretende, y como todos queremos que sea.»

Halma quiso decir algo, pero no pudo: se le trababa la lengua.

«Llegará día, si no toma la señora otro rumbo, en que todo ese misticismo se le convierta en un nido de pasiones, que podrían ser buenas, y también podrían ser malas. Déjese de aspirar á la santidad por ese camino, y apresúrese á seguir el que voy á proponerle. ¿Quién le aconsejó á usted que renunciase á todo afecto mundano, y que se consagrara al afecto ideal, al afecto puro de las cosas divinas? Sin duda fué el benditísimo don Manuel Flórez, hombre muy bueno, pero que vivía en las rutinas, y andaba siempre por los caminos trillados. El vértigo social, en medio del cual vivió siempre nuestro simpático don Manuel, no le permitía ver bien las complexiones humanas, ni la fisonomía peculiar de cada alma, ni los caracteres, ni los temperamentos. Yo he tenido la suerte de verlo

más claro, aunque tarde, á tiempo, sin duda
porque el Señor me iluminó para que sacara á
usted del pantano en que se ha metido. No, la
vida ascética, solitaria, consagrada á la meditación y á la abstinencia no es para usted. La señora de Pedralba necesita actividad, quehaceres,
trabajo, movimiento, afectos, vida humana, en
fin, y en ella puede llegar, si no á la perfección,
porque la perfección nos está vedada, á una suma tal de méritos y virtudes, que no haya en
la tierra quien la supere, y sea usted el recreo
del Dios que la ha criado.»

Doña Catalina, sofocada, echaba fuego de sus
mejillas.

«Nada conseguirá usted por lo espiritual
puro; todo lo tendrá usted por lo humano. Y
no hay que despreciar lo humano, señora mía,
porque despreciaríamos la obra de Dios, que si
ha hecho nuestros corazones, también es autor
de nuestros nervios y nuestra sangre. Se lo dice
á usted un hombre que no conoce ni la adulación ni el miedo. Nada soy, y si alguna vez no
fuera órgano de la verdad, de poco valdría mí
existencia. A los pobres les digo que sufran y
esperen, á los ricos que amparen al pobre, á los
malos que vuelvan á Dios por la vía del arre-
pentimiento, á los buenos que vivan santamen-
te, dentro de las leyes divinas y humanas. Y á
usted que es buena, y noble, y virtuosa, le digo

que no busque la perfección en el espiritualismo solitario, porque no la encontrará, que su
vida necesita del apoyo de otra vida para no
tambalearse, para andar siempre bien derecha.»

Catalina de Halma, al oir aquello del *apoyo*
de otra vida, sintió que se le erizaba el cabello.
Nazarín se levantó; ella también, los ojos espan-
tados, el rostro encendido. «Lo que usted quiere
decirme—murmuró contrayendo los dedos, cual
si quisiera hacer de ellos afilada garra,—lo que
usted me propone es... ¡que me case!

—Sí señora, eso mismo: que se case usted.»

Lanzó la Condesa un grito gutural, y llevándose la mano al corazón, como para contener un estallido, cayó al suelo atacada de fieras
convulsiones.

VIII

Corrió ·Beatriz en su auxilio, la cogió en
brazos. Nazarin la miraba impasible. En su des-
mayo, entre frases ininteligibles, doña Catalina
pronunció con claridad la siguiente: «Está loco,
y quiere volverme loca á mí.»

Salió Nazarín de la sala capitular, donde
Beatriz, con el auxilio de Aquilina que acudió
prontamente, trataba de volver á su normal estado á la ilustre señora. Bastó con desabrochar-
le el justillo y mojarle las sienes con agua fría,

para que Halma se restableciera, y quedándose sola otra vez con la nazarista, pasó más de un cuarto de hora sin que ninguna de las dos dijese palabra, ni en pro ni en contra del singularísimo consejo del apóstol mendigo.

Catalina, poseída de una intensa languidez, fué la que primero rompió el grave silencio, con esta pregunta: «Y cuando yo perdí el sentido, ¿no dijo algo más?

—No señora. Nada más.

—¿No dijo la tercera verdad... que debo casarme con José Antonio?

—No le oí tal cosa.»

Quedóse Halma como aletargada en el sofá, y cuando Beatriz la creía dormida, he aquí que se incorpora la dama, muy nerviosa, y con gran inquietud de lengua y manos, atropelladamente dice:

«Beatriz, ese hombre es el santo, ese hombre es el justo, el misionero de la verdad, el emisario del Verbo Divino. Su voz me trae la voluntad de Dios, y ante ella me prosterno. Esa idea de que yo me case, me andaba rondando el alma, sin atreverse á entrar en ella, porque yo la tenía ocupada por mil artificios de mi vanidad de santa imaginativa, y de mística visionaria... Me ha dicho la gran verdad, que ha tardado en posesionarse de mi espíritu, entontecido con las ideas rutinarias que estoy metiendo y ataru-

gando en él desde hace algún tiempo. ¿Dónde
está tu maestro? Quiero verle. Quiero que me
hable otra vez, y que me confirme lo que antes
me dijo.»

Salieron las dos. «Allá está—indicó Beatriz,
después de explorar por una ventana las soledades de Pedralba.—Está paseándose debajo del
moral.»

Corrieron allá, y arrodillándose ante él, Halma le dijo: «Padre, verdad tan grande y clara
jamás oí. Usted me ha revelado á mí misma.
Yo era como el gusano que se encierra en el ca-
pullo que labra. Usted me ha sacado de mi propia envoltura. Un sentimiento existía en mí, de
que apenas yo misma me daba cuenta: tan aga-
zapadito estaba el pobre en un rincón de mi alma. La voz del padrito le ha hecho saltar, y se
ha crecido el pícaro en un instante... ¡Oh, qué
verdades me ha dicho esa inteligencia soberana!
Sola, en vano pediría savia y calor al misticismo.
Acompañada, tendré quien me defienda, quien
me ayude, seremos dos en uno para proseguir
la santa obra. No fundo nada, no quiero comunidad legal constituída con mil formulillas, que
serían otras tantas brechas para que se metieran
á inspeccionar mis acciones el cura y el médico
y el administrador. Mi ínsula no es, no debe ser
una institución, á imagen y semejanza del Estado. Sea mi ínsula una casa, una familia. Mi

marido y yo mandamos y disponemos en ella, con libre voluntad, conforme á la ley de Dios.

—Mírele, mírele—dijo Nazarín señalando á un punto lejano, en que se veía una pareja de bueyes, y un gañán tras ella.—Allí está el hombre, el corazón grande y hermoso, el sér que usted, con su caridad, mal comprendida por el bendito Flórez, y renegada por su hermano, sacó de la miseria y de la abyección. Le he sondeado. He visto su alma delante de mí, clara y patente. Es un buen hombre, y será un excelente señor de Pedralba.

—Y le bendeciremos á usted, padre, el santo, el justo, el que todo lo ve y todo lo descubre.

—No soy nada de eso—replicó el curita manchego, resistiéndose á que Halma le besase las manos, y obligándola á levantarse.—¡La señora de rodillas ante mí! ¡No faltaba más! Yo no soy ni santo ni justo, señora mía, sino un pobre hombre que, por favor de Dios, ha sabido ver lo que nadie había visto: que la señora de Pedralba quiere á su primo, que le quiere con amor, quizás desde que se llegó á ella, hecho un perdido, con ánimo de pedirle una limosna.

—Es verdad, es verdad... ¡Y yo pensé alejarle de mí! ¡Qué. desvario! Llegué á creer que la sequedad del alma era el primer peldaño para subir á esas santidades que soñé... Estaba yo con mi santidad como chiquilla con zapatos nuevos.

¡Y el pobre José Antonio abrasado en un afecto hacia mí, que yo interpretaba como agradecimiento muy vivo! Ya sospechaba yo que sería algo más; pero tal era mi torpeza que, al ver aquel sentimiento, le echaba tierra encima, todo el material inerte que sacaba del hoyo místico en que enterrarme quería.

—Y ahora, señora Condesa, ahora que las grandes verdades han salido, con la ayuda de la luz de Dios, de la obscuridad en que se escondían, váyase á la casa, dedíquese á sus ocupaciones habituales, y déjeme á mí el cuidado de informar á Urrea de esta felicidad, pues si no se la comunico con arte gradual, podría ser que el gozo repentino le produjera conmoción demasiado fuerte y peligrosa.»

No tardó Halma en obedecerle, y allá se fué con Beatriz á sus trajines domésticos, que aquel día le parecieron más gratos que nunca. Y el manchego tomó pasito á paso el sendero que conducía á la tierra que el noble Urrea estaba labrando. Hízole el bravo gañán, al verle llegar, un gallardo saludo, levantando repetidas veces la aijada, y cuando le tuvo á tiro de palabra, no se atrevió á preguntarle, tal miedo tenía, lo que con tanto ardor anhelaba saber. Parados los bueyes, Urrea se quedó como una estatua. Los pies en el barro, la mano izquierda en la esteva, empuñando con la derecha la

aijada, era una hermosa representación de la
Agricultura, labrada en *terracotta*.

«Hijo mío—le dijo Nazarín,—no sé si las noticias que te traigo serán satisfactorias para ti.
No te alegres antes de tiempo.»

José Antonio palideció.

«Hijo mío, si no fueras tan bruto, compren-
derias que las noticias que te traigo son media-
nas, tirando á buenas.»

El rostro del gañán se enrojeció.

«La señora Condesa no quiere que te vayas
de Pedralba. Pero...

—¿Pero qué?

—Pero... ello es que no encontraba la manera
de retenerte. Al fin, yo le he dado una formu-
lilla ó receta para resolver el conflicto, y evitar las intrusiones probables de don Remigio, de
Láinez y Amador. Se cambiará radicalmente el
régimen de Pedralba. ¿Te vas enterando?

—No entiendo nada.

—Porque eres muy torpe. Nada, hijo, que he
convencido á la señora Condesa... ¿te lo digo?
de que debe rematar la gran obra de tu corrección, ¿te lo digo?... haciéndote tu esposo. ¿No lo
crees?»

Urrea blandió la aijada, y tal movimiento
le imprimió en la convulsión de su gozosa sorpresa, que Nazarín hubiera podido creer que le
atravesaba de parte á parte.

«Calma, hijo, no hagas locuras. Las cosas van por donde deben ir. Da gracias á Dios por haber iluminado á tu prima. Al fin comprende que debe llevarse la corriente de la vida por su cauce natural. Su determinación resuelve de un modo naturalísimo todas las dificultades que en el gobierno de esta ínsula surgieron. Los señores de Pedralba no fundan nada; viven en su casa y hacen todo el bien que pueden. ¡Ya ves cuán fácil y sencillo! Para discurrir esto no se necesita la intervención del Espíritu Santo. Y sin embargo, la gran inteligencia de la señora Condesa de Halma, deslumbrada por sus propios resplandores, no veía esta verdad elemental. Dios ha querido que yo, un pobre clérigo vagabundo, predique el sentido común á los entendimientos atrevidos, á las almas demasiado ambiciosas.»

José Antonio dió un abrazo á Nazarín, y no pudo expresar su alegría sino con frases entrecortadas: «Yo también, yo también... vi claro... no podía decirlo... á mí propio no decírmelo... Temía disparate... ¡Y no lo era, Cristo, no lo era! La suma ciencia parece locura; la verdad de Dios... sinrazón de los hombres.

—Ahora, hijo mío, continúa en tu trabajito, como si nada hubiera pasado. Sigue arando, arando, que esto entretiene, y al propio tiempo que abres la tierra, das gracias á Dios por la merced que acaba de hacerte. Este bien tan grande y hermoso no lo mereces tú.

—No lo merezco, no—dijo Urrea con emoción.—Mucho he padecido en este mundo. Pero aunque mis tormentos hubieran sido un millón de veces mayores, no está en la proporción de ellos esta inmensa alegría.

—Trabaja, hijo, trabaja. Y otra cosa te encargo. No vayas al castillo hasta la noche... porque supongo que te traerán aquí la comida.

—Así lo creo.

—No muestres impaciencia, no te descompongas, ni cuando veas á tu prima esta noche, á la hora de la cena, hagas figuras ni desplantes. Tú... calladito hasta que ella te hable. Y cuando se digne exponerte su pensamiento, tú le das las gracias en forma reposada y noble, prometiendo consagrarle tu vida y tu sér todo, y haciéndole ver que no te crees merecedor de la inaudita felicidad que te depara... Anda, hijo, á tus bueyes, y hasta la noche... Con ese surco escribes en la tierra tu gratitud. Ama la tierra, que á todos nos da sustento, y nos enseña tantas cosas, entre ellas una muy difícil de aprender. ¿Á que no sabes lo que es? Esperar, hijo, esperar. La tierra guarda la sazón de las cosas, y nos la da... cuando debe dárnosla.»

IX

Lo que platicaron aquella noche, después de cenar, la gobernadora de la ínsula y el futuro señor de Pedralba, no consta en los papeles del archivo nazarista, de donde todos los materiales para componer la presente historia han sido escrupulosamente sacados. Sin duda, después de dar cuenta de la grave resolución matrimonial de la santa Condesa, no creyeron los cronistas del nazarismo que debían extenderse á mayores desarrollos historiales de tan considerable suceso, ó conceptuaron vacías de todo interés religioso y social las sentidas palabras con que aquellas dos personas hicieron confirmación solemne de su propósito matrimoñesco. Lo único que se encuentra pertinente al caso es la noticia de que José Antonio de Urrea se preparó aquella misma noche para partir á Madrid á la mañanita siguiente. Y otro papel nazarista corrobora que, en efecto, partió á caballo al romper el día, y que Halma salió á despedirle, y á desearle un buen viaje, agregando algunas advertencias que se le habían olvidado en su coloquio de la noche anterior. Es un hecho incontrovertible, del cual darán fe, si preciso fuere, testigos presenciales, que ya montado en la jaca el presunto gobernador de la ínsula, y cuando estre-

chaba la mano de la Condesa, pronunció estas
palabras: «No llevo más que un resquemor: que
nuestro don Remigio, que de seguro tocará el
cielo con las manos al ver que no le cae la bre-
va de la Rectoría de Pedralba, ha de fastidiar-
nos con dilaciones, y quizás con entorpecimien-
tos graves. No he cesado de cavilar sobre ello
esta noche, y al fin, querida prima, lo que saco
en limpio es que necesitamos comprar su voluntad.

—¡Comprarle...! ¡cómo...! ¿Qué quieres decir?

—Ya verás. No me vengo de Madrid sin traer-
me su nombramiento para una de las parroquias de allá. Es su sueño, su ambición, y si yo
logro satisfacerla, el hombre es nuestro ahora
y siempre. He pensado que nadie puede ayudarme en esta pretensión como Severiano Rodríguez, el cual es, ya lo sabes, íntimo amigo
del Obispo. Y, como Severiano y tu hermano
Feramor tuvieron una formidable agarrada en
el Senado, y ahora están á matar, espero que
me apoye con interés, con ardor de sectario.
Basta para ello hacerle comprender que el parlamentario y economista inglés ha de ver con
malos ojos lo que á nosotros nos agrada y fa-
vorece. Créelo, araré la tierra de allá, como he
arado la de aquí, por ganarnos la benevolencia
del curita de San Agustín, que es quien ha de
echarnos las bendiciones. Déjame á mí, que ya

sabré arreglarlo,... mi palabra. Ya me río al pensar en el tumulto que ha de armarse cuando yo suelte la noticia. Será como echar una bomba; de aquí oirás el estallido, y te reirás, mientras allá me río yo, hasta que venga el día feliz en que nos riamos juntos... Adiós, adiós, que es tarde.»

El primer dia de la ausencia de Urrea, la Condesa, en largo y afectuoso conciliábulo que celebró con Nazarín, según consta en documentos de indubitable autenticidad, indicó al apóstol cuán justo y humano sería darle de alta, declarándole en el pleno goce de sus facultades intelectuales. Si ella hubiera de decidirlo, no había duda, ¿pues qué prueba más clara del perfecto estado cerebral de don Nazario, que su incomparable consejo y dictamen en el asunto que Halma sometió días antes á su criterio?

A lo que respondió serenamente el peregrino que, hallándose sujeto á observación por el Superior jerárquico, sólo éste podía resolver si debía ó no ser reintegrado en sus funciones sacerdotales. Cierto que un buen informe de la señora Condesa, á quien la Iglesia confiara la custodia del supuesto demente, sería de gran peso y autoridad; pero á juicio del interesado, este informe no sería eficaz si no iba precedido de una explícita manifestación de su Superior inmediato, el cura de San Agustín. Añadió el apóstol que su mayor gozo seria que le devolviesen las licencias para poder celebrar el Santo Sacrificio, y si se le concedía la libertad, se trasladaría sin pérdida de tiempo á Alcalá de Henares, donde sus caros feligreses, el *Sacrilego* y Ándara, sufrían el rigor de la ley. Por lo demás, su paciencia no se agotaba nunca, y esperaría tranquilo, decidido á no disfrutar la anhelada libertad, mientras quien debía dársela no se la diera.

Con don Remigio habló también la Condesa de este asunto, no obteniendo de él más que vagas promesas de estudiarlo, sometiéndolo además al criterio facultativo de Láinez. También dió cuenta al cura y al médico de su proyectado casamiento, y no hay lengua humana que describir pueda la sorpresa, el estupor de aquellas dignísimas personas, y del vecino propietario de la Alberca. Don Remigio no paró, en todo el viaje de Pedralba á San Agustín, de hacerse cruces sobre boca, cara y pechos.

Cinco días estuvo José Antonio en Madrid, regresando en la mañana del sexto, gozoso y triunfante, pues se traía bien despachado todo el papelorio que la celebración del casamiento exigía. Contando á su prima el escándalo que en la familia produjo el notición de la boda, empezaba y no concluía. Al principio, lo tomaron á broma: convencidos al fin de que era cierto,

cayó sobre los solitarios de Pedralba una llu-
via de sangrientos chistes. El menos ofensivo
era éste: «Catalina se llevó á Nazarín para curarle, y él la ha vuelto á ella más loca de lo
que estaba.» Hicieron Halma y Urrea lo que
anunciado habían antes de la partida de éste:
pasar buenos ratitos riéndose de todo aquel
tumulto de Madrid, que seguramente no les
causaría inquietud ni desvelo. Acertó á presentarse en aquel momento el buen don Remigio, y
Urrea se fué derecho á él, y dándole un abrazo
tan apretado que parecía que le ahogaba, le
dijo: «Mil parabienes al ínclito cura de San
Agustín, por la justicia que sus superiores le
hacen, concediéndole plaza proporcional á sus
grandísimos talentos y eminentes virtudes.»

No comprendía don Remigio, y el otro, repitiendo el estrujón, hubo de explicárselo con
toda claridad.

«Sepa que me he traído su nombramiento...
—¿Para una parroquia de Madrid?
—No ha podido ser, por no haber vacante en
estos días, mi dignísimo amigo y capellán; pero
el señor Prelado, con quien habló de usted un
amigo mío, encareciéndole sus méritos, aseguró
que irá usted á los Madriles muy pronto, y que
en tanto, para que hombre tan virtuoso y sabio
no esté obscurecido en ese villorrio, le nombra
Ecónomo de Santa María de Alcalá.

—¡Santa María de Alcalá!—exclamó don Remigio como en éxtasis; ¡tan soberbio y apetitoso le parecía su nuevo destino!

Y un abrazo más sofocante que los anteriores, selló la amistad imperecedera entre el buen párroco de San Agustín y el insulano de Pedralba.

«¿Y qué puedo hacer yo para demostrarle mi agradecimiento, señor de Urrea, qué puede hacer este modesto cura...?

—Ese modesto cura no tiene que hacer más que conservarnos su preciosa amistad, que en tanto estimamos. Y antes de entregar la parroquia al que viene á sustituirle, échenos las santas bendiciones.

—Ahora mismo,... digo, mañana, pasado mañana. Estoy á las órdenes de la señora doña Catalina, á quien ya no debo llamar Condesa de Halma.

—Será pasado mañana, señor don Remigio —indicó Halma.—Y otra cosa he de merecer de su benevolencia: que no me olvide al bendito Nazarín.

—Como he de ir á la Corte á ver á mi tío, allá informaré favorablemente. ¡Si salta á la vista que está en su cabal juicio! Inteligencia clara como el sol. ¿Verdad, señora?

—Tal creo yo.

—No tengo inconveniente en darle de alta,

bajo mi responsabilidad, seguro de que el señor Obispo ha de confirmar mi dictamen, y si quiere venirse conmigo á Alcalá, me le llevo, sí señor, y le daré una modesta habitación en mi modestísima casa.

—Nos alegramos de ello, y lo sentimos—afirmó la señora de Pedralba,—porque la compañía del buen don Nazario nos es gratísima sobre toda ponderación.

—Ya vendrá á vernos—dijo Urrea.—Y al señor don Remigio también le tendremos aquí alguna vez. Esto no es ya un instituto religioso ni benéfico, ni aquí hay ordenanzas ni reglamentos, ni más ley que la de una familia cristiana, que vive en su propiedad. Nosotros nos gobernamos solos, y gobernamos nuestra cara ínsula.

—Y así debe ser... y así no tienen ustedes quebraderos de cabeza, ni que sufrir impertinencias de vecinos intrusos, ni el mangoneo de la dirección de Beneficencia ó de la autoridad eclesiástica. Reyes de su casa, hacen el bien con libérrima voluntad, sin dar cuenta más que á Dios... ¡Si es lo que yo he dicho siempre, si es la verdad sencilla, elemental!... Ea, pasado mañana en mi parroquia, á la hora que los señores me designen.»

Concertada la hora, don Remigio montó en su jaca, y picó espuelas. El animalito debía participar del inquieto gozo de su amo, porque en un soplo le llevó al vecino pueblo.

En la nota de un curiosísimo documento nazarista, que merece guardarse como oro en paño, se dice que el mismo día de la boda salió de San Agustín el curita manchego, caballero en la borrica del gran don Remigio. Despidióse afectuosamente de los señores de Pedralba, y de Beatriz, que lloraba como una Magdalena al verle partir, y tomando la carretera hasta la barca de Algete, pasó el Jarama, siguiendo sin descanso, al paso comedido de la pollina, hasta la nobilísima ciudad de Alcalá de Henares, donde pensaba que sería de grande utilidad su presencia.

Santander-San Quintín.—Octubre de 1895.

Fin de HALMA

Lightning Source UK Ltd.
Milton Keynes UK
UKOW01f1023090218
317630UK00009B/281/P